MEMOIRES

POUR SERVIR

A L'HISTOIRE

DES

HOMMES

ILLUSTRES.

TOME XV.

MEMOIRES

POUR SERVIR

A L'HISTOIRE

DES

HOMMES

ILLUSTRES

DANS LA REPUBLIQUE DES LETTRES,

AVEC

UN CATALOGUE RAISONNE

de leurs Ouvrages.

TOME XV.

A LA SCIENCE

A PARIS,

Chez B R I A S S O N, Libraire, rue S. Jacques,
à la Science.

M. DCC. XXXI.

Avec Approbation & Privilege du Roy.

LIVRES NOUVEAUX.

JOurnal Litteraire, *in-8°. la Haye* 1730. tome 16. 2. part.

Bibliotheque Italique, *in-8°. Geneve* 1730. tom. 7.

Les Œuvres de *Clement Marot*, très-augmentées, ausquelles on a joint celles de *Jean & Michel Marot*, avec des notes *in-4°*. 4. vol. *la Haye* 1731.

— Les mêmes en 6. vol. *la Haye* 1731.

Les Satires & autres Œuvres de *Regnier*, avec des Remarques, *in-4°. Londres* 1730.

Suplément à l'Histoire des Guerres civiles de Flandres sous *Philippes II.* Roy d'Espagne, du Pere *Famien-Strada*, & d'autres Auteurs; contenant les Procès criminels des Comtes d'*Horne* & d'*Egmont*, ausquels le Duc d'*Albe* fit couper la tête, à *Bruxelles*, *in-8°*. 2. vol. fig. 1729.

Colloques d'*Erasme* trad. en François par *Geudeville*, 6. vol. avec figures, *Leyde*.

Voyages de M. de *Thevenot*, 5.
vol. avec fig. *Amsterdam*. 1717.
— D'*Olearius* & de *Mandeslo*, in-
fol. 2. vol. fig.
Histoire de la Musique & de ses
effets, en 4. vol. *Amsterdam*.
L'Art de vivre content, *in-12*.
Œuvres Poëtiques de *Tyssot de Pa-
tot*, 3. vol. *in-12*.
Histoire du Cardinal d'*Amboise* par
le *Gendre*, *in-4°*. fig.
Les Apparences trompeuses, *in-12*.
Les Oeuvres du sieur *Charles Dufreny*, Seigneur de *Riviere*, avec
les Airs de sa composition not-
tez, *in-12*. 6. vol. *seront incessa-
ment en vente*.
Les Amusemens sérieux & Comiques du même *Dufreny*. 12. *Se
vendent séparement*.

TABLE ALPHABETIQUE
des Auteurs.

Fin de la Table Alphabetique.

MEMOIRE

MEMOIRES
POUR SERVIR
A L'HISTOIRE
DES
HOMMES
ILLUSTRES
DANS LA REPUBLIQUE
des Lettres;

Avec un Catalogue raisonné
de leurs Ouvrages.

CHRISTOPHE PERSONA.

HRISTOPHE *Perfona*, C. PER-
que quelques-uns ont SONA.
appellé mal à propos
Porfena, comme a fait
Gefner, Robert Conftan-
tin & d'autres, & à qui *Fabricius*
donne aufsi à tort dans fa *Biblio-*
theque Gréque le nom de *Guillaume,*
Tome XV. A

C. Per-naquit à *Rome* d'une famille noble.
SONA.   *Philippe Elssius* dans son *Encomia-
sticon Augustinianum* , p. 682. &
quelques autres après lui , se sont
trompez en le faisant Augustin.
Poccianti s'est encore plus éloigné
de la verité en le disant Servite.
Il étoit de l'Ordre des Guillelmites ou de S. Guillaume , & fut
Prieur du Monastere de Sainte Bal-
bine au Mont Aventin. Ce qui
peut avoir trompé *Elssius* est que le
Pape *Alexandre IV.* à la persuasion
de quelques personnes, unit en 1256.
les Guillelmites avec les Hermites
de S. Augustin, pour ne faire ensemble qu'un seul Ordre. Mais cette
union ne subsista que peu de temps,
car les Guillelmites ayant repré-
senté qu'ayant embrassé la regle de
S. *Benoist* qui étoit propre à leur
Ordre , il n'étoit pas juste de les
assujettir à celle de S. *Augustin* ,
obtinrent du Pape la même année
d'être remis comme ils étoient auparavant sous leur propre General.
Or dans le temps de *Persona* , cette
union ne subsistoit point , ainsi on

ne peut lui donner le nom d'Auguftin.

Il fe rendit illuftre dans le 15.
fiecle par fon habileté dans la Langue Gréque, qu'il apprit dans la
Gréce même & de Précepteurs
Grecs. Les traductions qu'il a
faites de cette Langue font cependant peu eftimées, foit que fa capacité en ce genre n'ait pas été auffi
étendue que le prétendent ceux qui
ont parlé de lui, foit qu'il man-
quât des fecours néceffaires pour
rendre fes traductions plus parfai-
tes, tels que font les Manufcrits,
comme le veulent les Journaliftes
de Venife.

Le Pape *Innocent VIII.* le nomma en 1484. Prefet de la Bibliotheque du Vatican, dont le pofte étoit
vacant par la mort de *Barthelemy
Manfredi* de *Bartinoro*, Succeffeur
de *Platine.* Celui qui poffedoit alors
cette charge ne reconnoiffoit perfonne au-deffus de lui, & cela dura de cette maniere jufqu'à *Jérôme
Aleander* l'ancien, qui de Prefet
qu'il étoit devint le premier Cardinal Bibliothecaire.

A ij

Possevin dans son *Apparatus sacer, tom.* 1. *p.* 318. met mal à propos la mort de *Persona* en 1480.
Il mourut à *Rome* de la peste l'an
1486. suivant *Jacques Philippe de
Bergame*, *Trithemo*, *Vossius* & d'autres.

Catalogue de ses Ouvrages.

1. Il a traduit en Latin les huit
Livres d'*Origene* contre *Celse*, &
cette traduction qu'il dédia au
Pape *Sixte IV.* fut imprimée à *Rome* en 1481. *in-fol.* M. *du Pin* s'est
trompé en mettant cette édition
en 1471. & en n'attribuant à *Persona* que les Notes qui s'y trouvent.
Sigismond Gelenius qui a fait une
nouvelle version de cet Ouvrage
d'*Origene*, ne fait aucune mention
de celle de *Persona*.

2. Il a aussi traduit *Agathias* &
Procope Historiens Grecs. Il entreprit la traduction de *Procope*,
parce qu'il ne pouvoit souffrir la
tromperie de *Leonard Aretin* qui
s'étoit fait passer pour l'Auteur
ou le Compilateur de l'Histoire
des Goths de cet Auteur qu'il avoit
traduite en Latin, sans parler en

aucune maniere de *Procope*. Tout C. Per-
le monde s'accorde à dire du mal so na-
de ces traductions, que *Voſſius* traite
d'impertinentes , & où il aſſure
que *Perſona* a inſeré ſes imagina-
tions plûtôt que les penſées des
Hiſtoriens. Il y a deux éditions
des Hiſtoires de *Procope* & d'*Agathias* traduites par *Perſona* , faites
toutes deux à *Baſle in-fol.* en 1531.
Dans la premiere elles ſont jointes à l'Hiſtoire des Goths de *Leonard Aretin*, de *Jornandes &c.* avec la
Préface de *Beatus Rhenanus.* Dans
la ſeconde elles ſont accompagnées
de *Zoſime* traduit par *Jean Leun-
clavius.* Il peut y en avoir encore
d'autres.

3. On a auſſi de lui quelques
traductions de S. *Athanaſe. Beu-
ghen* dans ſes *incunabula Typogra-
phiæ* les marque ainſi : *S. Athanaſii
Alex. Epiſc. Commentaria è Græco in
Latinum tranſlata. Romæ* 1477. *&*
1497. *in-fol.* On les a inſerées dans
une édition de S. *Athanaſe* que
Maittaire n'a pas connue , & qui
ſe trouve dans la Bibliotheque de
Vilenbroek, N°. 35. ſous ce titre :

A iij

C. PER-
SONA.

D. Athanasii Alexandrini opera, accuratissime castigata, ac recens locupletata. Interp. Christ. Porsena, Joan. Aretio, Angelo Politiano, Joan. Reuchlino & Erasmo, cum ejusdem Erasmi Paraclesi sive adhortatione ad Christianæ Philosophiæ studium. Lugduni 1532. in-fol.

4. Il a encore traduit vingt-cinq Homelies de S. *Chrysostome* qu'il dédia à *Marc Barbo*, Cardinal de *S. Marc*, & quelques Opuscules de *Theophilacte*; mais je ne sçai si ces traductions ont été imprimées.

5. *Tritheme* & *Mandosio* citent encore parmi ses Ouvrages celui-ci: *Epistolarum ad diversos Liber unus.*

V. *Prosperi Mandosii Bibliotheca Romana*, p. 58. *Joan. Trithemius de Scriptoribus Ecclesiasticis. Vossius de Historicis Latinis. Jovii Elogia. Bayle Dictionnaire. Journ. de Venise*, tom. 19. p. 325. Il est étonnant que *Bellarmin*, *Cave* ni *Oudin* n'ayent point parlé de cet Auteur.

GOBELIN PERSONA.

Gobelin Persona naquit en West-phalie l'an 1358. mais on ne sçait point le lieu particulier de sa naissance. L'ignorance & la barbarie qui regnoient alors en Allemagne & en France, où les Lettres étoient entierement negligées, l'obligerent à passer en Italie, où elles commençoient à renaître par les soins de plusieurs grands hommes, qui y vivoient, afin de s'y appliquer.

Il la parcourut presque entiere, & s'arrêta long-temps à *Rome*, où sa capacité lui ouvrit une entrée chez les souverains Pontifes, & les Prélats de cette Cour.

Il fut ordonné Prêtre l'an 1386. & trois ans après il fut fait Recteur de la Chapelle de la Trinité à *Paderborn*, étant agé de 31. ans. Il fit un bon usage des revenus Ecclesiastiques, puisque l'Auteur de sa vie marque qu'il dépensa jusqu'à 80

A iiij

écus d'or, pour embellir & orner sa Chapelle.

Il ne quitta ce bénéfice, que pour être Curé du Palais de la Justice dans la même Ville. Il étoit dans ce dernier poste en 1405. lorsque les Magiftrats firent une Ordonnance qu'il crut être contraire aux Constitutions des Papes, & aux Edits des Empereurs. Son zéle le fit alors prêcher avec force contre elle, & il n'oublia rien pour engager ceux qui en étoient les Auteurs à l'abolir. Cette conduite le rendit odieux, & le fit accuser d'ambition & d'avarice. Enfin voyant que tout le monde étoit contre lui, il crut devoir céder au temps, & permuta son bénéfice contre un autre qui le déchargeoit du soin d'instruire le peuple.

Il est à presumer que ce fut dans ce temps-là qu'on le nomma Official de *Paderborn*. Sa conduite fait assez voir que c'étoit un homme entreprenant. L'exactitude & la severité avec laquelle il s'acquitta

des devoirs de cette charge lui atti- G. PER-
rerent la haine de plufieurs perfon- SONA.
nes. Il avoit entrepris par les ordres de *Guillaume*, Evêque de *Paderborn*, de réformer les Bénédic-
tins de cette Ville ; mais ils refu-
ferent avec opiniâtreté de recevoir
aucune réforme, & leur animofité
contre lui alla fi loin que le 17.
Mars 1411. un Benedictin qui
vint le voir, jetta une poudre em-
poifonnée dans les mets qu'on lui
préparoit, comme il le raconte lui-
même. Ne fe croyant pas alors en
fureté à *Paderborn*, il transfera par
ordre de l'Evêque l'Officialité à
Bilfelde, Ville du Diocèfe, malgré
les oppofitions du Chapitre.

Il étoit en ce lieu, lorfqu'il fut
fait Doyen de *Sainte Marie*, Eglife
Collegiale de cette Ville ; mais on
ne fçait point dans quel temps cela
arriva. Les troubles qui agiterent
dans la fuite le Diocèfe le dégoûtérent du monde, qu'il abandonna
entierement, en fe retirant dans le
Monaftere de *Bodekem*, où il fe fit
Moine, & ne fongea plus qu'à

G. Per-s'appliquer à la priere & à l'é-
sona.   tude.

On ne sçait point quand il mourut. Ce qu'il y a de sûr, c'est qu'il
vecut plus de soixante ans ; puisqu'il avoit cet âge, lorsqu'il finit
son *Cosmodromium* en 1418.

C'étoit un homme fort laborieux,
qui s'étoit toûjours appliqué à l'é-
tude, autant que ses occupations
le lui avoient permis. Il avoit lû
avec beaucoup de soin les écrits de
S. *Augustin*, dont il employe souvent les manieres de parler & même des phrases entieres. Ceux de
S. *Isidore* ne lui étoient pas moins
familiers, & on en trouve plusieurs endroits copiez dans ses Ouvrages.

Catalogue de ses Ouvrages.

1. *Cosmodromium ; hoc est, Chronicon Universale complectens res Ecclesia & Reipublica ab orbe condito,
usque ad annum Christi 1418. In primis compendio explicans historias gentium Germanicarum ; earumdem origines, migrationes, Colonias, Reli-
gionem. Item quomodo ad Christianis-*

mum traducta eum in finibus fuis G. PER-
propagarint , ftudio & opera Hen- SONA.
rici Meibomii. Francofurti. 1599.
in-fol. It. le 1. volume de la Col-
lection des Hiftoriens d'Allemagne donnée par *Henri Meibomius*
à *Helmftadt* 1688. *in-fol.* Cette
Chronique eft écrite avec foin &
avec exactitude. L'Auteur bien-
loin d'y admettre tout ce qu'il
trouvoit dans les Anciens , l'examine avec une pénetration qui
n'étoit pas commune de fon temps.
C'eft ce qu'il eft facile de voir par
les doutes qu'il forme fur le Martyre de Sainte *Urfule* & de fes
Compagnes , & fur celui de Sainte
Catherine. On y trouve fur-tout
plufieurs chofes curieufes fur l'Hiftoire de fon temps. Il y reprend
hardiment plufieurs abus qui s'é-
toient gliffez dans l'Eglife dans les
temps d'ignorance. Mais c'eft mal
à propos que ce qu'il dit fur ce
fujet l'a fait mettre par les Pro-
teftans au nombre des prétendus
témoins de la Religion Proteftan-
te. Il n'y parle point de *Thierri*

G. PER-
SONA.

de *Niem*, quoiqu'il fut son contemporain. Ce silence vient de ce qu'ils étoient de differens partis, *Persona* favorisant autant qu'il peut le Pape *Urbain VI.* au lieu que *Thierri de Niem* prend tous ses desseins & ses actions en mauvaise part.

Deux Auteurs ont copié le *Cosmodromium* de *Persona* en vrais Plagiaires. 1°. *Albert Krantz* qui dans sa *Metropolis* a pris des pages entieres de cet Ouvrage sans nommer jamais *Persona.* 2°. *Herman Kersenbroch*, qui en a usé de même dans son *Catalogue des Evêques de Paderborn.*

2°. *Vita S. Meinulphi Paderbornensis Diaconi & Confessoris. Surius* a donné cette vie au 5. Octobre, mais après en avoir changé le stile, & y avoir fait plusieurs interpollations. *Christophe Brouver* Jesuite l'a publiée de nouveau, telle qu'elle étoit sortie des mains de *Persona*, en y retranchant cependant le Recueil des miracles, à *Mayence* en 1616. *in-8°.* avec plusieurs autres vies semblables.

V. son Eloge par *Henri Meibo-*

mius à la tête de ſon *Coſmodromium.* G. PER-
Eloge qui a été copié par *Melchior* SONA-
Adam dans ſes *vies des Theologies*,
par *Cave* dans ſon *Hiſtoire Litteraire*, & par *Freher* dans ſon *Theatre
des Hommes Illuſtres.*

HIACINTHE CESTONI.

H*Iacinthe Ceſtoni* naquit le 13.
May 1637. dans un lieu de la
Marche d'Ancone entre *Macerata* &
Fermo, appellé *Sainte Marie in Gior-
gio.*

Ses parens, qui étoient pauvres,
lui firent apprendre les premiers
principes de la langue Latine ; mais
n'étant pas en état de le conduire
plus loin, ils le retirerent de l'Eco-
le en 1648. & le mirent chez un
Apoticaire, où il demeura environ deux ans.

Sur la fin de l'année 1650. ils
l'envoyerent à *Rome* pour y travailler dans une Apoticairerie ; & il y
reſta juſqu'en 1656. que pouſſé par
un caprice de jeuneſſe, & ſe trouvant quatre ou cinq piſtoles, il ſe

H. Ces-
TONI. mit dans une Barque, sans sçavoir
où il vouloit aller, & fut conduit
à *Livourne*, où il fut fort bien reçû
par un Apoticaire du lieu. A peine
y eut-il demeuré deux mois, qu'il
apprit que la peste étoit passée de
Naples à *Rome*, & que trois des
quatres compagnons qu'il avoit
dans l'Apoticairerie de cette Ville
en étoient morts. Il s'estima alors
heureux d'être échappé au danger,
& en remercia le Ciel.

Le séjour de *Livourne* lui plût
tellement, qu'il y demeura pendant dix ans, c'est-à-dire jusqu'à
l'an 1666. que quelques fantaisies
lui ayant passé par l'esprit, comme
il nous l'apprend lui-même, il s'embarqua & alla à *Marseille*, d'où il
passa à *Lyon* & ensuite à *Geneve*.

Il se mit dans cette derniere Ville chez un Apoticaire, où il ne
demeura que quatre mois; car
ayant alors reconnu la faute qu'il
avoit faite de quitter *Livourne*, il
reprit le même chemin pour y retourner.

Arrivé en cette Ville, il rentra
dans l'Apoticairerie où il avoit

déja demeuré, mais avec la qualité H. CΙ

de Maître, parce que celui qui en TONI.

étoit Propriétaire n'étoit point de
cette profession. Ce Proprietaire
voulant l'attacher davantage en ce
lieu, & l'empêcher d'en fortir davantage, lui fit épouser au bout de
deux ans la sœur de sa femme,
dont il n'eut qu'un fils, qui mourut au berceau.

Il en remercie Dieu, dans le détail qu'il a donné de sa vie ; » parce
» que, dit-il, si j'avois eu des en-
» fans, j'aurois été, comme les au-
» tres, attaché à mes interêts pour
» les enrichir, au lieu que n'en
» ayant point, je vis sans desirs,
» tranquille, & en paix ; l'ambi-
» tion & l'avarice n'interrompent
» point mon sommeil, & je suis
» toûjours assez riche, parce que je
» suis content.

Il mourut le 29. Janvier 1718.
dans sa 81. année à *Livourne*, où il
avoit été honoré plusieurs années
auparavant du Droit de Bour-
geoisie.

Il étoit en relation avec plusieurs
Sçavans de son temps ; principale-

H. CES-
TONI.

ment avec *François Redi*, comme
on le voit par plusieurs Lettres de
ce grand homme, qui lui sont
adressées, & avec M. *Vallisnieri*.

C'étoit un homme fort sobre,
qui ne mangeoit presque jamais de
viande, se contentant de fruits,
d'herbages, & de legumes. Il ne
laissa pas d'être sujet à la gravelle,
& il est même mort de cette maladie, après avoir beaucoup souffert
pendant dix jours.

Catalogue de ses Ouvrages.

1. *Osservazioni intorno a' Pellicelli
del corpo umano, insieme con altre
nuove osservazioni.* Ces observations
sont de *Cestoni*, quoique *Redi*, qui
les a réduites en forme de Lettre,
les ait publiées sous le nom du Docteur *Jean Cosme Bonomi.* C'est ce
qui paroît par une Lettre même de
Redi, & par une autre de *Cestoni*
inserée parmi celles de ce sçavant.
Ce changement de nom a donné
occasion à *Jean Crivelli* d'accuser
Redi & *Bonomi* de Plagiarisme,
comme on le voit dans sa *Biblioteca
volante, scanzia VI. p. 50.*

2. *Vere condizioni delle salsa-pari-
gli a,*

glia, del modo di conoſcer la vera e
di darla, come venga adulterata, ed
in quali mali convenga, e in quale
maniera piu efficace. Cette piece ſe
trouve dans la *Galleria di Minerva*
tom. 6. part. 3. p. 56.

3. *Vero modo di dare, e preparare*
la Chinachina; partecipato al ſig.
Antonio Valliſnieri nella ſua felice
dimora fatta in Livorno appreſſo il
ſuddetto nell' Autunno dell' anno
1705. Inſerée au même endroit,
après la précedente, p. 59.

4. *Nuove e maraviglioſe ſcoperte,*
dell' Origine di molti inſetti dentro
gl' inſetti. Ce traité écrit en forme
de Lettre à M. *Valliſnieri,* a été
imprimé à la fin d'un LIVRE intitulé: *Trattato de' Rimedi per le Ma-*
lattie del corpo umano, tradotto dal
Franceſe. In Padoua 1709. *in-*4°.

5. *Dell' Origine delle pulci dall'*
Vovo, & del ſeme dell' alga marina.
Valliſnieri, à qui *Ceſtoni* communiqua les découvertes, qu'il avoit
faites ſur ce ſujet, les réduiſit en
forme de Lettre adreſſée à *Jean B.*
Andriani, Chevalier de *S. Etienne,*
y joignit ſes propres obſervations,

& les fit entrer dans un Ouvrage qu'il a publié fous ce titre : *Efperienze , ed offervazioni intorno all' Origine , fviluppi , e coftumi di vari Infetti , con altre fpettanti alla Naturale e Medica ftoria. In Padoua* 1713. in-4°.

6. Dans l'*Iftoria del Camaleonte Affricano di Antonio Vallifnieri. In Venezia* 1715. in-4°. on voit à la p. 36. un petit Journal de *Ceftoni*, dans lequel il rapporte la maniere dont il s'étoit conduit à l'égard de quelques Cameleons, qui lui étoient venus d'Afrique.

7. *Iftoria della grana del Kermes, e di un' altra nera grana , che fi trova negli elici delle Campagne di Livorno, de' Mofcherini fpuri della Medefima , delle cimici degli Agrumi , de' pidocchi de' fichi , de Ricci marini , del Curcuglione o puntervolo del Grano , de' tonchi o fcarafaggetti de' Legumi , e finalmente delle farfalline de' medefimi.* Inferée à la p. 161. de l'Ouvrage précedent de *Vallifnieri.*

8. *Lettera fcritta di Livorno a di* 10. *Gennajo dell' anno* 1698. *al fign. Vallifnieri.* Cette Lettre , où il fait

un détail de ſa vie, juſqu'au jour
qu'il l'écrivit, ſe trouve dans le
Journal de Veniſe, tom. 3. p. 332.

V. ſon Eloge dans le même
Journal, p. 327.

H. CES-
TONI.

EVANGELISTE TORRICELLI.

EVANGELISTE Toricelli naquit
à *Faenza* le 15. Octobre 1608.
de *Gaſpar Torricelli* bon Bourgeois
de cette Ville.

E. TOR-
RICELLI.

Il étudia les belles Lettres ſous
Jacques Torricelli, Moine Camaldule, ſon oncle paternel. Il s'appliqua enſuite aux Mathematiques
pour leſquelles il ſe ſentoit beaucoup d'inclination, & les étudia
ſans maître & de lui-même pendant l'eſpace de deux ans. Mais
perſuadé que cette étude ne pouvoit le conduire bien loin, il
alla à *Rome* à l'âge de vingt ans,
& l'y continua ſous le P. *Benoiſt*
Caſtelli, Abbé du *Mont Caſſin*,
qui avoit été Diſciple de *Galilée*,
& que le Pape *Urbain VIII.* avoit
fait venir dans cette Ville pour

B ij

E. TOR-professer les Mathematiques.
RICELLI. *Torricelli* fit bien-tôt sous ce
grand Maître des progres si considérables, qu'ayant vû peu de temps
après les Dialogues de *Galilée*, il
composa sur ses principes un traité
du Mouvement, qui surprit *Castelli*.
Ce Pere le jugea digne d'être montré à *Galilée*, & le lui porta lorsqu'il fut obligé en 1641. d'aller au
Chapitre général de son ordre, qui
se tenoit cette année à *Venise*. Ce
grand homme en entendit la lecture
avec plaisir, & conçut dès lors de
l'amitié & de l'estime pour son Auteur.

Le P. *Castelli* profita de l'occasion, pour lui proposer de faire
venir chez lui *Torricelli*, comme
l'homme le plus capable de recüeil-
lir ces grandes connoissances &
ces speculations sublimes, que son
grand âge, ses infirmitez, & plus
encore la perte de sa vûë l'empê-
choient de mettre au jour. *Galilée*
y consentit, & *Torricelli* accepta
cet emploi, comme devant être
très-avantageux pour lui. Il ne
put cependant se rendre à *Florence*,
où *Galilée* demeuroit, qu'au pre-

mier jour du mois d'Octobre de la
même année, tant parce qu'il avoit
été chargé de professer les Mathematiques en l'absence de *Castelli*,
que pour quelque autre obstacle
qui retarda son voyage.

Arrivé auprès de *Galilée*, il commença d'abord à travailler sous lui.
Mais il ne jouit pas long-temps des
avantages qu'il esperoit retirer de
la compagnie de ce grand homme,
qui mourut trois mois après, c'est-
à-dire le 8. Janvier 1642.

Torricelli pensa alors à retourner
à *Rome*; mais le Sénateur *André*
Arrighetti ayant fait connoître son
mérite au grand Duc *Ferdinand II.*
ce prince l'engagea à rester à *Flo-*
rence, en le faisant son Mathematicien, & en lui donnant une chaire
de Professeur en Mathematique à
Florence, qui étoit vacante depuis
plusieurs années.

L'application qu'il donna alors
aux spéculations Geometriques ne
lui fit point négliger la Physique.
Il travailla avec beaucoup d'ardeur
à perfectionner les verres qui servent aux microscopes & aux lunet-

**E. Tor-
ricelli.** tes d'aproche. Quant aux microf-
copes, il eſt le premier qui en ait
fait avec des petites boules de verre, travaillées à la lampe. Il donna
auſſi aux verres de lunettes une
perfection qu'ils n'avoient pas auparavant, mais qu'on a encore
pouſſé plus loin depuis lui.

Perſonne n'ignore qu'il eſt l'inventeur des experiences du vif argent, qui, ont donné occaſion à
tant de découvertes utiles, & que
ſon nom eſt demeuré pour ce ſujet
au tuyau de verre dont on ſe ſert
pour les faire.

On avoit lieu d'attendre beaucoup de choſes d'un homme dont
les coups d'eſſai étoient ſi conſidérables. Mais une maladie de peu de
jours en priva le monde, en l'en-
levant le 25. Octobre 1647. lorſqu'il n'étoit encore âgé que de 39
ans & dix jours.

Avant que de mourir, il fit ſon
teſtament, par lequel il ordonna
que tous ſes écrits ſeroient envoyez
au P. *Cavalieri* à *Boulogne*, & de-
là à *Rome* à *Michel Ange Ricci*,
pour les revoir, & pour faire im-

primer ceux qui leur paroîtroient E. Tor-
dignes de voir le jour. Mais *Cava-* ricelli,
lieri étant mort peu de temps après
c'eſt à-dire, le 3. Decembre de la
même année, & *Ricci* s'étant trouvé
diſtrait par pluſieurs occupations
importantes, le grand Duc *Ferdi-*
nand II. fit remettre ces Manuſcrits à *Vincent Viviani*, qui eſt
mort ſans les avoir publiez. On en
peut voir la liſte dans le Journal de
Veniſe, tóm. 30. p. 121.

Catalogue de ſes Ouvrages.

1. *Trattato del Moto.* Je ne ſçaï
point l'année de l'édition de cet
Ouvrage qui fut compoſé avant
1641.

2. *Torricelli* y fit depuis une addi-
tion, qui ſe trouve à la ſuite du
Livre de *Vincent Viviani*, intitulé :
Scienza Univerſale delle proporzioni.
In Firenze 1674. *in-*4°.

3. *Opera Geometrica. Florentiæ.*
1644. *in* 4°. Il compoſa pendant
les deux premieres années qu'il pro-
feſſa les Mathematiques, les ſept
traitez contenus dans ce Recueil,
dont voici les titres : 1°. *De Sphæra*
& Solidis Sphæralibus libri duo. Ce-

E. TOR-lui-ci se trouve aussi à la page 153.
RICELLI. du Livre de *Gaudence Roberti*, intitulé : *Miscellanea Italica Physico-Mathematica. Bononiæ.* 1692. *in* 4°. 2°. *De Motu gravium naturaliter descendentium.* 3°. *De Motu projectorum.* 4°. *De dimensione Parabolæ Problema.* 5°. *Appendix de dimensione Cycloidis.* 6°. *De Solido acuto hyperbolico problema.* 7°. *Appendix de dimensione Cochleæ.*

4°. *Lezioni Accademiche. In Firenze* 1715. *in* 4°. pp. 96. Ce sont des discours qu'il a prononcez en differentes occasions. Le premier est un remerciement à l'Academie de *la Crusca*, qui l'avoit admis dans son corps. Les autres roulent sur des matieres de Physique ou de Mathematique. Le tout est precedé d'une vie fort longue de *Torricelli* écrite par *Thomas Buonaventuri*, Gentilhomme Florentin.

V. cette vie, & le *Journal de Venise*, tom. 30. p. 112.

ALBERIC

ALBERIC GENTILIS.

Lberic Gentilis naquit vers l'an
1550. dans la Marche d'Ancone, apparemment à *Castello di
san Genesio*, où est né son frere
Scipion, de *Matthieu Gentilis*, Médecin issu d'une ancienne & noble
famille du Pays.

Après avoir étudié en Droit, il
reçût le bonnet de Docteur en cette
faculté à *Perouse* à l'âge de vingt &
un ans, & fut fait peu de temps
après Juge dans la Ville d'*Ascoli*.

Mais son pere ayant abandonné
la Religion Catholique, pour embrasser la prétenduë réformation,
& s'étant lui-même laissé entrainer
par son exemple, il fut obligé de
quitter son emploi, & de se retirer
avec lui dans la Carniole.

Un voyage qu'il fit dans la suite
en Angleterre, lui procura un bon
établissement dans ce Royaume :
car l'Université d'*Oxford* prévenuë
de sa capacité lui donna en 1582.
une chaire de Professeur en Droit ;

A. GEN-
TILIS.

& il fut depuis établi l'Avocat per-
pétuel des Sujets du Roi d'Espagne
pour les Causes qu'ils auroient en
Angleterre.

Il mourut à *Londres* le 19. Juin
1608. âgé de 58. ans.

Sa science étoit d'une grande étenduë, & il mettoit tout à profit pour
l'augmenter; les conversations qu'il
avoit avec les moindres personnes
lui étoient même utiles pour cela,
& il nous apprend lui-même que
ses recueils étoient remplis de
mille choses qu'il avoit entendues
en causant familierement avec des
personnes, qui ne croyoient pas que
ce qu'ils disoient dût être ainsi
honoré.

Catalogue de ses Ouvrages.

1. *De Juris Interpretibus Dialogi
sex.* Londini 1582. *in-*4°. Cet Ouvrage où *Gentilis* traite des qualitez que doit avoir un interprete
du Droit, a été réimprimé avec
les vies des Jurisconsultes de *Pan-
cirole* & d'autres Auteurs à *Leipsic*
en 1721. *in-*4°.

2°. *De Legationibus Libri tres.*
Londini 1583. *in-*4°. It. *Ibid.* 1585.

*in-*4°. It. *Hanoviæ* 1607. *in-*4°. A. Gen-
3. *Lectionum & Epiftolarum quæ* TILIS.
ad jus civile pertinent Libri IV. Lon-
dini 1583. *&* 1584. *in-*8°.

4°. *Difputatio de nafcendi tem-*
pore. Witteberga 1586. *in-*8°.

5. *De diverfis temporum appel-*
lationibus Liber. Witteberga 1586.
*in-*8°. It. *Ibid.* 1646. *in-*8°. *Struve*
affure dans fa Bibliotheque du
Droit que ce Livre eft excellent.

6. *Conditionum Liber unus. Wit-*
teberga 1586. *in-*8°. It. *Londini*
1587. *in-*8°.

7. *De jure belli Libri tres. Lug-*
di Bat. 1589. *in-*4°. It. *Hanoviæ*
1598. *&* 1612. *in-*8°. Perfonne
n'avoit penetré avant lui plus
avant dans les principes du Droit
naturel & du Droit des gens. *Gro-*
tius s'eft beaucoup fervi de cet Ouvrage dans celui qu'il a compofé
fur la même matiere.

8°. *De armis Romanis Libri duo,*
nunc primum in lucem editi. Ad illuf-
triffimum Comitem Effexiæ, Archi-
Marefchallum Angliæ. Hanoviæ 1599.
*in-*8°. It. *Ibid.* 1612. *in-*8°. *Gen-*
tilis rapporte dans cet Ouvrage tout

A. Gen-
tilis.

ce qu'on peut dire pour ou contre la justice des expéditions mi-
litaires des Romains.

9. *Disputationes duæ de Actoribus*
& spectatoribus Fabularum non no-
tandis, & de abusu mendacii. Ha-
noviæ 1599. *in-8°. Gentilis* soutient
dans la seconde dissertation que le
mensonge officieux est permis.

10. *Ad primum Librum Macha-*
bæorum disputatio, avec l'Ouvrage
de *Jean Drusius* sur les Livres des
Machabées. *Franequeræ* 1600. *in-4°.*
It. *Hanoviæ* 1604. *in-8°.* It. dans
les *Critici sacri* tom. 5. p. 2074.
de l'édition de *Londres* & tom. 3.
p. 2836. de l'édition de *Francfort.*
Cet Ouvrage de *Gentilis* est une
espece d'apologie indirecte en faveur de ceux qui tiennent le premier Livre des Machabées pour
Canonique.

11. *De linguarum mixtura dispu-*
tatio parergica. Gentilis fait voir dans
cette dissertation, qui est imprimée
après l'Ouvrage précedent, qu'il est
quelquefois nécessaire d'emprunter
dans chaque langue des mots des
autres langues, pour suppléer à ceux
qui leur manquent,

12. *Disputationum de Nuptiis libri* A. GEN-
VII. *Hanoviæ* 1601. *in-*8°. It. *Editio* TILIS.
auctior. Hanoviæ 1614. *in-*8°. Il y
examine tout ce qui regarde les
mariages, suivant les régles du
Droit Civil & Canonique.

23. *Lectiones Virgilianæ variæ. Ha-*
noviæ 1603. *in-*8°. Ce font des obfervations fur les Bucoliques de
Virgile reduites à certains chefs gé-
néraux.

14. *De Latinitate veteris Bibliorum*
versionis male accusata Disputatio ad
Robertum Filium. Hanoviæ 1604. *in-*
8°. It. *Ibid* 1605. *in-*8°. avec deux
autres differtations.

15. *Commentatio ad Tit. C. de*
Maleficis & Mathematicis, & cœ-
teris similibus, & Comment. ad L.
III. C. de Professoribus Medic. Hano-
viæ 1604. *in-*8°.

16. *Disputationes tres, de potestate*
Regis absoluta, de unione Regnorum
Britanniæ, & de vi civium in Regem
semper injusta. Londini 1665. *in-*4°.
Il fait voir dans cet Ouvrage qu'il
étoit bien éloigné des maximes Ré-
publicaines.

17. *Disputationes tres, de libris Juris*

A. GEN-
TILIS.

Canonici, de libris Juris Civilis, &
de Latinitate veteris Bibliorum ver-
fionis male accufata. Hanovia 1605.
*in-*8°.

18. *Laudes Academia Perufina &*
Oxoniensis. Hanovia 1605. *in-*8°.

19. *Epiftola ad Joannem Hovvfo-*
num de libro Pyano. Voici le fujet
de cette Lettre. *Jean Hovvfon* Theologien d'*Oxford* publia en 1602. une
These intitulée : *Uxore dimiffa prop-*
ter Fornicationem, aliam non licet
fuperinducere Thefis. Oxonii 1602. *in-*
8°. où il foûtenoit le fentiment des
Catholiques fur l'indiffolubilité du
Mariage ; fçavoir que l'adultere
peut bien être une raifon légitime
de fe féparer d'une femme, mais
non pas une raifon qui donne le
droit de fe marier à une autre. Un
autre Theologien, nommé *Thomas*
Pye ayant écrit contre fa Thefe, il
fe défendit, & compofa une Apologie intitulée : *Thefeos defenfio in*
fex Commentationes & Elenchum
Monitorum diftincta, qu'il fit imprimer a *Oxford* en 1606 *in-*4°. avec la
Thefe & deux Lettres, l'une de
Jean Raynoldus à *Thomas Pye,* &

l'autre d'*Alberic Gentilis* à *Jean*
Hovvfon. *Raynoldus* cenfure *Pye*
dans la fienne, de ce qu'il avoit
avancé certaines chofes qui n'é-
toient point exactes ; mais il y per-
fifte dans la Doctrine qu'il avoit
déja foûtenuë contre *Bellarmin* dans
un Livre Anglois touchant le Divorce. Pour ce qui eft de *Gentilis*,
il biaife & fait connoître qu'il ne
fçavoit que penfer fur cette queftion. Cependant dans fon Ouvrage *de Nuptiis* il s'étoit déclaré pour
la Doctrine ordinaire des Protef-
tans.

20. *In Tit. Codicis*, fiquis Princi-
pi Maledixerit, *& ad legem Juliam*
Majeftatis *Difputationes decem.* Hanoviæ 1607. *in*-8°.

21. *Hifpanicæ advocationis libri*
duo, in quibus illuftres *Quæftiones*
Maritimæ, fecundum *jus Gentium &*
hodiernam praxim nitide perluftrantur.
Hanoviæ 1613. *in*-4°. It. *Amfteloda-*
mi. 1661. *in*-8°.

22. *Comm. in Tit. Digeftorum de*
Verborum fignificationibus. Hanoviæ
1614. *in*-4°.

Alberic Gentilis laiffa un fils nom-
C iiij

A. Gen-
tilis.

mé *Robert*, qui donna d'abord dans la débauche ; mais qui ayant changé depuis de conduite publia quelques Ouvrages. Le Catalogue de la Bibliotheque d'*Oxford* en rapporte deux.

Le Chemin Abregé, ou Methode pour acquerir les Sciences en peu de temps. (en Anglois) *Londres* 1654. in-8°.

De l'Antipathie des François & des Espagnols. Ouvrage traduit en Anglois. Londres 1841. *in-8°*.

V. les Vies des Sçavans de *Rudiger*, part. 6. où il y a bien des fautes. *Kænig Bibliotheca vetus & nova. Bayle Dictionnaire. Taisand vies des Jurisconsultes.*

SCIPION GENTILIS.

Scipion *Gentilis* frere d'*Alberic*, dont je viens de parler, naquit l'an 1563. à *Castello di san Genesio* dans la Marche d'Ancone, où *Matthieu Gentilis* son pere pratiquoit la Médecine.

S. Gentilis.

Il étoit le sixiéme de ses sept enfans, & étoit encore fort jeune, lorsque son pere quitta son Pays & sa femme qui refusa de le suivre, pour aller ailleurs faire profession ouverte de la Religion Protestante. Il ne suivit pas d'abord son pere, qui n'emmena avec lui qu'*Alberic* son aîné; mais peu de temps après on trouva le moyen de le dérober à sa mere, & sous prétexte d'une promenade, de le mener à son pere, qui s'étoit arrêté pour l'attendre, dès qu'il s'étoit vû dans un lieu de sureté.

J'ai déja dit que son pere s'étoit retiré dans la Carniole. Il y trouva de la protection auprès des principaux du Pays, qui non seulement

S. GEN-
TILIS.

lui permirent de s'y établir, mais qui lui accorderent encore le titre de Médecin de cette Province avec de bons appointemens. Songeant alors à l'instruction & à l'établissement de ses enfans, il envoya l'aîné en Angleterre, où il s'établit, comme on l'a vû dans son article.

Quant à *Sipion*, il l'envoya étudier dans l'Academie de *Tubinge*, où il fit de grands progrez. Il y apprit la langue Grecque sous le célébre *Martin Crusius*, & s'appliqua avec tant de succès à la Poësie, que *Melissus*, un des plus célébres Poëtes d'Allemagne, n'eut point honte de reconnoître qu'il lui étoit inferieur.

Il passa ensuite à *Wittemberg*, où il se donna à l'étude du Droit. Les troubles qui agiterent alors la Carniole au sujet de la Religion, ayant obligé son pere d'en sortir & de se retirer en Angleterre auprès de son fils *Alberic*, il alla continuer cette étude à *Leyde*, afin d'être plus près de lui, & il y prit des leçons d'*Hugues Doneau* & de *Juste Lipse*, qui y enseignoient alors, le premier la

Jurifprudence & le fecond les Belles-Lettres.

Lorfqu'il fe fentit affez avancé
dans la connoiffance du Droit, il
alla à *Bafle*, où il fe fit recevoir
Docteur en cette faculté le 15.
Avril 1589. Revêtu de cette qualité, il paffa à *Heidelberg*, pour ta-
cher d'y trouver de l'emploi. Mais
une certaine émulation qui s'éleva
entre lui & *Jules Pacius*, Italien
comme lui, qui y enfeignoit la Jurifprudence, & qui lui procura
quelques chagrins l'obligea à fortir
de cette Ville, pour fe retirer à
Altdorf.

Il trouva en ce lieu *Hugues Doneau*,
qui s'y étoit venu établir, & qui y
rempliffoit une chaire de Droit. Ce
Sçavant qui avoit conçû de l'eftime
pour lui, pendant qu'il étoit fon
difciple à *Leyde*, follicita fi bien
pour lui qu'on le lui donna pour
collegue l'an 1590. Il eut la chaire
des *Inftitutes*, qu'il quitta pour celle des *Pandectes*, lorfque *Pierre We-
fenbecius*, qui la rempliffoit, eut
été appellé en Saxe. Il fut auffi

S. GEN-
TILIS.
fait Conseiller du Senat de *Nurem-*
berg.

Il s'aquitta de tous ces emplois d'une maniere qui lui acquit l'esti-me & l'affection de tout le monde. Sa Methode d'enseigner clairement & en peu de mots, & de joindre aux épines du Droit les fleurs des Belles-Lettres, le firent rechercher par plusieurs Academies célébres. Le Pape *Clement VIII.* voulut mê-me, du moins suivant son Panegy-riste, lui donner une chaire de Pro-fesseur à *Boulogne*, & lui offrit pour l'engager à l'accepter, la liberté de conscience. Mais il préfera toûjours le poste qu'il occupoit dans l'Aca-demie d'*Attdorf* à toutes les condi-tions les plus avantageuses qu'on pût lui offrir.

Il vecut dans le Celibat jusqu'en 1612. c'est-à dire jusqu'à l'âge de 49. ans ; mais alors la beauté & le mérite d'une Demoiselle originaire de *Luques*, nommée *Madeleine Ca-lendrin*, fille de *César Calendrin*, ayant captivé son cœur, il l'épousa & en eut deux enfans, un fils nom-

mé *Gilles Alberic*, & une fille ap- S. GEN-
pellée *Esther Madeleine*. TILIS.

On ne sçait ce que devint son
fils. On voit seulement par une
Lettre de *Vossius* à *Guillaume Laud*
Archevêque de *Cantorbery*, écrite
l'an 1635. que sa mere ne se voyant
pas en état de lui faire continuer
ses études, à cause des pertes qu'elle avoit faites durant les guerres
d'Allemagne, tâcha de lui obtenir
une place dans un College d'*Oxford*
ou de *Cambridge*; que ses amis devoient présenter une Requête pour
cela, & qu'ils esperoient que la
Mémoire d'*Alberic Gentilis* serviroit
à son neveu.

Au reste *Scipion Gentilis* ne jouit
pas long-temps des douceurs qu'il
esperoit trouver dans la societé de
son épouse. Quatre ans après, une
dysenterie opiniâtre qui l'attaqua &
qu'aucun reméde ne put guerir, le
conduisit insensiblement au tombeau par l'affoiblissement de ses forces. Il en mourut le 7. Août 1616.
âgé de 53. ans.

Il fut enterré à *Altdorf*, & l'on

S. Gen-
TILIS.

mit sur son tombeau cette Epitaphe.

D. O. M. S.

Scipioni Gentili Jurisconsulto, Mat-
thæi Medici filio, Alberici Juriscon-
sulti fratri, clara nobilique familia in
Marchia Anconitana nato : patrem &
fratrem, sola pietate impellente, ex
Italia patria in Germaniam secuto,
inque ea propter summam virtutem ad-
mirabilemque Doctrinam, in primis
autem Juris exactam peritiam ad eam
nominis famaque dignitatem evecto,
ut cum summis Germaniæ Jurisconsultis
componeretur; ob eamque rem ab in-
cluto Senatu Norimb. Academiæ suæ
laudatissimæ Jurisconsultis Clarissimis
pie denatis suffecto, atque una in nu-
merum Consiliariorum cooptato, inque
istis Muneribus summa fide, laude,
dignitate versato, tandem, cum &
consiliis Remp. & doctrina juventu-
tem plurimum juvisset, editisque præ-
clarissimis divini ingenis monumentis
universam rem litterariam egregie de-
meruisset; Deo Opt. Max. ita volente,
vivis cum Damno & luctu publico
exempto, & hoc in loco, juxta ossa

*Magni illius, & per omnem orbem ce‑
leberrimi Hug. Donelli, cui vivo vivus
omni adfectu conjunctissimus, ingenio
etiam proximus fuerat, in Christo Jesu
requiescenti Monim. posuit cum La‑
crumis.*

*Magdalena Gentilis domo Calan‑
drina Cæs. Calandrini patr. Lucen‑
sis F. Marito Cariss. Honoratis. Ægi‑
dius item Albericus F. unicus, &
Esthera Magdalena F. unica patri
opt. necnon desideratiss.*

Obiit Eidus Sextil. 1616. *ætat.*
53.

Catalogue de ses Ouvrages.

1. *Epica Paraphrasis in* 25. *Psal‑
mos Davidis. Londini* 1584. *in‑*4°.

2. *Solimeidos Libri duo, priores
de Torquati Tassi Italicis expressi.
Venetiis* 1585. *in‑*4°. Cette tradu‑
tion est en vers.

3. *Annotazioni supra la Gerusa‑
lemme liberata di Torquato Tasso. In
Leyda* 1586. *in‑*8°. It. dans plusieurs
éditions de ce Poëme.

4. *Nereus sive de Natali Eliza‑
bethæ illustr. Philippi Sydnæi filiæ.
Londini* 1526. *in‑*4°. C'est une pié‑
ce de vers. *Michel Piccart* rapporte

S. GEN-
TILIS.

dans l'Oraison funebre de *Scipion Gentilis* ce qui engagea notre Auteur à s'appliquer à la Poësie. Il raconte que *Gentilis* le pere étant un jour après le repas auprès du feu avec ses deux fils *Alberic* & *Scipion*, leur dit de prendre un charbon, & après leur avoir recité une Sentence en Prose Latine, leur ordonna de la mettre tous les deux en vers & de les écrire sur la cheminée. L'aîné en fit aussi-tôt plusieurs qu'il put à peine écrire dans l'espace qu'il avoit, pendant que *Scipion* n'en composa que trois. Le pere les ayant lûs les obligea à lui promettre de faire ce qu'il leur diroit; lorsqu'ils l'eurent promis, *ce que je veux de vous*, leur dit-il, *est que vous Alberic, vous ne fassiez des vers de votre vie, & vous Scipion, que vous continuiez à en faire.*

5. *Parergorum ad Pandectas Libri duo, & originum Liber singularis. Francofurti* 1588. *in-8°.* It. *Altdorfii* 1664. *in-8°.* Son Livre des origines ou des étymologies tirées du Droit est fort peu de chose.

6. *Oratio habita in funere Hugo-* S. Gen-
nis Donelli. Item aliorum varia car- tilis.
mina ejufdem gloria confecrata. Al-
torphii 1591. *in-4°.* It. *Ibid.* 1592.
in-4°.

7. *Difputationum illuftrium, five*
de Jure publico Populi Romani Li-
ber, Norimberga 1598. *in-8°.* It.
Altdorfi 1662. *in-8°.* Ces differtations font au nombre de fept.
La 1. *de Principatu Romano.* La 2.
De Lege Claudia de vi, atque an
Cicero per eam jufte civitate pulfus
fit ; queftion qu'il réfout par l'af-
firmative. La 3. *De lege Cornelia ,*
& facta Ciceronis reftitutione contra
legem Claudiam. La 4. *De lege Por-*
cia de fuppliciis , feu de libertate Ro-
mana. La 5. *De jure Belli.* Ouvrage different de celui de fon frere fur
le même fujet, & beaucoup plus
abregé. La 6. *Ad conftitutionem*
Imperatoris Friderici I. Ænobardi de
Regalibus. La 7. *De Jure fingulari*
ftudioforum.

8. *Orationes Rectorales tres pro C.*
Cafare de re Militari Romana &
Turcica, & de lege Regia. Norim-
berga 1600. *in-8°.*

Tome XV. D

S. Gen-
Tilis.

9. *De Jurisdictione Libri tres.*
Francofurti 1600. 1602. 1613. *in-*
8°.

10. *De conjurationibus Libri duo.*
Francofurti 1600. *in-8°.* It. *Hano-*
via 1602. *in-8°.*

11. *De Alimentis Liber. Franco-*
furti 1600. *in-8°.*

12. *Laudatio funebris in obitum*
summi viri Dn. Hieronymi Baum-
gartneri, Reip. Noribergensis Duum-
viri. Noriberga 1603. *in-4°.*

13. *De donationibus inter virum*
& uxorem Libri quatuor. Francofur-
ti 1604. *in-4°.*

14. *De bonis maternis & secun-*
dis nuptiis Libri duo. Hanovia 1606.
in-8°.

15. *In L. Apuleii apologiam qua*
seipse defendit, publico de Magia ju-
dicio, Commentarius. Hanovia 1607.
in-8°.

16. *Epica Paraphrasis in Psal-*
mum 107. *Norimberga* 1610. *in-8°.*

17. *Henrici IV. Regis Francorum*
Elogia à Scipione Gentili, & Isaa-
co Casaubono. Quibus accesserunt in
ejus indignissimam cædem carmina.
Argentina 1617. *in-4°.*

18. *De Solennitatibus, quatenus in* S. GEN-
quoque actu intervenire debeant, vel TILIS.
interveniffe præfumantur. Item Oratio
de unione. Noribergæ 1617. *in-*4°.

19. *De concurrentibus Actionibus*
Liber. Ambergæ 1617. *in-*8°.

20. *Commentarius in Epiftolam ad*
Philemonem. Noribergæ 1618. *in-*4°.
It. dans les *Critici facri,* tom. 7. de
l'édition de *Londres* & tom. 5. de
celle de *Francfort.*

21. *Tractatus quatuor* 1. *de erro-*
ribus teftamentorum à teftatoribus ip-
fis commiffis. 2. *De fcientia Hære-*
dum. 3. *De Jure accrefcendi.* 4. *De*
dividuis & inviduis obligationibus,
editi à Joanne Rebham. Argentora-
ti 1669. *in-*8°.

22. M. *Simon* dans fa *Bibliotheque*
des Auteurs de Droit, dit qu'il a
pris foin de l'édition des Ouvrages pofthumes d'*Hugues Doneau* qui
parurent à *Hanau* en 1604. *in-*8°.
& qu'il y a fupplée quelque chofe
de fon propre fond en certains endroits.

On voit par fon Commentaire
fur *Apulée* qu'il avoit fait des
Notes fur *Tacite,* un Livre de an-

S. Gen- tiquis *Italiæ linguis* & *Quæstiones ad*
TILIS. *Africanum Jurisconsultum.* Mais ces
Ouvrages n'ont pas été imprimez,
à ce que je crois. *Witten* lui attribue un Traité *de Legationibus,*
mais il se trompe, car il est de
son frere *Alberic.*

V. son Eloge par *Michel Pic-*
cart dans les *Memoriæ Jurisconsul-*
torum Henningi Witten. Bayle Dic-
tionnaire. Taisand vies des Jurisconsultes.

HENRI DE MONANTHEUIL.

HENRI *de Monantheuil* naquit à *Reims* vers l'an 1536. d'u-ne famille noble qui possedoit la terre de *Monantheuil* dans le Ver-mandois.

H. DE MONAN-THEUIL.

Il fut élevé à *Paris* dans le Col-lege de *Presles* sous la discipline de *Ramus*, à la Philosophie duquel il fut depuis fort attaché.

L'Etude des Mathematiques & de la Medecine l'occupa également. Il fut d'abord Professeur en Me-decine, & devint dans la suite Doyen de cette Faculté. Il ajouta après à cette premiere qualité celle de Professeur Royal en Ma-thematique. Si l'on s'arrête à ce que dit *du Breuil* dans ses *Antiqui-tez de Paris*, il fut revêtu de cette derniere en 1577. Cependant deux de ses discours, dont je parlerai plus bas, pourroient faire croire, l'un que ce fut en 1574. & l'au-tre en 1585.

M. *de Thou* nous apprend dans

le premier Livre de sa vie, que ce fut sous ce Professeur qu'il apprit les élemens de l'Arithmétique & de la Géometrie. Le sçavant *Pierre de Lamoignon* fut aussi son disciple.

Il demeura toujours fidélement attaché à son Roi pendant les troubles de la Ligue, & lorsqu'elle dominoit à *Paris*, on faisoit chez lui des Assemblées, où sous prétexte de parler de Sciences, on cherchoit les moyens de remettre cette Ville entre les mains du Roi *Henry IV.*

Le Garde des Sceaux *Guillaume du Vair* l'aimoit particulierement, & c'est lui qu'il a voulu désigner dans son Livre de la constance sous le nom de *Musée.*

Il mourut l'an 1606. âgé de 70. ans, & laissa trois enfans, un fils nommé *Thierry de Monantheuil*, Avocat au Parlement qui mourut l'an 1621. dans sa cinquantiéme année, & deux filles, *Catherine* qui épousa *Pierre Roussel* qu'elle perdit au bout d'un an, & qui après 60. années de veuvage mourut l'an 1649. âgée de 78. ans, & *Charlotte* mariée à *Jerôme Goulu* dont elle eut treize enfans, décedée en 1638. à l'âge de 57. ans.

Catalogue de ſes Ouvrages.

1. *Oratio pro Mathematicis artibus, Pariſiis habita.* Pariſ. 1574. *in-*4º.

2. *Admonitio ad Jacobum Peletarium de angulo contractus.* Pariſ. *Mettayer* 1591. *in-*4º.

3. *Oratio pro ſuo in Regiam Cathedram ritu.* Pariſ. 1585. *in-*8º. Cet Ouvrage qui eſt rapporté dans la Bibliotheque de M. *de Thou* eſt omis dans la liſte que *Monantheuil* a fait de ſes Œuvres.

4. *Panegyricus dictus Henrico IV. ſtatim à feliciſſima & auſpicatiſſima Urbis reſtitutione, Latine habitus in Aulâ Cameracenſi, & poſtea Gallicè verſus.* Pariſ. *Frederic Morel* 1596. C'eſt ainſi qu'on trouve ce Panegyrique cité dans le Catalogue que *Monantheuil* a fait de ſes Ouvrages. Il a été imprimé en Latin à *Paris* en 1594. *in-*8º. L'édition

H. DE Françoise est apparemment de l'an
MONAN- 1596.
THEUIL.　4. *Oratio qua ostenditur quale*
esse debeat Collegium Professorum Re-
giorum, ut sit perfectum atque abso-
lutum, ab Henrico Monantholio, Me-
dico, Mathematum Professore Regio.
Parif. 1596. *in-*8°. Il prononça ce
Discours dans la Salle du Collège
de Cambray.

6°. *Commentarius in Librum Arif-*
totelis περὶ τῶν μηχανικῶν *cum Græco*
textu Ariftotelis emendato, & nova
in Latinum verfione. Parif. 1599.
*in-*4°. Comme *François Patricius*
& *Jerôme Cardan* dans son Livre
de proportionibus ont ôté cet Ouvrage à *Ariftote, Monantheuil* fait
dans son Commentaire tous ses efforts pour prouver qu'il est véri-
tablement de lui.

7. *Ludus Jatromathematicus, Mu-*
fis factus, ad averruncandum tres
Academiæ perniciofos hoftes πόλεμον,
λιμὸν, λοιμὸν, *feu oratio quâ oftenditur*
non folum utilis, fed etiam omnino
neceffaria feptem Artium Mathema-
ticarum cognitio Medico Hippocrateo
& *Galenico, habita per quatuor dies*
　　　　　　　　　　　continuos

continuos in Aula Cameracenſi. Pa-　H. DE
riſ. 1597. *in-*8°. It. *Ibid.* 1700. *in-*　MONAN-
8°.　　　　　　　　　　　　　　　　　　　THEUIL.

8. *De puncto primo Geometriæ
principio Liber. Lugd. Bat.* 1600.
*in-*4°. *Nicolas Goulu*, petit fils de
Monantheuil, avoit d'abord dans ſon
éloge donné cet Ouvrage à *Thierry de Monantheuil*, dont j'ai parlé
ci-deſſus ; mais il s'eſt retracté depuis, l'ayant trouvé parmi ceux de
Henry de Monantheuil dans la liſte
que ce ſçavant en a dreſſé lui-
même.

9. *Problematis omnium quæ à* 1200.
*annis inventa ſunt nobiliſſimi demon-
ſtratio. Pariſ.* 1600.

Monantheuil a donné auſſi la liſte
de ſes Ouvrages, tant imprimez
que manuſcrits, & elle ſe trouve
à la ſuite de ſon éloge par *Nicolas
Goulu*. On voit entr'autres parmi
ces derniers.

Oratio in Senatu habita anno 1579.
*adverſus famoſum Empiricum Rivie-
rum dictum Rotu le Bailly, qui de-
creti Senatus expulſus eſt urbe.*

Apologie contre ce qui eſt écrit de

Tome XV.　　　　　　　　　　E

H. DE
MONAN-
THEUIL.

lui au Livre du Manent & du Ma-
beutre.

Tous ces Manuscrits se font perdus à l'exception des *Commentaria*
in jusjurandum Ariftotelis que *Jac-*
ques Mentel Medecin de *Paris*, avoit
promis de publier, mais il n'a pas
tenu sa promesse.

Kœnig dans sa *Bibliotheca vetus &*
nova a fait trois hommes differens
de celui dont je viens de parler,
l'un nommé *François*, Auteur du
Ludus Jatromathemathicus, l'autre
appellé *Pierre*, à qui il attribue le
Commentaire sur *Ariftote*, & le
troisiéme *Henry* à qui il donne de
nouveau le *Ludus Jatromathemati-*
cus. C'est un leger échantillon des
fautes dont cet Auteur est rempli.

V. son éloge par *Nicolas Goulu*
parmi ceux de la famille des *Gou-*
lu, & *Bayle Dictionnaire*.

JACQUES PILARINO.

JACQUES *Pilarino* naquit le 9. J. PILA-
Janvier 1659. dans l'Ifle de Ce- RINO.
phalonie d'une famille noble.

Il paffa à l'âge de dix ans à *Venife* où il demeura quelques années. Après y avoir fait fes Humanitez, & avoir étudié en Droit,
il alla fe faire recevoir Doƈteur en
cette Faculté à *Padoüe.*

De retour dans fa patrie après
une abfence de fix ans, il fe dégoûta bientôt du Droit, & retourna à *Venife* pour y étudier en
Medecine. Il employa deux années
à cette étude, après quoi il s'y fit
recevoir Doƈteur.

Il crut que la Medecine lui don-
neroit la facilité de fatisfaire l'inclination qu'il avoit pour voyager,
& ce fut un des motifs qui l'engagea à s'y appliquer.

Il fut en Candie pendant quatre
ans au fervice d'*Ifmael* Capitan
Bacha de ce Royaume. De-là il
paffa à *Conftantinople*; mais il n'y
E ij

demeura pas long-temps. Il alla en
1684. en Valachie avec le titre de
Medecin du Prince *Cantacuzene.*
L'an 1687. il retourna dans sa patrie , où il trouva son pere mort.

L'année suivante il se transporta en Moscovie avec la qualité de
premier Medecin du Czar , & revint au bout d'un an dans sa patrie avec la même qualité.

Le Doge François *Morosini* ayant
été élû pour la quatriéme fois Capitaine general dans le Levant , le
prit à son service , & le retint
auprès de lui jusqu'à sa mort qui
arriva l'an 1694.

Du Levant *Pilarino* retourna à
Venise , d'où il passa en Valachie
où il demeura l'espace de quatre
ans au service du Prince *Serbano.*

Au bout de ce temps il alla faire
un tour dans sa patrie , d'où après
un séjour d'une année , il repassa
à *Venise* , & de-là à *Livourne* , à
Smyrne & à *Constantinople* , jusqu'à
ce qu'en 1701. il fut de nouveau
appellé en Valachie par le Prince
Serbano qui lui donna une pension
de quinze cens sequins.

Soit inconſtance naturelle qui J. PILA-
ne lui permettoit pas de ſe fixer RINO.
en aucun lieu , ſoit autre raiſon ,
il ne demeura auprès de lui que
trois ans , au bout deſquels , il alla
faire quelque ſéjour à *Conſtantinople,*
& enſuite à *Veniſe.*

En 1707. il s'embarqua à *Livour-*
ne , & fit un nouveau voyage à
Smyrne , à *Alep* , & au Caire.

De retour à *Smyrne* , il y demeura
pendant cinq ans en qualité de
Conſul de la République de *Veniſe*
en cette Echelle , ayant été choiſi
pour ce poſte par *Aſcanio Juſtiniani* ,
depuis Procurateur de S. Marc , &
alors Bailé à la Porte Ottomane , &
confirmé par un Decret du Senat.

Son temps fini , il retourna à *Ve-*
niſe , où au bout de quatre ans il fut
attaqué d'hydropiſie. L'habilité des
Profeſſeurs en Médecine de l'Univerſité de *Padoue* qu'il connoiſſoit,
l'engagea à ſe faire tranſporter dans
cette Ville pour ſe mettre entre
leurs mains. Mais tous leurs ſoins
ne purent le guerir , & après avoir
langui pendant neuf mois il mourut
le 18. Juin 1718. dans ſa 60. année,

J. Pila-　& fut enterré dans le Cimetiere des
rino.　Mineurs Obfervantins de S. François de *Padoue*, avec cette Epitaphe.

D. O. M.
Memoria
Jacobi Pilarino
Nob. Cephaleni, Med. Doct.
Viri
Apud Dacos, Mofchos & Thracas
In Afia & Ægypto
Ex arte, prudentia, probitate
Et rerum public. adminiftratione
Clari
Fratres M. M. P. P.
Obiit
Anno Salut 1718. *ætat.* 60.

Il a fait imprimer fur la fin de fa
vie ces deux Ouvrages.

1. *Nova & tuta Variolas excitandi*
per tranfplantationem methodus, nuper
inventa, & in ufum tracta, qua rite
peracta immunia in pofterum præfer-
vantur ab hujufmodi contagio corpora.
Venetiis 1715. *in*-12.

2. *La Medicina difefa, ovvero ri-*
fleffi di difinganno, fopra i nuovi fen-
timenti contenuti nel libro intitolato:

Il mondo ingannato da falsi Medi- J. PILA
ci, *di Giacomo Pilarino. In Venezia* RINO.
1717. *in-*12. L'Auteur que *Pilarino*
entreprend ici de combattre est *Jo-*
seph Gazola, dont j'ai parlé dans le
neuviéme tome de ces Mémoires,
p. 265.

Il a fait aussi la Relation de ses
Voyages, qui est Manuscrite entre
les mains de ses Heritiers.

V. *Journ. de Venise*, *tome* 31. *p.*
332.

FRANÇOIS DE LAUNAY.

FRançois *de Launay* naquit à *An-* F. DE
gers le 12. Août 1612. Après LAUNAY.
avoir fait dans sa patrie ses études
d'Humanitez, de Philosophie, &
de Droit, il vint à Paris, où il fut
reçû Avocat au Parlement le 20.
Janvier 1638.

Depuis ce temps-là il suivit toûjours assidûment le Barreau, & y
fut employé à plaider, à écrire, &
à consulter, jusqu'à l'année 1680.
qu'il fut le premier pourvû par le
Roi de la Charge de Professeur en

E iiij

F. DE LAUNAY. it François érigée par Arrêt du Conseil d'Etat du 26. Novembre de cette année , dont il prêta ferment quelques jours après entre les mains de M. le Chancelier *le Tellier.*

Il fit l'ouverture de ses Leçons le 28. Decembre suivant par un Discours qu'il prononça publiquement dans la Salle du College Royal , en présence d'une nombreuse assemblée.

Il avoit une connoissance parfaite du Droit François auquel il s'étoit attaché avec beaucoup de soin , depuis qu'il étoit entré dans le Barreau , & il avoit acquis cette connoissance tant par la lecture des Livres anciens que par celle des Chartres & des autres piéces manuscrites qu'il avoit ramassées ; il eût été à souhaiter qu'il eut donné au public ce qu'il avoit recueilli sur ce sujet , comme il en avoit le dessein , mais il n'a pû l'exécuter.

Il avoit amassé une grande quantité de Livres rares & curieux qu'il communiquoit volontiers à ses amis.

Ses mœurs étoient pures , sa
pieté solide & sa charité bienfai-
sante , il refusoit rarement l'aumô-
ne aux pauvres , mais en la leur
donnant il leur recommandoit de
travailler pour gagner leur vie , en
leur disant qu'il se levoit lui-même tous les matins à cinq heures
pour gagner la sienne.

Il est mort le 9. Juillet 1693.
âgé de 81. ans & fut enterré dans
la Cave du S. Sacrement de l'E-
glise de S. Severin , sa Paroisse ,
dans l'étendue de laquelle il avoit
toujours demeuré.

Catalogue de ses Ouvrages.

1. *Discours prononcé en la Salle
du College Royal à l'ouverture de
ses Leçons. Paris* 1681. *in*-12. Il
s'en est fait quatre éditions à *Paris* & une à *Lyon* dans le second
volume d'un recueil de diverses
piéces d'Eloquence ; la derniere est
de l'an 1687. L'Auteur s'y est proposé de montrer qu'il n'y a rien
de plus utile, de plus nécessaire,
ni même de plus glorieux à la
France que de rendre publique la

F. DE
LAUNAY.

F.   DE connoiſſance de ſes Loix , en les
LAUNAY. enſeignant en ſa Langue.

    2. *Inſtitution du Droit Romain &*
du Droit François , diviſée en quatre
Livres par un Auteur Anonyme , avec
des Remarques pour l'intelligence de
l'Ouvrage , par M. François de Lau-
nay. Paris 1686. *in-*4°. » Quelque
» ſoin que M. *de Launay* ait pris, dit
» le *Journal des Sçavans,* apparem-
» ment après ce ſçavant Juriſcon-
» ſulte, pour s'informer de l'Au-
» teur de cette Inſtitution, il n'a
» pû le découvrir. Quelques-uns
» ont cru que c'étoit feu M. *Boſca-*
» *ger*, célébre Juriſconſulte, qui a
» enſeigné très-long-temps le Droit
» en particulier avec beaucoup de
» ſuccès ; mais ils l'ont cru ſans
» fondement. M. *de Launay* lui fit
» demander pluſieurs fois, s'il pre-
» noit quelque part à cet Ouvrage,
» & il répondit conſtamment qu'il
» n'y en prenoit aucune. Auſſi
» après ſa mort n'en trouva-t-on
» chez lui aucune copie ni Françoiſe
» ni Latine. M. *de Launay* a appris
» depuis que ce n'étoit qu'une tra-
» duction, que l'Original eſt La-

» tin, que l'Auteur étoit mort il F. DE
» y avoit environ 15. ans, & qu'il LAUNAY.
» avoit cité lui-même à la marge les
» lieux des Auteurs, d'où il avoit
» tiré la plus part de fes décifions. »
Tout cela ne s'accorde guéres avec
ce que dit l'Auteur de l'Eloge de
M. *Bofcager*, dont je parlerai pour
ce fujet dans l'article fuivant.

3. *Commentaire fur les Inftitutes*
coutumieres de M. Antoine Loifel,
Avocat au Parlement. Par François
de Launay. Paris 1688. *in-*8°. Ce
Commentaire eft rempli de remarques fort judicieufes & fort fça-
vantes.

4°. *Contredits des Doyen, Cha-*
noines, & Chapitre de S. Marcel de
Paris, demandeurs, contre la Produc-
tion nouvelle des Doyen, Chanoines,
& Chapitre de S. Germain de l'Auxer-
*rois, deffendeurs, in-*4°. pp. 134. Le
fait dont il s'agit dans ce Factum,
qui eft rempli d'une érudition très-
recherchée, confifte à fçavoir, qui
des deux Chapitres, celui de *S.*
Marcel, ou celui de *S. Germain de*
l'Auxerrois, doit avoir la préféance
dans les Affemblées publiques,

F. DE comme font les Proceffions , les
LAUNAY. Synodes , &c.

5. Il a traduit la premiere partie
du Commentaire de *Gabriel du Pineau* fur la Coûtume d'Anjou ,
comme on peut le voir dans l'article de ce Scavant Jurifconfulte ,
tome 14. page 64.

6. Il a auffi publié les *Inftitutes du Droit Canonique* de M. *de la Cofte*,
dont M. *Nivard* , fon ami particulier & fon compatriote , auffi Avocat au Parlement , & Academicien d'*Angers* , avoit donné quelques années auparavant les Inftitutes du Droit Civil.

V. fon Eloge dans le *Journal des Scavans* du 14. Septembre 1693.

JEAN BOSCAGER.

JEan Boſcager naquit à *Beziers* le 23. Août 1601. Il vint fort jeune à *Paris* dans le deſſein d'y faire ſa Theologie en Sorbonne ; mais ayant ſçû qu'il y avoit un parent qui enſeignoit le Droit, & qui excelloit dans ſa profeſſion., il l'alla voir & accepta la propoſition qu'il lui fit de venir demeurer avec lui, & de donner quelque temps à l'étude des Loix.

Cette étude lui plut ſi fort, & il y prit tant de goût, qu'il renonça à celle de la Theologie, pour s'y livrer entierement, & qu'il ne la quitta plus depuis.

Les progrez qu'il y fit d'abord furent ſi conſidérables, que ſix mois après ſon parent étant tombé malade, le jugea capable de faire des leçons à ſa place, & quoiqu'il n'eut alors que vingt deux ans, il s'aquita parfaitement de cet emploi.

Il parloit fort bien Latin, ſon

J. Bos-
CAGER.

expression étoit pure & nette ; & la
grace avec laquelle il s'énonçoit le
faisoit écouter avec plus de plaisir
qu'un homme déja âgé, dont le
langage n'avoit pas les mêmes agrémens.

Son parent étant revenu en santé,
s'apperçut de la distinction qu'on
faisoit entre eux, & en conçut
de la jalousie contre lui. C'est ce
qui l'engagea à faire un voyage pour
le guerir de cette seconde Maladie.

Il passa en Italie avec M. d'A-
vaux, qui alloit en Ambassade à
Venise, & demeura quelque temps
à *Padoue*, où il fut reçû dans l'U-
niversité avec applaudissement. La
Devise qu'il fit sur le nom que cette
Université portoit, d'*Academia del
Bove*, dont les paroles sont tirées
de la fable d'Isis, *ex bove facta Dea
est* fut trouvée si belle, qu'on la fit
graver sur la porte en lettres d'or,
avec ces mots au-dessous. *Posuit
Joannes Boscager ex Gallia Occitanus,
ex Occitania Biterensis.* Il y fit aussi
sur ce sujet un excellent discours,
où après avoir prouvé la nécessité
du travail, il montre que le travail

rendoit l'homme égal aux Dieux.　　J. Bos-

De retour à *Paris* il reprit l'étude CAGER.
du Droit, & ſon parent étant mort,
il l'enſeigna à ſa place, ce qu'il a
continué juſqu'à ſa mort.

Sa Methode étoit particuliere,
& les matieres les plus épineuſes &
les plus rebutantes pour ceux qui
commencent devenoient agréables
entre ſes mains. Il reduiſoit tout le
Droit à de certains principes; & de
ces principes il en tiroit des conſe-
quences, qui contenoient tout ce
qu'on pouvoit dire ſur chaque Matiere.

Il a eu pour diſciples des perſon-
nes de la premiere conſideration,
comme M. le Prince de *Turenne*, &
M. de *la Meilleraye*, fils de M. le
Duc *Mazarin*, & tout ce qu'il y
avoit de plus illuſtre dans la Robbe.
Il a travaillé avec deux premiers
Préſidens du Parlement, M. *de
Lamoignon* & M. *de Novion*, qui
l'ont honoré de leur amitié; & M.
Colbert volut bien lui confier le ſoin
de M. *de Seignelay* ſon fils, pour le
former dans la ſcience des Loix.
» Ce fut à ſon occaſion qu'il tra-

J. Bos-
CAGER.

» duisit en notre langue plusieurs
» Traitez qu'il avoit composez, &
» qu'on a donné au public sans son
» consentement sous le titre d'*Ins-*
» *titution du Droit Romain & du*
» *Droit François*, avec des Remar-
» ques qui ne sont pas de sa façon.
» On a voulu dire qu'il avoit desa-
» voué cet Ouvrage, & qu'il n'é-
» toit pas de lui : mais on sçait po-
» sitivement le contraire. Il l'a toû-
» jours reconnu, & on a vû les Ma-
» nuscrits Latin & François écrits
» de sa propre main en Original. Il
» auroit été plus correct & dans un
» meilleur ordre, s'il l'eut revû lui-
» même, & qu'il eut été mis sous la
» presse par ses soins. » C'est ainsi
que l'Auteur de son Eloge s'exprime sur cet Ouvrage ; il seroit difficile de concilier ses paroles avec ce
qu'on a vû dans l'article précedent,
par rapport à *François de Launay*,
qui en a été l'Editeur ; & de marquer au juste ce qu'on doit croire
sur cet article.

Ce n'étoit pas seulement dans la
Jurisprudence que *Jean Boscager*
excelloit, il sçavoit parfaitement
les

les Humanitez ; & on peut con- J. Bos-
noître par ses écrits qu'il étoit aussi CAGER.
très-habile dans la Theologie &
dans la Morale. C'est à cette derniere qu'il vouloit qu'on rapportât
toute l'étude du Droit, & il mettoit le digeste au nombre des meilleurs Traités de Morale qu'on pût
avoir.

De tous les Commentateurs, il
n'estimoit presque que M. *Godefroy*,
persuadé que la plûpart des Commentaires apportent plus de con-
fusion que de lumiere, & que le
Droit n'étant fondé que sur le bon
sens, on pouvoit l'entendre en reli-
sant plusieurs fois le texte.

Au reste il étoit agréable, doux,
officieux, desinteressé ; content des
biens de l'esprit, il négligeoit ceux
de la fortune ; & son humeur bien-
faisante & son desinteressement ont
été cause qu'il n'a pas laissé de grandes richesses.

Il a toûjours joüi d'une santé parfaite, & il avoit coutume de dire
que ce qui le faisoit bien porter,
étoit qu'il ne connoissoit point de
Médecin, & qu'il ne prenoit de

Tome XV. F

J. Bos-
CAGER.

chagrin que le moins qui lui étoit poſſible‹ Il étoit fort ſobre, content de peu, ſans ambition, & rejettoit les choſes dont il pouvoit ſe paſſer.

Quelque temps avant ſa mort, étant allé à ſa maiſon de *Homonvilliers* à ſix lieues de *Paris*, un ſoir ſe promenant ſeul il tomba dans un foſſé, où il paſſa toute la nuit, & ne fut trouvé par ſes gens que le lendemain matin. On le porta à ſa maiſon preſque ſans ſentiment, & il vêcut encore quelques jours après cette chute. On remarqua qu'il ne ſe plaignit jamais dans ſa maladie.

Il mourut auſſi tranquillement qu'il avoit vêcu, le 15. Septembre 1687. âgé de 86. ans.

Il n'a jamais penſé à faire rien imprimer, que lorſqu'il n'a plus été en état de le faire. Ce n'eſt qu'après ſa mort que M. *le Saché* à qui il avoit fait remettre ſes papiers, a publié l'Ouvrage ſuivant.

J. Boſcagerius J.¹C. clariſſimus de Juſtitia & Jure, in quo exquiſitiſſima Juris utriuſque Principia accuratiſſime

proponuntur, luculentiffimifque exem- J. Boc-
plis è fcriptura, Conciliis, Patribus, CAGER.
& Jurifconfultis fumma cum fide de-
promptis illuftrantur; Origo & pro-
greffus Juris Civilis, Canonici, &
Franco-Gallici & fingulorum fpecies
omnes indicantur; Autores, Interpre-
tes, & Collectores laudantur. Parif.
1689. *in*-12. Cet Ouvrage eft écrit
avec beaucoup d'ordre & de netteté.

V. fon Eloge dans l'*Hiftoire des*
Ouvrages des Sçavans, Fevrier
1688.

ANTOINE SANDERUS.

ANtoine *Sanderus* naquit à *An-* A. San-
vers au mois de Septembre DERUS.
1586. de *Lævinus Sanderus* Docteur
en Médecine & de *Marie de Keyfer*,
qui demeuroient à *Gand*, mais qui
fe trouverent alors à *Anvers*.

Il apprit à *Oudenarde* les premiers
élemens de la langue Latine, &
étudia enfuite dans le College des
Jefuites de *Gand*. Il fit fa Philofophie à *Douay*, & y fut reçû Maître

A. SAN-ès-Arts le 1. Octobre 1609.

DERUS.   Après quelque féjour dans fa patrie, il alla commencer à *Louvain* fa Theologie, qu'il acheva à *Douay*, où il fut reçu Docteur en 1619. felon *Valere André*, & en 1621. felon *Svvertius*.

Il gouverna plufieurs années en qualité de Curé quelques Eglifes du Diocèfe de *Gand*, dont l'Evêque *Charles Mafius* l'avoit ordonné Prêtre, & il s'employa avec beaucoup d'ardeur à la converfion des Hèretiques, & principalement des Anabaptiftes, qui fe trouvoient en grand nombre dans le diftrict qui étoit confié à fes foins.

Les courfes fréquentes des Hollandois rendant le lieu peu fûr, fur-tout pour lui, qui avoit tout à craindre d'eux à caufe de quelques fervices qu'il avoit rendus au Roi d'Efpagne à leur préjudice, il crut devoir s'en retirer.

Il entra enfuite au fervice du Cardinal *Alphonfe* de *la Cueva*, qui étoit alors dans les Pays-Bas, en qualité d'Aumônier & de Secretaire. Il obtint quelque temps après,

à la recommandation de ce Cardi- **A. San-**
nal, un Canonicat d'*Ypres*, (*a*) & **derus.**
ensuite la Theologale de *Terouane*.

Il est mort en 1664. âgé de 78.
ans à *Afflinghem* Abbaye du Brabant dans le Diocèse de *Malines*,
& il y est enterré avec cette Epitaphe qu'il s'étoit faite lui-même.

D. O. M.

Antonius Sanderus
  Presbyter,
Piis fidelium precibus
  Me commendo,
Et à Misericordia Christi
  Expecto
Donec veniat immutatio mea
  Amen.

Catalogue de ses Ouvrages.

1. *Funus Albertinæ Spinulæ à variis
adornatum ad Gastonem Spinulam Patrem. Antuerpiæ* 1608. *in-fol.*

2. *Præludia Poetica. Duaci* 1612.
*in-*8°.

3. *Diræ in Iconoclastas. Accedit*

(*a*) Le P. *Labbe* dans sa *Bibliotheca Bi-
bliothecarum* s'est trompé en lui donnant
la qualité de *Canonicus Tornacensis.*

A. SAN- *Assertio brevis Sacrarum Imaginum.*
DERUS. *Gandavi* 1618. *in-*4°.

4. *Dissertatio Parænetica pro insti-*
tuto publicæ Bibliothecæ Gandavensis.
Gandavi 1619. *in-*4°. *Valere André*
en cite une édition de 1633. *in-*4°.

5. *Oratio de S. Scripturæ reveren-*
tia. Bruxellis 1619. *in-*4°. Cet Ouvrage cité par le P. *le Long* dans sa
Bibliotheque Sacrée a été omis par
Svvertius & Valere André.

6. *Poematum libri III. Gandavi.*
1621. *in-*8°. On y a joint *Lacymæ*
in funere sereniss. Belgarum Principis
Alberti Austriaci, qui ont été aussi
imprimées separément.

7. *Panegyricus Virginis Annuntia-*
tæ. Gandavi 1621. *in-*8°.

8. *Panegyrici IV. in laudem B.*
Mariæ Virginis. Gandavi 1621. *in-*
8°.

9. *Præfationum ad varios liber.*
Gandavi. 1622. *in* 8°.

10. *Oratio de Incarnatione Domini*
apud PP. Soc. Jesu habita. Gandavi
1623. *in-*4°.

11. *Panegyricus in laudem B. Tho-*
mæ de Villanova, Ordinis Eremita-
rum S. Augustini, cognomento Elee-

mosynarii Archiep. Valentini ; apud A. SAN-
PP. Augustinianos dictus. Gandavi. DERUS.
1623. *in-4°. Sanderus* ayant envoyé
ce Panegyrique en Espagne à l'Archevêque & aux Chanoines de *Va-*
lence, en reçut en reconnoissance
une partie de la cuisse du Saint,
qu'il avoit si bien loué.

12. *Encomium S. Isidori, Agricolæ*
Hispani, Patroni Madritensis. An-
tuerpiæ 1623. *in-8°.*

13. *De Scriptoribus Flandriæ libri*
tres. Antuerpiæ 1624. *in-4°.*

14. *De Gandavensibus eruditionis*
fama claris. Antuerpiæ 1624. *in-4°.*

15. *De Brugensibus eruditionis fama*
claris. Antuerpiæ 1624. *in-4°.* Ces
trois Ouvrages font voir qu'il étoit
zelé pour la gloire de son pays. Les
Bibliotheques de *Suvertius* & de
Valere André les ont fait presque oublier, parce qu'elles sont plus amples & plus exactes.

16. *Hagiologium Flandriæ, sive de*
Sanctis ejus Provinciæ liber unus. An-
tuerpiæ 1625. *in-4°.* It. *Auctius. In-*
sulis 1639. *in-8°.*

17. *Funus Simonis Kerchovii, Pres-*
byteri, Canonici Gandavensis, cum

A. SAN-
DERUS.

*Poematiis quibusdam ante non editis.
Bruxellis 1626. in-8°.*

18. *Elogia Cardinalium Sanctitate,
Doctrina, & Armis illustrium. Lovanii 1625. in-4°.* Eggs a donné depuis quelque chose de plus complet
en ce genre dans sa *Purpura Docta.*

19. *Gandavium, sive Rerum Gan-
davensium libri VI. Bruxellæ 1627.
in-4°.*

20. *De Claris Santitate & erudi-
tione Antoniis. Lovanii 1627. in-4°.*

21. *Poemata. Gandavi 1633. in-4°.*
C'est un nouveau Recueil de ses
Poësies, parmi lesquelles on trouve
celle-ci qui a été imprimée separement, à ce que je crois, *Protrep-
tricon pacis Belgicæ ad Alphonsum
Cardinalem de la Cueva.*

22. *Elogium S. Angeli, Martyris
Carmelitæ. Bruxellæ 1633. in-4°.*

23. *Panegyris S. Andreæ Corsini,
Carmelitæ, Episcopi Fesulani. Bruxellæ 1633. in-4°.*

24. *Auctariolum ad Nic. Serra-
rium & Jacobum Gretserum, Theo-
logos Soc. Jesu de ritu Catholicarum
Processionum. Ipris 1640. in-8°.*

25. *Bibliotheca Belgica Manuscrip-*
ta,

24. *Pars* 1. *Inſulis* 1641. *in-*4°. *Pars* A. SAN-
2. *Ibid* 1643. *in* 4°. C'eſt un Cata-DERUS.
logue de tous les Manuſcrits Latins,
qui ſe trouvoient du temps de *San-*
derus dans les Bibliotheques, ſoit
publiques, ſoit particulieres des
Pays-Bas. Je ſuis ſurpris que *Valere*
André n'ait point parlé de la premiere partie, qui avoit paru deux
ans avant qu'il donnât ſa *Bibliothe-*
que Belgique.

26. *Flandria illuſtrata, ſive deſ-*
criptio Comitatus Flandriæ, Iconibus
& Tabulis ære inciſis exornata. Colo-
niæ Agrippinæ in-fol. 2. *vol.* le premier en 1641. & le ſecond en 1644.
L'Auteur ſe ruina en faiſant imprimer à ſes dépens cet Ouvrage &
les deux autres qu'il a donnéſ urle
Brabant. Ils ſont cependant eſtimez
& recherchez, ſur-tout celui-ci
qui eſt fort rare. On en a fait depuis une nouvelle édition, à laquelle on préferera toûjours l'ancienne,
à cauſe de la beauté des planches.

27. *Brabantia Sacra & Profana.*
Antuerpiæ 1644. *in-fol.*

28. *Chorographia Sacra Brabantiæ,*

Tome XV. G

A. SAN-*sive celebrium in ea Provincia Eccle-*
DERUS. *siarum & cœnobiorum descriptio , Ima-*
ginibus æneis illustrata. Bruxellæ 1659.
in-fol. cette édition est fort rare. Il
y a des gens qui assurent que l'on
avoit imprimé un second volume,
& qu'il a été tout brûlé dans l'incendie de *Bruxelles* ; mais je crois
que c'est un conte , car je ne l'ai vû
en aucun endroit , & aucun Bibliothecaire ne l'a cité. On a fait à la *Haye*
une nouvelle édition de cet Ouvrage en 1726. *in-fol.* 3. vol. dans
un ordre different , & augmenté de
l'Histoire Chronologique de tous
les Monasteres jusques au temps de
l'édition.

29. *Panegyricus sacer anno saculari*
Jubilao societatis Jesu dictus. Ipris
1642. *in*-8°.

30. *Gerardi Moringi vita S. Au-*
gustini cum Notis Antonii Sanderi.
Antuerpia 1644. *in*-8°.

31. *Vindiciarum , sive Dissertatio-*
num Biblicarum libri tres , in quibus
uberius probantur ea qua in Oratione
de S. Scriptura reverentia retulerat.
Bruxellis 1650. *in*-4°.

32. *Elenchus Catholicorum sacra*

Scriptura Interpretum. Lovanii 1650.
in-4°.

33. *Considerations utiles pour connoître Dieu & pour se connoître soi-
même.* (en Flamand) *Bruxelles.*

34. *La Chatellenie d'Ypres.* Carte
Geographique dressée par ses soins.
Amsterdam 1641. *in-fol.*

Svvertius & *Valere André* parlent
encore des Ouvrages suivans ; mais
je n'ai pû découvrir s'ils ont été imprimez.

*Ephemeridum Ecclesiasticarum libri
XXIV.*

*De Sacro-Sancto Eucharistiæ Sacra-
mento libri tres.*

*Dissertationes sacræ ac politicæ de
causis ac remediis calamitatum Bel-
gicarum.*

*De causis, malitia, fraudibus, ac
remediis Hæreseon hujus temporis.*

Dissertatio de genio Musarum.

Tractatus de bono Pastore.

V. son Eloge dans *Francisci
Svvertii Athenæ Belgicæ. Valerii Andreæ Bibliotheca Belgica* , & à la tête
de la nouvelle édition de la *Chorographia sacra Brabantiæ.*

G ij

NICOLAS SANDERUS.

Nicolas *Sanderus* (en Anglois *Saunders*) naquit à *Charlevvod* dans le Comté de *Surrey* en Angleterre , lieu dépendant du Diocèse de *Winchefter*, de *Guillaume Sanderus* , & d'*Elizabeth* , dont on ignore la famille.

Ses parens eurent un grand foin de lui procurer une bonne éducation , & il commença fes études dans le College de *Wikeham*, fondé par un Anglois de ce nom dans un Fauxbourg de *Winchefter*, fous la protection de la Vierge.

Il paffa enfuite à *Oxford*, où il fut aggrégé en 1548. au College qui porte le même nom. Il s'y rendit fort habile dans la Theologie & dans le Droit Canon , & trois ans après, c'eft-à-dire en 1551. il fut fait Bachelier.

Sa capacité lui fit même obtenir en 1557. une chaire de Profeffeur en Droit Canon dans cette Univerfité ; mais il ne la conferva pas

long-temps ; car la Reine *Elizabeth* N. SAN-
ayant changé la Religion du Pays , DERUS.
il ne crut pas devoir demeurer plus
long-temps dans un Royaume où
fon zele ardent pour la Religion
Catholique étoit connu. Ainfi il
prit le parti d'en fortir en 1560. &
de fe retirer à *Rome.*

Il reçut dans cette Ville l'Ordre
de Prêtrife , & le degré de Docteur
en Theologie. Il fuivit enfuite le
Cardinal *Hofius* au Concile de Trente , & l'accompagna après en Po-
logne & dans fes autres voyages.

Ces voyages finis , il paffa à *Lou-*
vain , où on le retint pour être Profeffeur Royal en Theologie. Le
Pape *Pie V.* ayant vû fon Ouvrage
de vifibili Monarchia Ecclefiæ , qu'il
publia en cette Ville en 1571. le fit
venir à *Rome* dans le deffein de ré-
compenfer fes travaux; mais la mort
de ce Pontife , qui arriva l'année
fuivante , renverfa les efperances de
Sanderus.

Ce Sçavant s'attacha après au
Cardinal *Commendon* , qu'il alla
trouver à la Diete d'*Ausbourg* , où
ce Cardinal étoit Legat du faint

G iij

N. San-
DERUS.

Siége. Il paſſa enſuite en Eſpagne
avec le Nonce *Philippe Sega*, Evêque de *Plaiſance*, & depuis Cár-
dinal.

Il fut lui-même quelque temps
après envoyé en Eſpagne en qualité
de Nonce, par le Pape *Gregoire
XIII.* qui le fit enſuite paſſer en
Irlande avec la même qualité.

Son zele pour la Religion Catholique lui procura cette derniere
Nonciature, dont l'objet étoit d'a-
nimer les Catholiques d'Irlande qui
avoient pris les armes, à ſoutenir
vigoureuſement ce qu'ils avoient
commencé. Mais leur défaite entiere rendit inutiles toutes les peines qu'il ſe donna pour cela. La
crainte de tomber entre les mains
des Anglois, qui apparemment ne
lui auroient point fait de quartier,
l'obligea même à ſe cacher dans des
forêts, où il fut long-temps errant,
& où il mourut de faim & de mi-
ſere.

Jean Pitſeus, qui étoit ſon neveu,
fils de ſa ſœur, met ſa mort vers
l'an 1580. ce qui fait voir qu'il n'en
ſçavoit pas au juſte l'année. *Riſthon*,

qui a donné le premier son *Histoire* N. SAN-
du Schisme d'Angleterre, la place en DERUS.
1581. *Aubert le Mire* la recule à
l'année suivante 1582. Enfin *Antoine Wood*, qui paroît le mieux instruit sur cette matiere, & l'avoir
examinée avec plus de soin, la met
en 1583.

Catalogue de ses Ouvrages.

1. *Traité de la Cêne du Seigneur,
& de sa présence réelle dans l'Eucha-
ristie*, (en Anglois) *Louvain* 1566.
*in-*4°.

2. *Traité des Images*, où l'on fait
voir que c'est un crime de les briser, &
qu'il est permis de les honorer, (en
Anglois) *Louvain* 1567. *in-*8°.

3. *La pierre de l'Eglise*, ou défense
de la primauté de *S. Pierre* & de ses
successeurs, (en Anglois) *Louvain*
1567. *in-*8°.

4. *Traité de l'usure*, (en Anglois)
Louvain 1568. *in-*8°.

5. *De Typica* & *honoraria Imaginum adoratione libri duo. Lovanii*
1569. *in-*8°.

6. *De Explicatione Missæ ac par-
tium ejus. Lovanii* 1569. *in-*8°.

7. *Tractatus utilis*, *quod Dominus*

G iiij

N. SAN-
DERUS.
in sexto capite Evangelii S. Joannis de Sacramento Eucharistiæ proprie sit locutus. Antuerpiæ 1570. *in* 8°.

8. *De visibili Monarchia Ecclesiæ libri VIII. in quibus diligens instituitur disputatio de certa & perpetua Ecclesia Dei tum successione, tum gubernatione Monarchica, ab ipso mundi initio usque ad finem; deinde etiam civitatis diaboli persæpe interrupta progressio proponitur, sectæque omnes & hæreses confutantur, quæ unquam contra fidem emerserunt : Denique de Antichristo ipso & membris ejus, deque vera Dei & adulterina diaboli Ecclesia, copiose tractatur. Lovanii* 1571. *in-fol. It. Antuerpiæ* 1580. *in-fol. It. Romæ* 1586. *in-fol. It. Wirceburgi* 1592. *in-fol.* On a ajoûté dans cette derniere édition l'Ouvrage de *Sanderus* intitulé : *de Clave David, seu de Regno Christi.* Le Traité de la Monarchie visible est un des plus amples qui ayent été faits sur cette matiere ; l'Auteur s'y propose de prouver que le gouvernement de l'Eglise n'est ni Democratique, ni Aristocratique, mais purement Monarchique ; que cette

Monarchie n'a pas feulement com- N. SAN-
mencé à *Jefus-Chrift*, mais qu'elle a DERUS.
fubfifté depuis le commencement
du monde, & que *Jefus-Chrift* a
donné ce pouvoir Monarchique à
S. *Pierre* & aux Pontifes Romains
fes fucceffeurs. Plufieurs Auteurs
Anglois fe font élevez contre ce
fyftême, & l'ont attaqué par des
Ouvrages faits exprès. Tels font :

Barthelemi Clerke dans un Livre
anonyme, intitulé : *Refponfio fidelis
fervi, fubdito infideli data, unà cum
examine errorum & calumniarum, quæ
continentur in libro de Vifibili Ecclefiæ Monarchia. Londini* 1573. *in-4°.*

George Ackvvorth dans l'Ouvrage
fuivant : *Prolegomenon libri duo de
Vifibili Roma Anarchia, contra Nico-
lai Sanderi Monarchiam. Londini*
1573. *in-4°.*

9. *De Juftificatione contra Collo-
quium Altenburgenfe. Augufta Trevi-
rorum* 1585. *in-8°.* It. *Colonia* 1594.
in-8°.

10. *De Origine ac progreffu Schif-
matis Anglicani libri tres, quibus
Hiftoria continetur, maxime Ecclefiaftica annorum circiter* 60. *aucti &*

N. SAN-
DERUS.

editi per Eduardum Risthonum. Colonia Agrippina 1585. in-8°. *Risthon*
que M. l'Abbé *Lenglet* appelle mal
Edme, est le premier qui ait publié
l'Ouvrage de *Sanderus*, qui l'avoit
commencé en Irlande, mais qui
n'avoit pû l'achever à cause des
troubles. Il n'y a proprement de
lui que les deux premiers Livres,
qui s'étendent depuis le commencement du Regne du Roy *Henri VIII.*
jusqu'à la mort de la Reine *Marie.*
Il avoit été un peu plus loin ; mais
comme ce qu'il avoit écrit sur le
Regne d'*Elizabeth* n'étoit pas assez
digeré, *Risthon* a cru devoir y suppléer, en donnant une idée du Regne
d'*Elizabeth*, tant sur ses Mémoires,
que sur ce qu'il sçavoit d'ailleurs,
& c'est ce qui compose le troisiéme
Livre. Il s'est fait depuis diverses
éditions de cet Ouvrages. *Roma*
1586. *in-8°.* It. *Ingolstadii* 1587.
in-8°. It. *Addita appendice R. P.
Petri Ribadeneira soc. Jesu. Colonia
Agrippina* 1590. *in-8°.* &c.

On a trois traductions Françoises de cet Ouvrage.

La premiere de l'an 1587. *in-8°.*

ſans nom d'Auteur, ni de lieu.   N. SAN-

La ſeconde eſt de l'année ſuivante DERUS.
1588. & eſt imprimée à *Ausbourg*
in-8°. L'Auteur y eſt deſigné par les
Lettres initiales *J. J. A.*

La troiſiéme infiniment préfera-
blé aux deux autres, eſt de M. *de*
Maucroix & parut à *Paris* en 1678.
in - 12.

On en a une traduction Italienne
publiée ſous ce titre : *Hiſtoria Eccle-*
ſiaſtica della revoluzione d'Inghilterra
diviſa in libri quattro, ne quali ſi
tratta di quello ch' e avvenuto in quell'
Iſola, da che Arrigo Ottavo cominciò
à penſare di ripudiar Caterina ſua legi-
tima Moglie, inſino à queſti ultimi
anni di Lizabeta ultima ſua figlivo-
la; raccolta da graviſſimi ſcrittori non
meno di quella Nazione che d'altre.
In Firenze 1591. *in*-4°. *Jerome Pol-*
lini, Dominicain de *Florence,* en eſt
l'Auteur. Quoique le titre ſemble
dire qu'il eſt le compilateur de
l'Ouvrage, il n'a fait cependant que
traduire l'Ouvrage de *Sanderus* avec
les additions de *Riſthon,* & l'*Appen-*
dix ou le quatriéme Livre de *Riba-*
deneira. Jules Negri dans ſon *Iſtoria*:

N. San-
derus.

degli scrittori Fiorentini, nous apprend que cette traduction fut supprimée par les Dominicains à la sollicitation de la Reine *Elizabeth*; ce qui fait qu'elle est très-rare de cette édition. Mais *Pollini* en fit une nouvelle édition trois ans après, c'est-à-dire en 1594. à *Rome in-*4°. avec quelques additions.

Il y en a aussi une traduction Angloise.

Cet Ouvrage a trouvé beaucoup de contradicteurs. *Gilbert Burnet* a prétendu que c'étoit un Roman, où les fictions étoient adroitement mêlées avec la verité, & que l'Auteur avoit pris soin d'embellir d'avantures & de caracteres capables de frapper l'esprit, & de toucher le cœur. M. *le Grand* a cru devoir le défendre contre ces accusations de M. *Burnet*; ce qu'il a fait à la suite de son *Histoire du Divorce de Henri VIII.* Le moyen principal dont il se sert pour cela, est qu'on a ajoûté plusieurs choses à l'Ouvrage de *Sanderus*, qui par consequent n'en doit pas être responsable. Que cette supposition soit vraie ou fauſſe, il eſt toûjours certain que ſon livre eſt écrit avec trop de paſſion, qu'on y trouve bien des faits ſuſpects, & qu'on n'a pas de peine à y reconnoître que ſon Auteur avoit plus de zele contre la prétenduë réformation, que de diſcernement dans le choix des moyens dont il ſe ſervoit pour l'attaquer.

11. *De Clave David, ſeu Regno Chriſti libri ſex contra calumnias Acleri pro viſibili Eccleſiæ Monarchia.* Romæ 1588. It. *Wirceburgi* 1592. *in-fol.* à la ſuite du Livre *de Viſibili Monarchia Eccleſiæ.* C'eſt une réponſe aux Critiques qu'on avoit faites de ce Livre. Il ne jugea pas cependant à propos de la publier dès qu'elle fut faite, ou d'autres occupations l'en empêcherent. Lorſqu'il partit pour l'Irlande, il en remit le Manuſcrit cacheté entre les mains de *Philippe Sega,* Evêque de *Plaiſance,* dans le deſſein de le faire imprimer à ſon retour ; mais comme il mourut dans ce Pays, *Sega* ſuivit ſes intentions, & le publia lui-même à *Rome. Sanderus* s'y eſt

proposé de réfuter tous ſes adver-
ſaires ſous le nom d'un ſeul, qu'il
appelle *Aclerus*, ou l'ennemi du
Clergé, comme il le marque au
commencement. Il y ſoûtient tous
les principes des Ultramontains ſur
la ſouveraineté de la puiſſance des
Papes. Il y a beaucoup d'érudition
dans l'un & l'autre Ouvrage, & les
fréquentes citations dont ils ſont
chargez, ſont une preuve de la
grande lecture de l'Auteur, qui
écrit avec plus de méthode que
d'élegance.

12. *Sedes Apoſtolica, ſeu de Mili-
tantis Eccleſia Romana poteſtate,
Romanorumque Pontificum primatu
& autoritate. Venetiis* 1603. *in*-4°.
C'eſt une traduction Latine de
l'Ouvrage Anglois marqué au N°. 3.

Voilà tous ſes Ouvrages imprimez que j'ai pû découvrir. *Pitſeus*
en cite encore d'autres, ſans marquer s'ils l'ont été; j'en rapporterai
ici les titres.

*Pro defenſione excommunicationis
à Pio V. lata in Anglia Reginam
liber.*

*Contra Heſuitium Apoſtatam Jeſui-
tam libri tres.*

De Eccleſia Chriſti libri duo. N. SAN-
DERUS.

De Martyrio quorumdam ſub Eliza-
betha Regina liber.

Orationum partim Lovanii , partim
in Concilio Tridentino & alibi habita-
rum liber.

De Vita & Moribus Thomæ Cra-
meri hæretici liber.

De modo & neceſſitate audiendi
Miſſam liber.

De Miſſæ cæremoniis liber.

Contra Novellum Calviniſtam An-
glum pro reali præſentia corporis Chriſti
in Euchariſtia libri tres.

Chronicon eorum quæ ſe præſente
geſta ſunt in Hibernia liber.

Epiſtolarum ex Hibernia ad Grego-
rium Papam XIII. libro duo.

De libero arbitro liber.

V. *Joan Pitſeus de Illuſtribus An-*
gliæ ſcriptoribus , p. 773. *Ant. Vood*
Hiſt. Univerſ. Oxonienſis , p. 137.
Valerii Andreæ Faſti Academiei Studii
Lovanienſis , p. 86. *Du Pin Bibl. des*
Auteurs Eccleſiaſtiques.

LOUIS DE DIEU.

L. DE DIEU. *Louis de Dieu* naquit le 7. Avril 1590 à *Fleſſingue* Ville de la Zelande.

Daniel de Dieu ſon pere étoit natif de *Bruxelles*, où il fut Miniſtre pendant vingt-deux ans ; mais le Duc de *Parme* ayant pris cette Ville en 1585. il fut obligé d'en ſortir & paſſa au ſervice de l'Egliſe Calviniſte de *Fleſſingue*. C'étoit un homme fort habile dans les langues Latine & Gréque, qui poſſedoit même les langues Orientales, & qui ſçavoit aſſez d'Allemand, d'Italien, de François, & d'Anglois, pour prêcher avec applaudiſſement en ces langues.

Louis de Dieu pere de *Daniel* avoit été domeſtique de l'Empereur *Charles-Quint*, & en obtint des Lettres de Nobleſſe pour lui & pour toute ſa famille, en récompenſe de ſes ſervices. Quoiqu'il eut embraſſé la Réformation, il n'en fut pas moins aimé de ce Prince, qui

qui le protégea tant qu'il vêcut.

Celui dont je me propofe de parler fit fes études fous *Daniel Colonius* (ou *Van Ceulen*) fon oncle maternel, qui étoit Profeffeur dans le College Wallon de *Leyde*, & il aquit par fes foins & par fon propre travail une grande connoiffance des langues Orientales.

Jean Polyander dans fon Oraifon Funébre dit qu'il fut plus de quatre ans Miniftre de l'Eglife de *Middelbourg* : Il paroit cependant par la fuite de fon difcours que c'étoit de *Fleffingue* qu'il avoit été Miniftre, & il marque expreffément qu'il avoit fuccedé dans ce pofte à *Guillaume Bogard* fon beau frere. Il fe pourroit faire qu'il l'eut rempli fucceffivement dans ces deux Villes ; mais M. *Leydecker*, Profeffeur en Theologie à *Utrecht*, affure dans la Préface des Aphorifmes Theologiques de *Louis de Dieu* qu'il n'a été Miniftre qu'à *Fleffingue*, & feulement pendant deux ans.

Il auroit pû fuccéder à *Jean Wyttenbogard*, qui avoit été Miniftre de la Cour à *la Haye* ; mais fon éloigne

Tome XV. H

L. DE DIEU. ment pour les manieres de la Cour ne lui permit pas de répondre aux inftances qu'on lui fit pour cela de la part du Prince *Maurice.*

En 1619. il fut appellé à *Leyde* pour y enfeigner avec fon oncle *Colonius* dans le College Wallon, & il s'acquitta de cet emploi avec un grand foin jufqu'à fa mort, occupé principalement des langues Orientales. Il étoit fi attaché à cette Ville qu'il refufa un pofte de Profeffeur en Theologie, & en langues Orientales que les Curateurs de l'Univerfité d'*Utrecht* lui offrirent.

Il mourut le 23. Decembre 1642. âgé feulement de 52. ans.

Il avoit époufé la fille d'*Henri Bogard* Confeiller de *Fleffingue* dont il eut onze enfans ; les principaux ont été : *Henri*, qui avoit déja fait de grands progrés dans l'étude des langues Gréque & Hebraïque, de la Theologie, & de la Jurifprudence, lorfqu'il mourut de phtifie à l'âge de 21. ans ; *Daniel*, qui pratiqua avec fuccès la médecine à *Leyde* & enfuite à *Amfterdam* ; & *Louis* qui a été Miniftre à Woubrugge.

Catalogue de fes Ouvrages. **L. DE DIEU.**

1. *Compendium Grammaticæ Hebraicæ & Dictionariolum præcipuarum radicum. Lugduni Bat. 1626. in-4°.*

2. *Apocalypfis S. Joannis Syriace ex Manuscripto exemplari Bibliothecæ Jofephi Scaligeri edita, charactere Syro & Hebræo, cum verfione Latina, Græco textu, & notis, opera & ftudio Ludovici de Dieu. Lugd. Bat. Elzevir 1627. in-4°.* Cette verfion Syriaque de l'Apocalypfe que *Louis de Dieu* a publiée n'a point de diftinction de chapitres & de verfets. On en ignore l'Auteur & le temps où elle a été faite. Elle fe trouve auffi dans la Critique facrée de *Louis de Dieu*, & elle a été inferée dans les Bibles Polyglotes.

3. *Grammatica Trilinguis, Hebraica, Syriaca, & Chaldaica. Lugduni. Bat. 1628. in-4°.*

4. *Animadverfiones in quatuor Evangelia. Lugd. Bat. 1631. in-4°.* De Dieu ne s'eft point tant arrêté dans ce Commentaire au texte qu'aux verfions, & principalement aux Orientales ; car il y confere fans ceffe enfemble l'Interpréte

H ij

L. DE
DIEU.

Syriaque , l'Arabe , l'Ethiopien ,
la Vulgate , & les verfions d'*Eraf-*
me & de *Beze* ; mais en examinant
toutes ces traductions , il éclaircit
fouvent plufieurs difficultez du
Texte.

5. *Animadverfiones in Acta Apof-*
tolorum. Lugd. Bat. 1634. *in-*4°. Ce
Commentaire eft du même genre
que le précedent.

6. *Hiftoria Chrifti & S. Petri Per-*
fice confcripta ab Hieronimo Xavier ,
cum Latina verfione & animadver-
fionibus Ludovici de Dieu. Lugd. Bat.
1639. *in-*4°. *Alegambe* avouë dans
fa Bibliotheque des Ecrivains de la
Societé de Jefus, que la Traduction
que *Louis de Dieu* a faite de cet
Ouvrage de *Jerôme Xavier* Jefuite ,
eft exacte & fidéle à quelques endroits près , où le texte original
étoit peut-être corrompu , & rapporte quelques corrections du fameux Voyageur *Pierre della Valle* ,
mais il prétend que fes Remarques
fentent trop la Religion qu'il pro-
feffoit.

7. *Rudimenta linguæ Perfica. Lugd.*
Bat. 1639. *in-*4°. cette Grammaire

qui fe trouve après le Livre précedent eft généralement eftimée, parce qu'on eft perfuadé que fi *Louis de Dieu* a eu des égaux dans la connoiffance des langues Orientales, il eft difficile de trouver quelqu'un qui l'emporte fur lui. (*Baillet Jug. des Savans*) L'Auteur y a joint une verfion Perfane des deux premiers chapitres de la Genefe, faite par *Jacques Taivufus.*

8. *Animadverfiones in Epiftolam ad Romanos & reliquas Epiftolas. Lugd. Bat.* 1646. *in-*4°. Son Commentaire fur l'Epître aux Romains eft beaucoup plus étendu que celui qu'il a fait fur les autres.

9. *Animadverfiones in omnes libros Veteris Teftamenti. Lugd. Bat.* 1648. *in-*4°.

10. *Critica facra, five animadverfiones in loca quædam difficiliora veteris & novi Teftamenti. Editio nova, recognita, ac variis in locis ex Autoris Manufcriptis aucta. Suffixa eft Apocalypfis D. Joannis Syriaca, quam ante aliquot annos ex Manufcripto Jofephi Scaligeri autor primus edidit, verfione Latina notifque illuftravit.*

L. DE
DIEU.

Amstelodami 1693. *in-fol.* c'est une édition augmentée de tous ses Ouvrages sur l'Ecriture sainte.

11. *Grammatica Linguarum Orientalium ex recensione Davidis Clodii. Francofurti* 1683. *in-*4°. L'Editeur a rassemblé dans ce volume toutes les Grammaires des langues Orientales que *de Dieu* a publiées.

12. *Aphorismi Theologici. Ultrajecti* 1693. Cet Ouvrage & les deux suivans ont été publiez par les soins de M. *Leydecker*, Professeur en Théologie à Utrecht.

13. *Traité contre l'avarice, par Louis de Dieu; qui est le seul de tous ses Ouvrages Flamans qu'il ait souhaité qu'on publiât. On y a joint son Oraison funébre par Abraham Heidanus Ministre de l'Evangile, & Professeur en Theologie à Leyde.* (En Flamand) *Deventer* 1695. *in-*8°.

14. *Rhetorica sacra.* Je ne connois cet Ouvrage que par un passage de *Bayle* qui se contente de le citer ; ainsi je n'en puis rien dire davantage.

V. son Oraison funébre par *Jean Polyander* imprimée à *Leyde* en

1643. *in-4°.* & à la tête de la Criti- **L. DE**
que sacrée, & celle qu'a fait *Abra-* **DIEU.**
ham Heidanus, & qu'on a joint à
son traité de l'Avarice. *Bayle Dic-*
tionnaire.

MICHEL SCOT.

MIchel *Scot* naquit à *Balvvirie* **M. SCOT.**
dans le Comté de *Fife* en
Ecosse, au commencement du
régne d'*Alexandre II.* c'est-à-dire
vers l'an 1214.

Après s'être appliqué à l'étude
des Belles-Lettres & aux Mathematiques dans sa patrie, il vint en
France, où il demeura quelques
années. Ayant ensuite appris que
l'Empereur *Frederic II.* étoit le protecteur des gens de lettres, & qu'il
aimoit à leur faire du bien, il se
rendit à sa Cour, dans l'esperance
de ressentir des effets de sa libera-
lité.

Il demeura quelque temps auprès de lui & lui dédia quelques
Ouvrages; mais la bonne volonté
que ce Prince lui témoigna ne lui

M.Scot. fut pas extrêmement utile ; il étoit trop diftrait par les Guerres qu'il avoit fur les bras, pour pouvoir fonger aux fciences, & il avoit trop befoin d'argent, pour le répandre fur les Savans. Ainfi *Scot* voyant bien qu'il n'avoit rien à efperer de lui fe retira de fa Cour, & s'appliqua à l'étude de la Médecine, dont il voulut apprendre toutes les parties, principalement la Chymie, & même l'Alchymie.

Après plufieurs années de féjour en Allemagne, il paffa en Angleterre, où il fut fort bien reçu du Roy *Edouard*, qui le retint quelque temps auprès de lui ; & fe rendit enfuite dans fa patrie, où il demeura le refte de fes jours.

Il y mourut l'an 1291. âgé d'environ 77. ans.

Son habileté dans les Mathematiques, & dans la Chymie, & fon attachement à l'Aftrologie, l'ont fait mettre au nombre des Magiciens, dans un fiécle où une fcience un peu au-deffus de celle du commun fuffifoit pour faire foupçonner de magie ; mais les louanges que lui

ont

ont donnez plusieurs sçavans-hommes font voir que tout le monde ne portoit point de lui les mêmes jugemens, & servent à détruire tous les contes que l'on a débités sur son sujet.

Le *Dante* a adopté l'opinion commune, lorsqu'il a dit à la fin du 20. Chant de son Enfer.

Quell' Astro, che ne' fianchi e sì
      poco,
Michele Scotto fu, che veramente
Delle Magice fraude seppe il Gioco.

Grangier son Commentateur françois ajoûte encore à cela, lorsqu'il parle ainsi : » *Michel l'E-*
» *cossois* vécut sous l'Empereur
» *Frederic II.* & lui prédit le lieu
» où il devoit mourir, qui devoit
» être *Florence,* en quoi ledit Empereur fut trompé à cause du nom
» équivoque. Car il ne mourut
» pas à *Florence,* Ville capitale de
» Toscane, mais en la Pouille à
» un Château nommé *Fiorenzola.*
» Ce Magicien prévut que sa mort
» adviendroit par la chûte d'une

Tome XV.   I

M. Scot. » pierre qui lui briseroit la tête.
» Ce qui ne faillit pas, parce
» qu'un jour, comme il étoit à
» l'Eglise, la tête découverte pour
» adorer le corps & le sang de
» Jesus-Christ, la corde de la clo-
» che que l'on sonnoit fit tomber
» une grosse pierre sur sa tête &
» incontinent il jugea qu'il mour-
» roit, ce qui arriva soudainement.

Ce que *Marcel* rapporte dans le chapitre 8. de sa *délectable folie* est encore plus ridicule ; il dit qu'il invitoit souvent à dîner plusieurs personnes, sans rien faire préparer, & que lorsqu'on étoit à table il contraignoit des esprits à lui apporter des viandes de toutes parts, & quand elles étoient arrivées, il disoit à la Compagnie: *Messieurs, ceci vient de la cuisine du Roy de France, & ceci de celle du Roy d'Espagne, cela vient d'Angleterre, &c.*

Mais ce sont là de purs contes qui ne peuvent être admis que par gens prêts à croire les choses les moins vraisemblables & les plus extravagantes.

Catalogue de ſes Ouvrages.

1. *Ariſtotelis opera omnia cum notis. Venetiis 1496. in-fol. 2. vol.* Cette édition eſt ſeulement Latine.

2. Il a traduit de l'Arabe en Latin l'Hiſtoire des Animaux d'*Avicenne*, & ſa traduction ſe trouve parmi les Œuvres de ce Sçavant.

3. *Phyſiognomia & de Hominis procreatione. Pariſ.* 1508. *in-8°.* Cet Ouvrage eſt diviſé en trois parties. L'Auteur traite dans la premiere de tout ce qui a rapport à la génération, & y ſuit les principes d'Ariſtote & de Galien. Il rapporte dans la ſeconde les differens ſignes qui peuvent ſervir à juger du temperament & de la complexion des hommes & des femmes. Il établit dans la troiſiéme des regles pour connoître par les differentes parties du corps, comme le viſage, les yeux, le nez, les mains, &c. les differentes inclinations de chacun. Il eſt ſurprenant qu'un homme qui avoit étudié comme lui la Medeçine ait pû

M. Scot. donner dans toutes les fadaises &
les pauvretez dont ce Livre est
rempli. Il a été réimprimé dans
la suite sous ce nouveau titre :
de secretis Naturæ. Francofurti 1615.
in-8°. & avec les prétendus secrets
d'*Albert le Grand* qui ne valent
pas mieux , à *Amsterdam* 1655.
1660. *&c. in-12*. Le grand nombre d'éditions qui se sont faites de
ces deux Ouvrages sont moins des
preuves de leur bonté que du mauvais goût de ceux qui les achetent.
Peut-être les ordures qui s'y trouvent ont-elles contribué principalement à cette multiplication d'é-
ditions & à leur débit. Au reste
Vander Linden s'est trompé en faisant deux Ouvrages differens du
Livre *de Physiognomia & hominis*
procreatione , & de celui *de secretis*
Naturæ , puisque c'est le même
sous differens titres. On en a une
traduction Italienne qui est intitulée : *Physionomia la qual compilò*
Maestro Michael Scotto a prieghi di
Federico Romano Imperatore , huomo
di grand scienza , & e cosa molto
notabile e da tener secreta , però che

l'e di gran efficacia, e comprende M. Scot,
coſe ſecrete della natura, baſtanti ad
ogni Aſtrologo, & e diviſo in tre
parti. *In Vinegia* 1533. *in-*8°.

4. *Queſtio curioſa de natura Solis & Lunæ.* Cet Ouvrage qui roule
ſur la tranſmutation des metaux
ſe trouve dans le 5. volume du
Theatrum Chymicum. Argentorati
1622. *in-*8°.

5. *Menſa Philoſophica, ſeu En-
chiridion in quo de queſtionibus men-
ſalibus, & variis ac jucundis hominum congreſſibus agitur. Accedit Otho-
mari Luſcinii Libellus jocorum &
facetiarum. Francofurti* 1602. *in-*12.
It. *Lipſiæ* 1603. *in-*8°. It. *Francofurti* 1608. *in-*12. *Placcius* dans ſon
Théâtre des Anonymes N°. 1299.
dit qu'il y en a eu une édition
faite à *Paris* en 1517. ſous le nom
de *Theobaldus Anguilbertus*, à qui
quelques-uns l'attribuent.

Naudé n'a pas parlé exactement
de ſes Ouvrages dans ſon *Apologie
pour les grands hommes ſoupçonnez de
magie*, lorſqu'il a marqué *deux Livres de la Phyſionomie*, (il y en a
trois) *des queſtions ſur la Sphere*, dé

M. Scot. *Sacrobosco* , (on ne sçait ce que c'est, & M. *Mackenzie* n'en fait aucune mention) & *une histoire des Animaux* , (cette histoire n'est qu'une traduction d'*Avicene.*)

V. sa vie par *George Mackenzie* dans le premier tome de ses Ecrivains d'Écosse p. 197. L'article que *Bayle* a donné de ce sçavant est fort imparfait.

OLYMPIA FULVIA
MORATA.

O. F.
MORATA

OLympia Fulvia Morata naquit à *Ferrare* l'an 1526. *Fulvio Peregrino Morato* son pere natif de *Mantoue* , avoit professé les belles Lettres en plusieurs Villes d'Italie, & son mérite & sa capacité l'avoient fait choisir pour Précepteur des Princes de Ferrare *Hippolite* & *François* fils d'*Alphonse I.*

On trouve une de ses Lettres sur la prononciation de la Langue Latine à la tête de celles de *Fulvia Morata* sa fille , à qui elle est adressée.

Les grandes difpofitions qu'il
remarqua dans fa fille pour les fciences, l'engagerent à les cultiver ; il
l'inftruifit avec beaucoup de foin,
& elle fit en peu de temps de fi
grands progrez qu'elle devint l'admiration de tout le monde.

La Princeffe de Ferrare, *Anne*
fille d'*Hercule II.* étudioit alors les
Lettres fous la conduite de *Jean*
Sinapius, & l'on jugea à propos
de mettre auprès d'elle *Fulvia Mo-*
rata, afin que l'émulation que fa
compagnie lui infpireroit, la fit
avancer davantage dans les fciences qu'on lui enfeignoit. Le féjour
de la Cour fut avantageux à notre
fçavante pour la même raifon, &
on l'y vit avec étonnement réciter
des Difcours Latins, parler Grec,
expliquer les Paradoxes de *Ciceron*,
& répondre à toutes les queftions
qu'on lui faifoit.

Mais l'affection que lui témoigna la Ducheffe de Ferrare *Renée*
de France, mere de la Princeffe
Anne, lui fut funefte, car elle lui
communiqua le goût qu'elle avoit
pris pour les nouvelles opinions

au sujet de la Religion, qu'elle favorisoit secrétement, & que *Fulvia Morata* embrassa dans la suite.

Après avoir demeuré quelques années auprès de la jeune Princesse, qui l'aimoit beaucoup, elle retourna dans la Maison paternelle, pour assister son pere dans la maladie dont il mourut. Elle ne retourna plus après à la Cour, parce que sa mere étant fort valetudinaire, elle se trouvoit obligée en qualité d'aînée de la famille, d'avoir soin de l'éducation de ses trois sœurs & de son frere.

Une autre raison s'y joignit encore; *celle*, dit-elle dans une de ses lettres à *Cælius Secundus Curion*, avec qui elle étoit liée depuis long-temps d'une étroite amitié, *qui auroit dû nous protéger, prévenüe par les discours calomnieux de quelques personnes mal intentionées, nous a abandonnées & maltraitées.* Il est à présumer qu'elle veut entendre par-là la Duchesse de *Ferrare*, qui changea alors de dispositions à son égard.

Quoiqu'il en soit, un jeune Allemand, nommé *André Grunthler*, qui étudioit alors en Médecine à *Ferrare* , où il se fit recevoir Docteur en cette faculté , ayant eu occasion de la voir & de la connoître , fut si touché de son mérite qu'il l'épousa.

Il paroît incontestablement par ses Lettres , que ce Mariage se fit avant leur départ pour l'Allemagne , c'est-à-dire à *Ferrare* ; mais M. *de Thou* veut qu'il ne se soit fait qu'en Allemagne , & ce qu'il dit là-dessus semble assez s'accorder avec ce que *Grunthler* assure dans une Lettre à *Curion* sur la mort de *Fulvia Morata* sa femme , qu'ils n'avoient pas vêcu ensemble cinq années. Si cela est , ils ont dû se marier en 1550. c'est-à-dire , deux ans après leur arrivée en Allemagne ; mais cela ne paroît gueres probable ; il est plûtôt à croire que *Grunthler* n'a voulu parler que du temps qu'ils ont été effectivement ensemble , ses frequens voyages l'ayant obligé d'être souvent séparé d'elle. Peut-être aussi y a-t-il une faute d'impression dans sa Lettre.

Fulvia Morata laissa à *Ferrare* sa

O.F.Mo- mere, nommée *Lucrece*, qu'elle
RATA. aima toûjours tendrement, &
qu'elle n'oublia pas dans toutes ſes
diſgraces ; car on voit par une de
ſes Lettres, que, quoiqu'elle eût
perdu elle-même tout ſon bien dans
les Guerres d'Allemagne, elle
prenoit part à l'état d'indigence
où elle avoit appriſe qu'elle étoit
réduite, en lui envoyant une ſom-
me d'argent pour l'aider à ſubſiſter.
Elle laiſſa auſſi en Italie ſes trois
ſœurs, dont l'une fut mariée quelque temps après à un jeune homme
fort riche, qui l'épouſa pour ſon
mérite, & les deux autres entre-
rent au ſervice de quelques Dames
de conſideration.

Pour ce qui eſt de ſon frere
Emile, qui n'avoit alors que huit
ans, elle l'emmena en Allemagne,
& l'inſtruiſit elle-même dans les
langues Gréque & Latine.

Fulvia Morata & ſon Mari arriverent en Allemagne le 12. Juin
1548. & firent quelque ſéjour à
Ausbourg chez une perſonne de conſideration, nommée *George Her-*
man, que *Grunthler* guerit d'une

maladie facheufe. Ils fe rendirent
enfuite à *Schvveinfurt* , Ville Imperiale de Franconie , dont ce Médecin étoit natif.

Il n'y avoit pas long-temps qu'ils
y étoient , lorfque les troupes des
Evêques de *Bamberg* & de *Wirtz-*
bourg , de l'Electeur de *Saxe* , du
Duc de *Brunfvic* & de la Ville de
Nuremberg vinrent l'affieger , parce
que le Marquis de *Brandebourg* ,
contre qui ils étoient en Guerre ,
s'y étoit retiré avec fon armée. Ce
fiége dura quatorze mois , pendant
lefquels on y eut à fouffrir la fami-
ne & la pefte. Près de la moitié des
habitans moururent de cette maladie , & *Grunthler* en fut attaqué fi
dangereufement , qu'on defefpera
de fa vie , cependant il en revint.

La refolution que prit le Marquis
de *Brandebourg* de faire fortir fes
troupes fecrétement de la Ville
pendant la nuit , fit croire qu'elle alloit voir la fin de fes difgraces ; mais on fut trompé dans cette
penfée. Car à peine en fut-il dehors , que l'Armée des deux Evêques , & de *Nuremberg* la prit d'af-

O. F. Mo-
RATA.

faut, la faccagea , & y mit le feu.

Au premier tumulte, *Morata* &
fon mari , fe retirerent dans une
Eglife pour fe mettre à couvert de
l'infolence & de la fureur des Soldats ; mais ils fortirent de cet afile,
fur l'avis que leur donna un Soldat
inconnu , qu'on alloit réduire la
Ville en cendre. Avis d'autant plus
important, que s'ils fuffent demeu-
rez dans ce lieu , ils y euffent été
étouffez par la fumée , de même
que les autres qui s'y étoient refu-
giez. Comme ils fortoient de la
Ville , ils furent dépoüillez entierement par les Soldats, qui ne laifferent à *Morata* que fa chemife ; fon
mari fut même arrêté deux fois ,
mais il s'échapa heureufement à
chacune.

Le mari & la femme s'étant réu-
nis , furent d'abord incertains du
parti qu'ils prendroient ; mais enfin
ils fe déterminerent à fe retirer à
Hamelbourg. Comme cette Ville
étoit éloignée de trois mille d'Allemagne de *Schvveinfurt, Morata* eut
bien de la peine à s'y rendre, étant
nuds pieds , toute déchevellée , &

n'ayant qu'un méchant habit tout
déchiré, qu'on lui avoit preté dans
sa route. Les habitans firent d'abord
difficulté de les y laisser entrer, parce qu'il leur avoit été défendu de
recevoir ceux qui sortiroient de
Schuveinfurt;& tout ce qu'ils purent
obtenir fut la permission d'y demeurer quatre jours, après lesquels
ils furent obligez d'en sortir, quoique *Morata* fut actuellement malade de la fievre que lui avoient
causé les fatigues de son voyage.

    Echappez de tous ces dangers, ils
en coururent un nouveau en passant
par une Ville dépendante d'un Evêque, que *Morata* qui nous instruit
de ce détail, ne nomme point,
mais qui ne peut être autre que celui de *Wirtzbourg*. Celui qui y
commandoit pour ce Prélat fit arrêter *Grunthler*, à qui il déclara qu'il
avoit ordre de lui, de faire mourir
tous les habitans de *Schuveinfurt*,
qui tomberoient entre ses mains.
Mais cet ordre cruel n'eut point
d'execution, parce qu'il vint des
Lettres de l'Evêque, qui lui pro-
curerent la liberté.

O. F. Mo
RATA.

O.F.Mo- Le Comte de *Reineck* & celui RATA. d'*Erbach*, chez qui ils passerent ensuite, les reçurent avec beaucoup d'humanité ; comme ils professoient la nouvelle Religion aussi-bien qu'eux, ils n'oublierent rien pour leur faire oublier leurs disgraces passées, & leur fournirent abondamment des habits & tout ce qui leur étoit nécessaire.

Ils commençoient alors à respirer, lorsque l'Electeur Palatin appella *Grunthler* à *Heidelberg* pour y professer la Médecine. Ils allerent donc demeurer dans cette Ville, où le nouveau Professeur entra en exercice la même année, c'est-à-dire, en 1554.

Les maux que *Morata* avoit eu à souffrir, avoient alteré son temperament, & elle ne fut pas long-temps sans ressentir des effets de cette alteration. Sa santé fut toûjours depuis très-chancelante, & après avoir langui quelques mois, elle mourut le 26. Octobre 1555, n'ayant pas encore 29. ans complets.

Son mari & son frere la suivirent

de bien près, & ils furent enſevelis O. F. Mo-
tous trois en un même tombeau, RATA.
dans l'Egliſe de S. *Pierre.*

Voici ſon Epitaphe.

Deo Imm. S.

*Et virtuti ac memoriæ Olympiæ Ful-
viæ Moratæ, Fulvii Morati Mantua-
ni, viri Doctiſſ. filiæ, Andreæ Grun-
thleri Medici conjugis lectiſſimæ, fœminæ cujus ingenium ac ſingularis utriuſque linguæ cognitio, in moribus autem
probitas, ſummumque pietatis ſtudium,
ſupra communem modum ſemper exiſti-
mata ſunt. Quod de ejus vita hominum judicium, beata mors ſanctiſſime
ac pacatiſſime ab ea obita, divino quoque confirmavit teſtimonio. Obiit mu-
tato ſolo à ſalute DLV. ſupra Milleſ.
Suæ ætatis XXIX. Hic cum Marito &
Æmilio fratre ſepulta Heidelbergæ.
Guilielmus Raſcalonus M. D. B. B.
MM. PP.*

L'Epitaphe de ſon mari, faite
par le même Auteur, mérite d'être
rapportée, d'autant plus qu'elle
contient quelques particularitez de
ſa mort.

D. O. M. Trino & Uni S.

*Andreæ Grunthlero Suvinfordiano,
magnæ peritiæ viro medico & Philoso-
pho, qui simulatque schola, in qua
vixdum ab exilio profiteri artem cœpe-
rat, pestis metu hic dissiparetur, solvi
à corpore exoptavit, proque voto solu-
tus est, non tædio solo amissæ incompa-
rabilis exempli sociæ ac conjugis Mi-
nervæ suæ (erat enim in omni fortuna
homo modestissimus) sed ut ex densa
hac rerum Celestium ignoratione in
lucem traductus, aberrationibus Deum
non amplius offenderet, hic in spem
resurrectionis quiescenti Sodalis Sodali,
Medicus Medico, Guillelmus Rasca-
lonus Posuit.*

Olympia Fulvia Morata avoit composé plusieurs Ouvrages, dont la
plûpart perirent dans l'incendie de
la Ville de *Schvveinfurt*. Le peu
qui s'est conservé a été ramassé par
Cælius secundus Curion, qui les publia sous ce titre :

*Olympiæ Fulviæ Moratæ, Fœminæ
Doctissimæ ac plane divinæ Opera
omnia*

omnia quæ hactenus inveniri potue- O.F.Mo-
runt ; quibus Cœlii ſecundi Curionis RATA.
Epiſtolæ ac Orationes acceſſerunt. Baſi-
lea 1558. *in-*8°. c'eſt la premiere
édition , qui a été ſuivie de pluſieurs autres faites auſſi à *Baſle* dans
la même forme en 1562. 1570.
1580. &c.

Les Ouvrages de *Morata* conſi-
ſtent dans les pieces ſuivantes.

1. Trois diſcours prononcez en
preſence de la Princeſſe *Anne de*
Ferrare & d'une aſſemblée choiſie ,
à qui elle expliquoit les paradoxes
de *Ciceron.*

2. L'Eloge de *Q. Mutius Scevola*
en Grec & en Latin.

3. Les deux premieres Nouvelles
de *Bocace* traduites en Latin.

4. Deux Dialogues.

5. Deux Livres de Lettres. On y
apprend pluſieurs particularitez de
ſa vie. C'eſt une négligence impar-
donnable à *Curion* de ne les avoir
pas rangé ſelon l'ordre des temps ,
& d'avoir omis les dates à la plûpart.

6. Deux Livres de Poëſies Gré-
ques.

Tome XV. K

V. ses Lettres. *Melchior Adam Vitæ Philos. Germanorum.* Les Eloges de M. *de Thou* & les additions de *Teissier.*

GEORGE DE SCUDERY.

G. DE
SCUDE-
RY.

GEorge *de Scudery* étoit d'une famille Noble , originaire d'*Apt* en Provence , dont le nom est *Scutifer* dans les Contrats Latins, & qui porta celui de *Scudier* ou *Ecuyer* , quand on commença à contracter en François , & depuis celui de *Scudery.*

Elzear Ecuyer , ayeul de *George de Scudery* fit profession des Armes. & y acquit de la réputation. Le Seigneur de *la Coste* ayant été fait Gouverneur de la Ville d'*Apt*, pendant les troubles du Royaume, sous le régne de *Charles IX.* lui donna la majorité de cette Ville , & se servoit ordinairement de lui , quand il y avoit quelque expédition à faire contre les Huguenots retranchez en divers endroits du voisinage.

Son fils , pere de *George de Scu-* G. DE
dery fuivit la fortune de l'Amiral de SCUDE-
Villars, *André de Brancas*, qui lui RY.
procura la Lieutenance de Roy du
Havre de Grace , dont il étoit Gouverneur au nom de la Ligue. Ce ne
fut donc pas *Scudery* lui-même, qui
fut Gouverneur de cette place ,
comme M. l'Abbé d'*Olivet* le dit
dans fon *Hiftoire de l'Academie Fran-*
çoife. Pendant le féjour qu'il fit en
Normandie , il fe maria à une riche Demoifelle de cette Province,
fille du Seigneur *de Brilly* , & c'eft
de ce mariage que fortit notre Auteur.

George de Scudery naquit donc
au *Havre de Grace.* M. d'*Olivet* met
fa naiffance en 1603. mais cette
date ne s'accorde pas avec l'âge
qu'il lui donne , lorfqu'il mourut
en 1667. Il dit qu'il avoit alors
66. ans, fi cela eft , il doit être
né en 1601.

Il paffa une partie de fa jeuneffe
à *Apt* avant que de venir s'établir
à *Paris.* Il s'y exerçoit à la Poëfie
Françoife en faveur d'une Demoifelle dont il étoit paffionément

K ij

G. DE
SCUDE-
RY.

amoureux. C'étoit *Catherine de Rouyere* qui fut depuis mariée à *Aix* à M. *de Pigenat.* Entre autres galanteries que sa passion lui suggera, il se fit un plaisir de la surprendre au retour d'un voyage qu'il avoit fait en Normandie ; il alla une nuit, avant que d'avoir paru dans la Ville, chanter sous ses fenêtres ces paroles qu'il avoit lui-même composées.

De l'autre bout de la France,
Où le sort m'avoit détenu,
Pour témoigner ma constance,
Ma Catin me voici venu.
Vous dormez, & me voici de retour
Avec autant d'amour,
Comme le premier jour.

Toutes ces beautez fardées,
Dont la Cour vante les appas,
Sans les avoir regardées,
Me voici revenu sur mes pas.
Vous dormez &c.

Ce fut encore à la même Demoiselle qu'il dédia des vers qu'il avoit faits sur le Printemps par ce Sizain.

G. DE
SCUDE=
RY.

L'Eté paroît dans mes ardeurs,
L'Hyver ſe voit dans vos rigueurs,
   Pour le Printemps je vous le donne,
Catin, cedez enfin à mes juſtes rai-
   ſons,
Et faiſant l'an parfait dans ſes quatre
   Saiſons,
Donnez à mon amour le doux fruit
   de l'Automne.

Nous apprenons par la Préface de ſon *Ligdamon*, qui eſt ſa premiere piéce de Theâtre, qu'il avoit beaucoup voyagé, & qu'il avoit ſuivi juſques-là le parti des armes. La maniere dont il s'exprime ſur ce ſujet eſt ſinguliere, & mérite d'être rapportée ici. *Tu couleras aiſément,* dit-il au Lecteur, *par deſſus les fautes que je n'ai point remarquées, ſi tu daignes apprendre qu'on m'a vû employer la plus longue partie du peu d'âge que j'ai à voir la plus belle & la plus grande de l'Europe, & que j'ai paſſé plus d'années parmi les armes que d'heures dans mon cabinet, & beaucoup plus uſé de mêche en Arquebuſe qu'en chandelle,*

G. DE
SCUDE-
RY.

de forte que je fçais mieux ranger les Soldats que les paroles, & mieux quarrer les bataillons que les périodes.
Il eſt à préſumer qu'il y a bien de l'exagération dans ces paroles, & que ſes voyages & ſes campagnes examinées dans le détail ſe reduiroient à peu de choſes.

Quoiqu'il en ſoit, lorſqu'il ſe fut établi à *Paris*, il ſçut faire ſa Cour au Cardinal de *Richelieu* en publiant en 1637. des *Obſervations ſur le Cid*, contre lequel ce Miniſtre ſouhaitoit paſſionnement que l'Academie écrivit, & en la déterminant en quelque maniere à le faire. Il n'en étoit pas encore, mais il y fut reçu 13. ans après, c'eſtà-dire en 1650. à la place de M. de *Vaugelas*.

Il fut dans la ſuite Gouverneur de *Notre-Dame de la Garde* en Provence, mais on ne ſçait en quelle année ce petit Gouvernement lui fut donné.

Du reſte la plus grande partie de ſa vie s'eſt paſſée à compoſer, & il eſt plus connu en qualité d'Auteur qu'en toute autre, quoique

ſes Ouvrages n'ayent plus à pre-   G. DE
ſent de Lecteurs.   SCUDE-

Sa fécondité en ce genre a ſervi R Y.
de matiere aux railleries de M.
Boileau Deſpreaux qui parle ainſi
de lui dans ſa ſeconde Satyre.

Bienheureux Scudery dont la fertile
    plume
Peut tous les mois ſans peine enfanter
    un volume !
Tes écrits, il eſt vrai, ſans art &
    languiſſans
Semblent être formez en dépit du bon
    ſens :
Mais ils trouvent pourtant, quoiqu'on
    en puiſſe dire,
Un Marchand pour les vendre, &
    des ſots pour les lire.
Et quand la rime enfin ſe trouve au
    bout des vers,
Qu'importe que le reſte y ſoit mis
    de travers.

Ce précepte que le même Poëte
donne dans le Chant 1. de ſon
Art Poëtique,

Travaillez à loiſir, quelque ordre qui
    vous preſſe,

G. DE
SCUDE-
RY.

Et ne vous piquez point d'une folle
vîteſſe.

Ce précepte, dis-je, peut encore regarder *Scudery* qui diſoit
ordinairement pour s'excuſer de la
vîteſſe avec laquelle il travailloit,
qu'il avoit ordre de finir.

Il mourut à *Paris* le 14. May
1667. âgé de 66. ans. Il avoit épouſé une Demoiſelle de *Martinvaſt*,
bonne maiſon de Normandie dont
il a eu un fils, l'Abbé de *Scude-*
ry. Sa veuve qui lui a ſurvêcu pluſieurs années, eſt morte à *Paris*
au commencement de l'année 1711.
On voit dans la Note de M. *Broſ-*
ſette ſur le 42. vers de la Satyre
8. de M. *Deſpreaux* deux frag-
mens de Lettres qu'elle avoit écrites en 1674. à M. le Comte de
Buſſi pour l'animer contre M. *Deſ-*
preaux, afin de venger en quelque
maniere la memoire de ſon mari,
mais qui n'eurent point d'effet.

Ce qu'on lit dans le *voyage de*
Bachaumont & la Chapelle ſur *Geor-*
ge de Scudery & ſur ſon Gouvernement eſt trop ſingulier pour ne

pas

pas trouver ici sa place. Une fine G. DE
& maligne raillerie y regne com- S C U DE-
me dans tout le reste de ce voyage. R Y.

Après avoir dit que quelques-
unes des précieuses de *Montpellier*
croyoient M. *de Scudery*

Un homme de fort bonne mine,
Vaillant, riche & toujours bien mis,
Sa sœur une beauté divine,
Et Pelisson un Adonis.

- On ajoute plus bas :

Mais il vous faut parler du Fort,
Qui sans doute est une merveille :
C'est Notre-Dame de la Garde,
Gouvernement commode & beau,
A qui suffit pour toute garde
Un Suisse avec sa hallebarde
Peint sur la porte du Château.

» Ce fort est sur le sommet d'un
» rocher presqu'inaccessible, & si
» haut élevé que s'il commandoit
» à tout ce qu'il voit au-dessous
» de lui, la plûpart du genre hu-
» main ne vivroit que sous son
» plaisir.
Tome XV. L

Aussi voyons-nous que nos Rois
En connoissant bien l'importance,
Pour le confier ont fait choix
Toujours de gens de conséquence,
De gens pour qui dans les allarmes
Le danger auroit eû des charmes,
De gens prêts à tout hazarder,
Qu'on eut vû long-temps comman-
    der.
Et dont le poil pour eux eut blanchi
    sous les armes.

„Une description magnifique
„ (a) qu'on a fait autrefois de cette
„ place nous donna la curiosité de
„ l'aller voir. Nous grimpâmes plus
„ d'une heure avant que d'arriver
„ à l'extremité de cette montagne
„ où l'on est bien surpris de ne
„ trouver qu'une méchante mazure
„ tremblante, prête à tomber au
„ premier vent. Nous frappâmes à
„ la porte, mais doucement, de
„ peur de la jetter par terre, &
„ après avoir heurté long-temps,

(a) M. *Scudery* a fait dans un de ses Ouvrages une description magnifique de cette
place ; & c'est celle qu'on a ici en vûe.

» ſans entendre même un chien
» aboyer ſur la tour.

Des gens qui travailloient là proche,
Nous dirent : Meſſieurs, là dedans
On n'entre plus depuis long-temps :
Le Gouverneur de ce:te Roche,
Retournant en Cour par le coche,
A depuis environ quinze ans
Emporté la clef dans ſa poche.

   » La naiveté de ces bonnes gens
» nous fit bien rire, ſurtout, quand
» ils nous firent remarquer un écri-
» teau, que nous lûmes avec aſſez
» de peine ; car le temps l'avoit
» preſque effacé.

Portion de Gouvernement
A louer tout preſentement.

   » Plus bas en petit caractere.

Il faut s'adreſſer à Paris,
Ou chez Conrart le Secretaire,
Ou chez Courbé (a) l'homme d'affaire
De tous Meſſieurs les beaux eſprits.

(a) Libraire.

G. DE SCUDE-RY.

Ce que *Chapelain* dit de *Scudery* dans sa *Liste de quelques gens de Lettres François vivans en 1662.* est entierement faux, & l'on y voit qu'il étoit mauvais juge en fait de Poëſie. » *Scudery*, dit-il, a peu de connoiſ-
» ſance des langues anciennes, pour
» la ſienne il la parle aſſez purement.
» Son principal mérite eſt dans ſon
» naturel, qui eſt beau ; & s'il étoit
» reglé par le jugement & ſoûtenu
» par le ſçavoir, il a une vigueur
» qui ne le laiſſeroit pas entre les
» hommes ordinaires La preuve s'en
» voit dans ſes Comedies, & dans
» ſon *Alaric.*

Catalogue de ſes Ouvrages.

1. *Lygdamon & Lydias*, ou la reſ-*ſemblance,Tragi-Comedie. Paris*1631. *in-*8°.

2. *Le Trompeur puni*, ou *l'Hiſtoire Septentrionale*, *Tragi-Comedie. Paris* 1635. *in* 8°.

3. *L'Amour caché par l'Amour.* Piece en trois Actes, précedée de la *Comedie des Comediens*, Piece en deux Actes. *Paris* 1635. *in-*8°.

4. *Le Vaſſal Genereux*, *Poëme Tragi-Comique. Paris* 1636. *in-*8°.

5. *Orante , Tragi-Comedie. Paris* 1636. *in-8°.*

6. *Le Fils ſuppoſé , Comedie. Paris* 1636. *in-8°.*

7. *Le Prince déguiſé , Tragi-Come-die. Paris* 1636. *in-8°.*

8. *La mort de Ceſar , Tragedie ,* ſuivie *d'autres Oeuvres Poëtiques. Paris* 1636. *in-4°.*

9. *Didon, Tragedie. Paris* 1637. *in-4°.*

10. *L'Amant liberal , Tragi-Come-die. Paris* 1638. *in-4°. Scudery* dans la Préface de ſon *Arminius ,* qui eſt ſa derniere piece, aſſure que toutes ſes pieces de Theâtre eurent un ſuc-cès extraordinaire, à l'exception de ſa *Didon ,* & de ſon *Amant liberal ,* où *les acclamations ,* dit-il , *furent un peu plus froides. Toutefois ,* ajoûte-t-il , *l'impreſſion fit après , ce que j'avois eſperé du Theâtre.* Ces paroles font voir qu'il a toûjours été content de lui-même & de ſes productions , quelque choſe que le public en pen-ſât.

11. *L'Amour Tyrannique , Tragi-Comedie. Paris* 1638. *in-4°. Saraſin* a fait ſous le nom de *Sillac d'Arbois* un diſcours ſur cette piece , qui ſe

G. DE
SCUDE-
RY.

G. D E
S c u d e-
r y.

trouve parmi ses Œuvres, & qui ne tend qu'à en faire voir les beautez ; apparemment pour plaire au Cardinal de *Richelieu*, qui voyant cette piece critiquée, avoit dit que c'étoit un *Ouvrage qui n'avoit pas besoin d'Apologie*, & *qu'il se défendoit assez de soi-même*.

12. *Eudoxe*, *Tragi-Comedie*. *Paris* 1641. *in-4°*.

13. *Andromire*, *Tragi-Comedie*. *Paris* 1641. *in-4°*.

14. *Ibrahim*, *ou l'illustre Bassa*, *Tragi-Comedie*. *Paris* 1643. *in-4°*.

15. *Axiane*, *Tragi-Comedie* en *Prose*. *Paris* 1644. *in-4°*.

16. *Arminius*, *ou les Freres ennemis*, *Tragi-Comedie*. *Paris* 1644. *in-4°*. ce sont là toutes les pieces de Theatre qu'a donné *George de Scudery*. Il faut maintenant parler de ses autres Ouvrages.

17. *Le Temple*, *Poëme* (d'environ 500. vers) *à la gloire du Roy* & *de M. le Cardinal de Richelieu*. *Par*. 1633. *in fol*.

18. *Observations sur le Cid*. *Paris* 1637. *in-8°*. & inserées depuis à la suite du *Cid* dans les Œuvres de *Pierre Corneille*.

19. *Lettre de M. de Scudery à l'il-*

luſtre Académie. Paris 1637. *in-8°.* G. D E

» Entre ceux qui ne purent ſouffrir S C U D E-
» l'approbation qu'on donnoit au R Y.
» *Cid* , & qui crurent qu'il ne l'a-
» voit pas meritée , dit M. *Pelliſſon*
» dans ſon *Hiſtoire de l'Académie*
» *Françoiſe* , M. *de Scudery* parut le
» premier , en publiant ſes *Obſerva-*
» *tions* contre cet Ouvrage , ou pour
» ſe ſatisfaire lui-même , ou comme
» quelques-uns diſent , pour plaire
» au Cardinal [*de Richelieu*] ou
» pour tous les deux enſemble.
» Quoiqu'il en ſoit , il eſt bien cer-
» tain qu'en ce differend qui parta-
» gea toute la Cour , le Cardinal
» ſembla pancher du côté de M. *de*
» *Scudery* , & fut bien aiſe qu'il écri-
» vit , comme il fit , à l'Académie
» Françoiſe , pour s'en remettre à
» ſon jugement.

20. *La preuve des paſſages alleguez*
dans les Obſervations ſur le Cid. Paris
1637. *in-8°.*

21. *Lettre à Meſſieurs de l'Acade-*
mie Françoiſe ſur le jugement qu'ils ont
fait du Cid , & de ſes obſervations.
Paris 1638. *in-8°.* » Quoique ſon
» adverſaire n'eut pas été condam-

G. DE » né en toutes chofes , dans les
SCUDE- » fentimens de l'Academie Françoife
RY. 　 » fur le Cid , & eut reçû de très-
　　　 » grands éloges en plufieurs, il crut
　　　 » avoir gagné fa caufe , & en ré-
　　　 » crivit cette Lettre de remercie-
　　　 » ment à l'Academie (*Pelliffon*
　　　 » *Hift. de l'Acad.*)

22. *Réponfe à M. de Balzac*, fur
le même fujet. *Paris* 1638. *in-8°.*

23. *L'Apologie du Theâtre. Paris*
1639. *in-4°.*

24. *Les Harangues , ou difcours
Academiques de Jean Baptifte Man-
zini traduites de l'Italien. Paris* 1640.
in-8°.

25. *Le Cabinet de M. de Scudery.
Premiere partie. Paris* 1646. *in-4°.*
Cette partie eft la feule qui ait parû.
C'eft un mélange de vers fur des Por-
traits & des Statues , dont il fuppo-
fe qu'un Cabinet eft orné.

26. *Difcours Politiques des Rois.
Paris* 1648. *in-4°.*

27. *Poëfies diverfes. Paris* 1649.
in-4°. Dans ce Recueil ne font point
comprifes fes Poëfies , qui fe trouvent à la fuite de fes pieces de Theâtre , & qui , felon M. *Pelliffon*,

montent à dix ou douze mille vers. G. DE

27. *Alaric ou Rome vaincue*, Poë- SCUDE-
me *Heroïque. Paris* 1654. *in-fol.* It. RY.
Paris 1656. *in-*12. L'Edition *in-fol.*
eſt plus recherchée à cauſe des belles figures de *Chauveau* qui en font
l'ornement. Ce Poëme a un de faut
oppoſé à celui de *la Pucelle de Cha-*
pelain ; dans ce dernier les vers ſont
trop durs & trop forcez, au lieu
que dans l'*Alaric* ils ſont trop ram-
pans & trop peu travaillez. A voir
cependant *Scudery* débuter par celui-ci :

Je chante le Vainqueur des Vainqueurs
de la terre.

On s'en formeroit une autre idée;
mais il tombe auſſi-tôt après dans
le bas & le plat, d'une maniere à ne
pouvoir s'en relever. Ce vers même
a donné matiere à la critique de
Deſpreaux, qui dit à ce ſujet dans
le troiſiéme chant de ſon Art Poëtique :

Que le début ſoit ſimple, & n'ait rien
d'affecté.
N'allez pas dès l'abord ſur Pegaze
monté,

G. DE
SCUDE-
RY.

Crier à vos Lecteurs d'une voix de
        Tonnerre
Je chante le Vainqueur des Vainqueurs
        de la terre.
Que produira l'Auteur après tous ces
        grands cris ?
La Montagne en travail enfante une
        souris.

Scudery a mis devant son *Alaric*
un Traité sur le Poëme Heroïque,
où il songe moins à donner des pré-
ceptes sur l'Art Poëtique, qu'a pre-
venir les objections qu'il prevoyoit
qu'on pourroit faire sur les defauts
de son Poëme.

M. *Chevreau* rapporte une action
de générosité que *Scudery* fit à l'occasion de cet Ouvrage, & qui ne
doit pas être oubliée ici. C'est dans
le premier tome de son *Chevraana*,
où il parle ainsi : » La Reine *Chris-*
» *tine* m'a dit cent fois qu'elle réser-
» voit pour la dédicace qu'il lui fe-
» roit de son *Alaric* une chaîne d'or
» de mille pistoles. Mais comme
» M. le Comte de *la Gardie*, dont
» il est parlé fort avantageuse-
» ment dans ce Poëme, essuya la

» diſgrace de la Reine, qui ſouhait- G. DE
» toit que le nom du Comte fut ôté S C U D E-
» de cet Ouvrage, & que je l'en in- R Y.
» formai, il me répondit que quand
» la chaîne d'or ſeroit auſſi groſſe
» & auſſi peſante, que celle dont il
» eſt fait mention dans l'Hiſtoire
» des Yncas, il ne détruiroit jamais
» l'Autel, où il avoit ſacrifié. Cette
» fierté heroïque déplût à la Reine,
» qui changea d'avis, & le Comte
» de *la Gardie*, obligé de recon-
» noître la généroſité de M. de *Scu-*
» *dery*, ne lui en fit pas même un
» remerciment.

28. *Le Calloandre fidéle, traduit*
de l'Italien de Jean Ambroiſe Marini.
Paris 1668. *in*-8°. 3. *vol.*

29. Il a fait auſſi, dit M. *Pelliſſon*,
l'*Epitaphe du Cardinal de Richelieu*,
qui a été imprimée, & depuis gra-
vée en Bronze, pour mettre ſur ſon
tombeau.

Je ne parle point ici des Ouvrages, qui portent fauſſement ſon
nom, on les verra dans l'article de
ſa ſœur, qui va ſuivre.

V. l'*Hiſtoire de l'Academie Fran-*
çoiſe par M. *Pelliſſon*, & les addi-

G. DE tions de M. l'Abbé *d'Olivet.* Je me
SCUDE- suis auſſi ſervi d'un Mémoire Ma-
RY. nuſcrit fort curieux de M. *Pierre de
Galaup ſieur de Chaſteuil.*

MADELEINE DE SCUDERY.

M. DE **M**Adeleine *de Scudery,* ſœur de
SCUDE- *George de Scudery* dont je viens
RY. de parler, naquit comme lui au
Havre de Grace l'an 1607.

Ayant été amenée de bonne heure
à *Paris,* elle eut l'avantage d'y recevoir une éducation qui la dédommagea du peu de bien que ſon pere
pouvoit lui laiſſer. Elle eut entrée
à l'Hôtel de *Ramboillet,* qui étoit
alors le centre du bel eſprit. On l'y
goûta, & la fréquentation des Sçavans qui s'y aſſembloient ne contribua pas peu à la former.

La néceſſité de ſe ménager une
reſſource contre les beſoins de la vie
l'engagea à ſe mettre au nombre des
Auteurs ; & comme les Romans
étoient alors en régne, elle s'attacha principalement à ces ſortes
d'Ouvrages, pour leſquels elle paroiſſoit avoir du talent.

M. DE
SCUDE-
RY.

L'agrément qu'elle ſçût leur donner les fit lire avec avidité, & lui acquit une grande réputation. Elle ſe vît bien-tôt recherchée par tout ce qu'il y avoit dans le Royaume de perſonnes d'eſprit & de mérite ; tout le monde vouloit la connoître, & pluſieurs étrangers s'empreſſerent de former avec elle un commerce de Lettres.

La célebre Academie des *Ricovrati* de *Padoue*, touchée de ſon mérite, lui envoya après la mort de la Sçavante *Heleine Cornaro*, des Lettres d'aſſociation, & les accompagna d'une Lettre particuliere très-obligeante, qu'elle lui fit écrire par M. *Charles Patin*, & qui commençoit ainſi :

Mademoiſelle,

Quand notre Academie vous a choiſie, pour être de ſon Corps, elle n'a pas prétendu rendre votre mérite plus connu qu'il ne l'eſt déja par vos Ouvrages. Elle a voulu marquer qu'elle connoît parfaitement ce mérite ſi exquis, & elle n'a pas moins ſongé à ſe

M. DE *faire honneur*, qu'à *honorer vos excel-*
Scude-*lentes qualitez*, &c.
RY.

Pluſieurs Souverains, & pluſieurs
perſonnes de conſideration lui donnerent auſſi des marques de leur
eſtime & de leur bienveillance, par
les preſens qu'ils lui firent. Le Prince de *Paderborn*, Evêque de *Munſ-*
ter la régala de ſa Médaille & de ſes
Ouvrages. La Reine de Suéde,
Chriſtine, l'honora de ſes careſſes,
de ſon portrait, d'un brevet de penſ-
ſion, & ſouvent même de ſes Lettres. Le Cardinal *Mazarin* lui donna auſſi une penſion, par ſon Teſtament. M. le Chancelier *Boucherat*
lui en établit une ſur le Sceau, que
M. le Chancelier *de Pontchartrain*
lui continua. Le Roy *Louis XIV.*
après lui en avoir donné en 1683. à
la ſollicitation de Madame de *Main-*
tenon une de deux mille francs,
dont elle a toûjours été payée avec
beaucoup d'exactitude, voulut bien
encore quelques jours après lui accorder une Audience particuliere,
pour recevoir ſes remercimens; ce
Prince la combla de louanges pen-

dant plus d'un quart d'heure qu'elle M. D E
dura , & quelques années après la S C U D E-
gratifia d'une de fes plus belles & R Y.
magnifiques Médailles.

Elle eut pendant plufieurs années
chez elle une efpece de Cour , compofée de perfonnes d'efprit qui s'y
affembloient , pour profiter des
charmes & des agrémens de fa converfation ; mais lorfque les infirmitez de la vieilleffe commencerent à
l'attaquer , elle fe borna à un petit
nombre d'amis choifis.

Un rhumatifme qui lui furvint
aux genoux lui fit endurer pendant
fes dernieres années de vives douleurs , qu'elle foûtint toûjours avec
beaucoup de patience & de courage. Enfin un gros rhume , mêlé de
fievre la conduifit au tombeau.

Elle mourut le 2. Juin 1701.
âgée de 94. ans. Deux Eglifes fe
difputerent le trifte honneur de lui
donner la fepulture , celle de l'Hôpital Royal des *Enfans Rouges* dans
le Marais , où elle avoit dit fouvent
qu'elle fouhaitoit d'être enterrée ,
& celle de S. *Nicolas des Champs* ,
qui étoit fa Paroiffe depuis plus de

cinquante ans. Cette conteftation
fut portée devant M. le Cardinal
de Noailles, qui la décida en faveur
de la Paroiffe, où elle fut enterrée
le lendemain.

Plufieurs Sçavans du Royaume
honorerent fa mort d'Epitaphes,
d'Oraifons funebres, & de differentes pieces de vers & de profe;
mais aucune ne nous inftruit plus de
ce qui la regarde, que fon Eloge
dreffé par M. *Bofquillon*, quoique
le ftile de Panegyrifte y regne trop.
Voici le caractere qu'il fait de cette illuftre fille.

» Elle avoit raffemblé en elle feu-
» le toutes les vertus, tous les ta-
» lens, & tous les differens mérites
» des deux fexes; un cœur droit &
» généreux, une ame grande &
» ferme, un efprit vafte & folide,
» capable des plus grandes chofes,
» & qui fçavoit defcendre, fans
» s'avilir, jufqu'aux plus petites.
» La douceur, la bonté, la modef-
» tie, la patience, la charité ne
» lui coutoient rien à pratiquer. Sa
» foi étoit éclairée, mais fimple &
» docile, fa pieté fans fafte, &
fans

» ſans foibleſſe. Elle avoit une fa-
» cilité extrême à reüſſir à tout ce
» qu'elle entreprenoit ; un goût ex-
» quis ; une éloquence naturelle ;
» une politeſſe charmante ; une con-
» noiſſance exacte de tous les devoirs
» qu'elle rempliſſoit ſans peine &
» ſans embaras ; un ſçavoir acquis
» par le ſeul motif d'occuper utile-
» ment ſon eſprit, & de perfectio-
» ner ſa raiſon ; une attention par-
» ticuliere à le cacher, pour ne
» choquer ni l'amour propre des
» autres, ni les bienſeances. Toû-
» jours diſpoſée à faire plaiſir, en-
» nemie de la médiſance & des mé-
» diſans ; juſte dans ſes choix, ſure
» dans ſon commerce, ſincere, diſ-
» crete, & judicieuſe, vraye en
» tout & toûjours égale, elle fai-
» ſoit ſouhaiter à tout le monde ſa
» connoiſſance & ſon amitié. Inca-
» pable de changement comme de
» foibleſſe, ſes amis n'étoient ja-
» mais plus aſſurez de ſon cœur
» que quand ils étoient malheureux.
» Elle trouvoit alors des reſſources
» infinies pour les ſervir ; rien ne
» lui paroiſſoit difficile, ou impoſ-

M. DE
SCUDE-
RY.

Tome XV.   M

M. D E
S C U D E-
R Y.

» sible ; rien ne lui coutoit ; autant
» élevée au-desfus d'elle-même par
» la bonté de son cœur , qu'elle
» étoit au-desfus des autres par la
» grandeur de son esprit & de ses
» vûës.

M. *Pellisson* étoit l'ami du cœur
de Mademoiselle de *Scudery* ; & on
apprend dans le *Menagiana* (*a*)
qu'elle ne put un jour s'empêcher de
lui déclarer la pasfion qu'elle avoit
pour lui par ces vers qu'elle fit sur
le champ.

Enfin Acanthe il faut se rendre,
Votre esprit a charmé le mien ;
Je vous fais Citoyen du Tendre,
Mais de grace n'en dites rien.

M. *Pellisson* y répondit par d'autres vers qu'il fit aussi sur le champ ;
M. *Sarasin* & quelques autres beaux
esprits en firent encore sur le même
sujet ; ce qui fit donner à ce jour-là
le nom de *la Journée des Madrigaux.*
Les qualitez de l'esprit que l'on
admiroit dans tous les deux ont été
apparemment la veritable cause de

(*a*) *Tome* 2. *p.* 331.

l'inclination qu'ils avoient l'un pour
l'autre. D'autres cependant l'ont
été chercher dans leur laideur ; car
ils n'avoient rien à ſe reprocher de
ce côté-là, & ſi l'on a dit de M.
Pelliſſon qu'il abuſoit du privilege
que les hommes ont d'être laids, la
laideur de Mademoiſelle de *Scudery*
lui a fait appliquer par *Deſpreaux*
dans ſes *Heros de Roman* la deſcrip-
tion de *Tiſiphone* ; & a donné occaſion à ces vers.

M. DE SCUDERY.

La figure de Pelliſſon
Eſt une figure effroyable ;
Mais quoique ce vilain garçon
Soit plus laid qu'un ſinge & qu'un
        diable,
Sapho lui trouve des appas ;
Mais je ne m'en étonne pas,
Car chacun aime ſon ſemblable.

Cette Sçavante y a fait elle-même
alluſion dans ces jolis vers qu'elle
compoſa ſur ſon portrait, que *Nan-*
teuil avoit tiré en paſtel.

Nanteuil en faiſant mon image,
A de ſon Art divin ſignalé le pouvoir ;

M ij

M. DE *Je hais mes yeux dans mon miroir,*
SCUDE- *Je les aime dans son Ouvrage.*
R Y.

Au reste ceux qui étoient touchez
des belles qualitez de son esprit ne
faisoient point d'attention à cela ;
& les agrémens de sa conversation
les empêchoit de reflechir sur le peu
qu'il y en avoit dans sa figure. Ces
belles qualitez lui ont mérité le
nom de *Sapho*, qu'on lui a donné
de son temps, & qui se trouve dans
tous les Eloges dont on a honoré sa
mémoire.

Catalogue de ses Ouvrages.

1. *Ibrahim*, *ou l'illustre Bassa.* Paris 1652. in 8°. 4. *vol.* Reimprimé
quelquefois depuis ; It. traduit en
Italien, & imprimé en cette langue
à *Venise* en 1684. en 2. vol. *in-12.*
Madeleine de Scudery ne voulant pas
paroître encore dans le monde en
qualité d'Auteur, mit à la tête de
cet Ouvrage, & des trois suivans le
nom de son frere ; ce qui a trompé
M. *Pellisson* & plusieurs autres, qui
les ont attribué à *George de Scudery.*

2. *Femmes illustres*, *ou les Haran*
gues Heroïques. Paris 1665. in-12. 2.

vol Il doit y avoir eu une édition anterieure. Cet Ouvrage porte le nom de M. *de Scudery.*

3. *Artamene*, *ou le grand Cirus.* *Paris* 1653 *in* 8°. 10. *vol.* ſous le nom de ſon frere.

4. *Clelie Hiſtoire Romaine. Paris* 1660. *in*-8°. 10. *vol.* Les premiers volumes ont parû ſous le nom de ſon frere ; mais ſon ſecret ayant été découvert malgré elle , elle ceſſa de l'y mettre , ſans pour cela y ſubſtituer le ſien. Depuis ce temps tous ſes Ouvrages ont été imprimez ſans nom , & c'eſt ainſi qu'elle a donné les derniers tomes de *Clelie.* Ce Roman & les autres , qu'elle a donnez au public ont été fort eſtimez , & beaucoup lûs de ſon temps ; mais maintenant on n'en tient plus compte , & perſonne n'a la patience de les lire. Pour montrer ce qu'on en penſoit autrefois & ce qu'on en a penſé depuis , & pour mettre en peu de mots au fait de ces ſortes d'Ouvrages , il me ſuffira de copier ici deux paſſages , l'un de *Menage* & l'autre de M. *Deſpreaux.*

Le premier parle ainſi de *Madelei-*

M. DE
SCUDE-
RY.

ne de Scudery dans le second tome du *Menagiana*, p. 8. » Il y a mille cho-
» ses dans les Romans de cette
» Sçavante fille, qu'on ne peut trop
» estimer. Elle a pris dans les an-
» ciens tout ce qu'il y a de bon,
» & l'a rendu meilleur, comme ce
» Prince de la Fable, qui changeoit
» tout en or. On peut lire ses Ou-
» vrages avec beaucoup de profit,
» pour peu qu'on ait l'esprit bien
» fait, & qu'on cherche dans la lec-
» ture de quoi s'instuire. Ceux qui
» en blâment la longueur, font voir
» par ce jugement la petitesse de
» leur esprit, comme si on devoit
» mépriser *Homere* & *Virgile*, parce
» que leurs Ouvrages contiennent
» plusieurs livres chargez de beau-
» coup d'épisodes & d'incidens,
» qui en reculent nécessairement la
» conclusion. Il faut avoir bien peu
» de connoissance, pour ne pas
» voir que le *Cyrus*, & la *Clelie*
» sont dans le genre de Poëme Epi-
» que.... Mademoiselle *de Scudery*
» a si bien manié sa matiere, & a
» fait venir à propos tant de belles
» choses, que rien dans ce genre

„ n'eſt comparable à ce qu'elle a M. DE
„ fait : & à quelques expreſſions & S C U D E-
„ quelques tours près , mais de peu R Y.
„ de conſéquence , qui ont vieilli ,
„ le reſte durera toûjours , & plus
„ que les critiques qu'on en a fai-
„ tes. Ce qu'on a donné depuis dans
„ ce genre d'écrire eſt une grande
„ marque du mauvais goût de notre
„ temps & du genre médiocre qui
„ les produit : ce ne ſont que de
„ petites nouvelles tout au plus ,
„ qui ne font rien concevoir à no-
„ tre idée , ni d'utile , ni de majeſ-
„ tueux. Ce qu'a fait Mademoiſelle
„ *de Scudery* forme dans notre ame
„ les grands ſentimens de vertu ,
„ que ces ſortes de pieces doivent
„ inſpirer.

Tel eſt le jugement de *Menage* ,
different de celui de *Deſpreaux* , qui
en parle d'une maniere plus juſte
& plus ſenſée dans le *diſcours ſur le
Dialogue* , intitulé : *Les Heros de
Roman.*

Après avoir fait mention de l'*Aſ-
trée* d'*Honoré d'Urfé* ; il ajoûte :
„ Le grand ſuccès de ce Roman
„ échauffa ſi bien les beaux eſprits

M. DE
SCUDE-
RY.

,, d'alors, qu'ils en firent à son imi-
,, tation quantité de semblables,
,, dont il y en avoit même de dix &
,, douze volumes ; & ce fut quelque
,, temps comme une espece de dé-
,, bordement sur le Parnasse. On
,, vantoit sur tout ceux de *Gomber-*
,, *ville*, de *la Calprenede*, de *Des-*
,, *Marais*, & de *Scudery*. Mais ces
,, imitateurs s'efforçant mal à pro-
,, pos d'encherir sur l'original, &
,, prétendant annoblir ses caracte-
,, res, tomberent, à mon avis,
,, dans une très-grande puerilité.
,, Car au lieu de prendre comme
,, lui pour leurs Heros des Bergers
,, occupez du seul soin de gagner le
,, cœur de leurs Maîtresses, ils pri-
,, rent, pour leur donner cette
,, étrange occupation, non seule-
,, ment des Princes & des Rois,
,, mais les plus fameux Capitaines
,, de l'antiquité, qu'ils peignirent
,, pleins du même esprit que ces
,, Bergers, ayant à leur exemple
,, fait comme une espece de vœu,
,, de ne parler jamais, & de n'en-
,, tendre jamais parler que d'amour.
,, Desorte qu'au lieu que d'*Urfé*
dans

„ dans fon *Aftrée*, de Bergers très-   M. DE
„ frivoles, avoit fait des Heros de SCUDE-
„ Roman très-confidérables, ces RY.
„ Auteurs au contraire des Heros
„ les plus confidérables de l'Hif-
„ toire firent des Bergers très-fri-
„ voles, & quelquefois même des
„ Bourgeois (*a*) encore plus frivo-
„ les que ces Bergers. Leurs Ou-
„ vrages néanmoins ne laifferent
„ pas de trouver un nombre infini
„ d'admirateurs, & eurent long-
„ temps une fort grande vogue.

„ Mais ceux qui s'attirerent le
„ plus d'applaudiffemens, ce furent
„ le *Cyrus* & la *Clelie* de Made-
„ moifelle *de Scudery*. Cependant,
„ non feulement elle tomba dans la
„ même puerilité, mais elle la pouf-
„ fa encore à un plus grand excès.
„ Si bien qu'au lieu de reprefenter,
„ comme elle devoit, dans la per-
„ fonne de *Cyrus*, un Roi promis
„ par les Prophêtes, tel qu'il eft
„ exprimé dans la Bible, ou com-

(*a*) Les Auteurs de Romans, fous le
nom de ces Heros, peignoient quelquefois
le caractere de leurs amis particuliers, gens
de peu de confequence.

Tome XV. N

M. DE
SCUDE-
RY.

» me le peint *Herodote*, le plus grand
» conquerant, que l'on eut encore
» vû ; ou enfin tel qu'il est figuré
» dans *Xenophon*, qui a fait aussi-
» bien qu'elle un Roman de la vie
» de ce Prince ; au lieu, dis-je, d'en
» faire un modéle de toute perfec-
» tion , elle en composa un *Arta-*
» *mene* plus fou , que tous les *Cela-*
» *dons* & tous les *Sylvandres* (a) qui
» n'est occupé que du seul soin de
» sa *Mandane* , qui ne fait du matin
» au soir, que lamenter, gemir, &
» filer le parfait amour. Elle a en-
» core fait pis dans son autre Ro-
» man , intitulé *Clelie*, où elle re-
» presente tous les Heros de la Ré-
» publique Romaine naissante, les
» *Horatius Cocles* , les *Mutius Sceve-*
» *la* , les *Clelies* , les *Lucreces* , les
» *Brutus* , encore plus amoureux
» qu'*Artamene* , ne s'occupant qu'à
» tracer des Cartes Geographiques
» d'amour (*b*) , qu'à se proposer les
» uns aux autres des questions &
» des Enigmes galantes ; en un mot

(*a*) Bergers du Roman de l'*Astrée.*
(*b*) La Carte du Pays du Tendre , dans
la premiere partie de *Clelie.*

» qu'à faire tout ce qui paroît le M. DE
» plus oppoſé au caractere & à la S C U D E-
» gravité héroïque de ces premiers R Y.
» Romains. Comme j'étois fort
» jeune dans le temps que tous ces
» Romans , tant ceux de Made-
» moiſelle *de Scudery* , que ceux
» de *la Calprenede* & de tous les
» autres, faiſoient le plus d'éclat ,
» je les lûs , ainſi que les liſoit tout
» le monde , avec beaucoup d'ad-
» miration , & je les regardai com-
» me des chef - d'œuvres de notre
» langue. Mais enfin mes années
» étant accruës, & la raiſon m'ayant
» ouvert les yeux , je reconnus la
» puerilité de ces Ouvrages. Si bien
» que l'eſprit Satirique commençant
» à dominer en moi , je ne me don-
» nai point de repos, que je n'euſſe
» fait contre ces Romans un dialo-
» gue à la maniere de *Lucien* , où
» j'attaquois non ſeulement leur
» peu de ſolidité , mais leur affe-
» terie precieuſe de langage , leurs
» converſations vagues & frivoles ,
» les portraits avantageux faits à
» chaque bout de champ de perſon-
» nes de très-médiocre beauté , &

N ij

M. DE
SCUDE-
RY.

» quelquefois même laides par ex-
» cès, & tout ce long verbiage d'a-
» mour, qui n'a point de fin. Ce-
» pendant comme Mademoiselle *de*
» *Scudery* étoit vivante, je me con-
» tentai de composer ce dialogue
» dans ma tête, & bien loin de le
» faire imprimer, je gagnai même
» sur moi de ne point l'écrire, &
» de ne le point laisser voir sur le
» papier, ne voulant pas donner ce
» chagrin à une fille, qui après tout
» avoit beaucoup de mérite, &
» qui, s'il en faut croire tous ceux
» qui l'ont connuë, nonobstant la
» mauvaise morale enseignée dans
» ces Romans, avoit encore plus
» de probité & d'honneur que d'es-
» prit.

5. *Almahide ou l'esclave Reine.*
Paris 1660 in-8°. huit vol.

6. *Celinte, nouvelle. Paris 1661.*
in-8°.

7. *Mathilde d'Aguilar. Histoire*
Espagnole, avec les jeux servans de
Préface. *Paris 1667. in-8°.*

8. *La promenade de Versailles &*
l'Histoire de Celamire. Paris 1669.
in-8°.

9. *Difcours de la Gloire. Paris* 1671. M. DE
in-12. Ce difcours remporta le pre- S C U D E-
mier prix d'éloquence propofé par R Y.
l'Academie Françoife.

10. *Converfations fur divers fujets.*
Paris 1680. *in*-12. *deux tom.*

11. *Converfations nouvelles fur di-*
vers fujets. Paris 1684. *in*-12. *deux*
tom. It. Amfterdam 1685. *in*-12.
deux tom.

12. *Converfations morales. Paris*
1686. *in*-12. *deux tom.* Quelques
exemplaires de cet Ouvrage portent
le titre de *la Morale du Monde*, que
le Libraire lui donna, pour le diftinguer des quatre volumes précedens ; mais Mademoifelle *de Scudery*
defavoüa ce titre, qui ne lui parut
pas affez fimple.

13. *Nouvelles converfations de*
morale. Paris 1688. *in*-12. *deux vol.*

14. *Entretiens de Morale. Paris*
1692. *in*-12. *deux tom.* Ces dix volumes de Converfations font ce que
notre Sçavante a fait de meilleur.
On y voit une grande varieté, des
penfées fines & délicates, un ftile
net & coulant. C'eft le jugement
qu'en portent tous les Journaux du

M. DE temps, qui en font mention.

SCUDE-   15. *Nouvelles Fables en vers. Paris*
RY.   1685. *in-12.*

16. On trouve dans differens recueils des vers de sa façon. Je rapporterai ici ceux qu'elle fit sur la
naiſſance de M. le Duc de Bourgogne, afin de donner un idée de ſon
habileté en ce genre.

Venez, heureux enfant, venez à la
　　lumiere,
Vous allez commencer une illuſtre car-
　　riere,
Et le Soleil, qui naît aux bords de
　　l'Orient,
N'a pas à ſa naiſſance un éclat ſi
　　riant.
Tout brille autour de vous; les jeux,
　　les ris, la gloire
Parent votre berceau, comme un char
　　de victoire.
Mais, ô Royal enfant, quand on ſort
　　des Heros,
On ne vit pas long-temps dans le ſein
　　du repos.
Hatez-vous. Que le corps, l'eſprit, &
　　le courage
Forcent les loix du temps, & les régles
　　de l'âge.

Paſſez rapidement les frivoles plaiſirs, M. DE
Et concevez bien-tôt d'heroïques deſirs. SCUDE-
Vous pourrez ſurpaſſer tous les Princes RY.
 du monde,
De vos premiers exploits couvrir la
 terre & l'onde,
Digne de votre nom être admiré de
 tous,
Et voir toûjours Louis bien au-deſſus de
 vous,
Eclairer tous vos pas, vous ſervir de
 modele,
Etre du Roi des Rois une image fidelle,
Le bonheur des François, l'ame de ſes
 Etats,
Et l'exemple éternel de tous les Poten-
 tats.

V. ſon Eloge par M. *Boſquillon,*
dans le *Journal des Sçavans* du 11.
Juillet 1701.

N iiij

GUILLAUME CAOURSIN.

Uillaume Caoursin, (*a*) que Vossius appelle mal à propos Courin, naquit à *Douay* en Flandres, d'une famille originaire de *Rhodes*, où son pere même étoit né.

Il fut pendant quarante ans de suite au service de l'Ordre de S. *Jean* de *Jerusalem*, qu'on appelloit alors de *Rhodes*, & qui depuis prit le nom d'Ordre de *Malthe*, en qualité de Vice-Chancelier, & en d'autres postes importans. Il n'en porta cependant jamais l'habit, & n'y fit point profession.

Il assista en qualité de Vice-Chancelier l'an 1462. au premier Chapitre général tenu à *Rhodes* par le Grand Maître *Raimond Zacosta*, & il fut chargé en 1464. du soin de répondre avec le Grand Commandeur de Chipre, & le Lieutenant du Marechal, aux Ambassadeurs de *Venise*, qui étoient venu faire des

(*a*) Il est appellé en quelques endroits *Canoersin*, en d'autres *Caornsin*, &c.

inſtances au Grand Maître , pour la GuIL-
reſtitution de pluſieurs effets , & la LAUME
liberté de quelques perſonnes , que CAOUR-
des Chevaliers de l'Ordre avoient SIN-
enlevez peu de temps auparavant
ſur deux Galeres Venitiennes.

Le Grand Maître s'étant en 1466.
tranſporté à *Rome* par ordre du Pape , pour y tenir ſon ſecond Chapitre général , *Caourſin* l'y accompagna en qualité de Secretaire , & de
Lieutenant du Vice-Chancelier , qui
étoit alors *Melchior Bandino*. A la
clôture de ce Chapitre , à laquelle
le Pape aſſiſta en perſonne , lorſqu'on ordonna à tous ceux qui n'a-
voient point l'habit de l'Ordre de
ſortir , le ſeul *Caourſin* reſta en faveur
de ſa qualité.

Le Grand Maître *Raimond Zacoſta*
étant mort la même année , avant
que de partir de *Rome* , on lui donna
pour ſucceſſeur *Jean Baptiſte Orſini*
Romain , avec lequel *Caourſin* retourna à *Rhodes*.

Peu de temps après , c'eſt-à-dire
en 1470. le nouveau Grand Maître
l'envoya en Ambaſſade au Pape ,
qui étoit alors *Paul II.* pour lui de-

GUIL-
LAUME
CAOUR-
SIN.

mander du secours contre la puiſſance Ottomane, qui menaçoit alors
l'Iſle de *Rhodes*.

Il partit le 12. Septembre, & s'acquitta de ſa commiſſion avec tant de
diligence & d'adreſſe, qu'il fut à
Rhodes aſſez à temps pour aſſiſter
l'année ſuivante au premier Chapitre général de ce Grand Maître,
comme il fit auſſi au ſecond en 1475.

Il ne perdit point à ſa mort, puiſqu'on élut pour lui ſuccéder *Pierre
d'Aubuſſon*, François, qui étoit ſon
grand Protecteur. Ce fut ſous ſon
gouvernement que ſe fit le fameux
Siége de *Rhodes* en 1480. & *Caourſin* fut un de ſes défenſeurs.

Peu de temps après il ſe maria à
Rhodes, & à cette occaſion le Grand
Maître & ſon Conſeil, voulant le
récompenſer des peines qu'il avoit
priſes pour l'Ordre, & des ſervices
qu'il lui avoit rendus, principalement dans la nouvelle compilation
de ſes Statuts, dont il avoit été
chargé, lui firent preſent de mille
florins d'or, afin qu'il pût acheter
une maiſon pour ſa famille.

En 1481. *Zizime*, frere de *Baja-*

zeth *II.* Empereur des Turcs, vint G u i l-
à *Rhodes*, pour y chercher un azile l a u m e
contre les mauvais traitemens de fon C a o u r-
frere. *D'Aubuffon* envoya auffi-tôt s i n.
des Ambaffadeurs au Pape, & aux
autres Princes Chretiens, pour leur
donner avis de fon arrivée; & dé-
puta quelques Grands-Croix pour
dreffer les Lettres & les Mémoires
néceffaires fur ce fujet, & *Caourfin*
fut de leur nombre.

En 1484. il fut un des Commif-
faires prepofez pour examiner l'au-
tenticité d'une Relique qu'on avoit
apportée de *Conftantinople*, & qu'on
difoit être une main de S. *Jean-
Baptifte.*

Le Pape *Innocent VIII.* ayant été
élû cette année, *Caourfin*, & *Odoard
de Carmandino* Bailli de *Lango*, allerent en qualité d'Ambaffadeurs du
Grand Maître le complimenter fur
fon exaltation, & lui demander fa
protection pour l'Ifle de *Rhodes.*
Le difcours que *Caourfin* fit en cette
occafion, fa dexterité, & fa prudence, plurent tellement au Pape,
qu'il lui donna les titres de *Comte
Palatin*, & de *Secretaire Apoftolique.*

GUIL-
LAUME
CAOUR-
SIN.

De *Rome* il passa à *Naples* en 1485. avec *Jean Quendal*, pour voir le Roi *Ferdinand* au sujet de l'affaire de *Zizime*.

Après bien des négociations on convint en 1488. qu'il seroit mis entre les mains du Pape. Mais avant que d'en venir à l'execution, *Caoursin* fut envoyé à *Rome* avec *Philippe de Cluis*, Bailli de la Morée, pour convenir des conditions.

Ce fut-là son dernier voyage. De retour à *Rhodes*, il passa le reste de ses jours dans la tranquillité & le repos.

Il acheva en 1496. l'arrangement des Statuts. Deux ans après il assista au quatriéme Chapitre Général de *Pierre d'Aubusson*; il mourut enfin l'an 1501. & eut pour successeur dans la charge de Vice-Chancelier *Barthelemi Poliziano*.

Tous ses Ouvrages ont été imprimez à *Ulme* l'an 1496. en un volume *in-fol.* qui est orné de plusieurs planches en bois, dont la grossiereté fait le prix, & qui est trèsrare. Voici ce qu'il contient.

1. *Obsidionis Rhodiæ Urbis descrip-*

tio. Cet Ouvrage a été aussi impri- GUILmé séparement *in-4°.* mais sans mar- LAUME
que de lieu ni d'année. CAOUR
ZIN.

2. *De terra motus labe*, *quâ Rhodii*
affecti sunt, ce tremblement de terre
arriva à *Rhodes* l'année qu'elle fut
assiegée.

3. *Oratio in Senatu Rhodiorum de*
morte Magni Turci habita pridie Ka
lendas Junias 1481. Le Sultan mort
cette année étoit *Mahomet II.*

4. *De Casu Regis Zyzymi com*
mentarius.

5. *De celeberrimo fœdere cum Tur*
corum Rege Bagyazit per Rhodios inito
commentarius.

6. *De admissione Regis Zyzymi in*
Gallias, & *diligenti custodia* & *asser*
vatione exhortatio.

7. *De Translatione sacra dextra S.*
Joannis Baptistæ Christi præcursoris ex
Constantinopoli ad Rhodios Commen
tarius. Caourzin a joint à ce discours
un éloge du Saint.

8. *Ad summum Pontificem Innocen*
tium Papam VIII. Oratio, *habita V.*
Kalend. Februarii 1485.

9. *De Traductione Zyzymi Suldani*
fratris Magni Thurci ad Urbem Com
mentarius.

GUIL-
LAUME
CAOUR-
ZIN.

10. *Volumen stabilimentoram Rhodiorum Milium Sacri Ordinis Hospitalis S. Johannis Hierosolymitani.* Cette compilation fut approuvée par le grand Maître d'*Aubusson* & par le Chapitre General de l'Ordre le 5. Août 1493.

V. *Jerôme Bosio*, *Hist. de l'Ordre de S. Jean de Jerusalem. Journ. de Venise*, tome 21. p. 412. *Vossius de Historicis Latin.*, pag. 611.

TYCHO BRAHE.

TYCHO-
BRAHE'.

TYcho Brahé, sorti de l'illustre famille des *Brahé*, originaire de Suéde & établie en Danemarc, naquit le 14. Decembre 1546 suivant notre maniere de compter à *Knudstrup* dans le pays de *Schonen*, près d'*Helsimburg*, d'*Otho Brahé*, Seigneur de ce lieu, & de *Beate-Bille*, & fut le second de dix enfans.

George Brahé son oncle paternel, qui n'avoit point d'enfant, voulut se charger de son éducation ; il le prit dans sa Maison, & lorsqu'il eut environ sept ans, il lui fit appren-

dre la langue Latine, contre le sen-
timent de son pere, qui vouloit que
tous ses enfans s'attachassent plûtôt
à la profession des Armes, qu'à celle des Lettres.

Tycho Brahé l'étudia pendant
cinq ans sous des maîtres particuliers, & prit alors beaucoup de
goût pour la Poësie. On croit qu'il
perdit son pere pendant ce temps-
là.

A l'âge de douze ans, c'est-à-
dire au mois d'Avril 1559. son oncle l'envoya à *Copenhague*, pour
y étudier en Rétorique & en Philosophie.

Une éclipse de Soleil fort consi-
dérable, qui arriva le 21. Août
1560. attira son attention. La lecture des Almanacs & des prédic-
tions des Astrologues lui avoit déja
inspiré le desir de l'instruire de leur
art. Mais lorsqu'il vit que cette
éclipse étoit arrivée dans le moment
que les Astrologues l'avoient pré-
dite, il considera l'Astronomie,
comme une chose divine, & n'eut
point de repos, qu'il n'eut achetté
les Tables de *Stadius*, & qu'il n'eut

Tycho Brahe'. acquis par leur moyen quelque connoissance de la Theorie des Planettes.

En 1562. il quitta *Copenhague* pour aller étudier en Droit à *Leipsic.* Son oncle vouloit qu'il s'appliquât à cette science, afin qu'il fût en état d'être élevé à certains emplois considérables, où elle est nécessaire; mais l'application qu'il y donna fut très-legere. L'Astronomie fut son étude favorite; il étoit cependant obligé de s'y donner secrétement, parce que son Précepteur ne le lui permettoit point. Mais cet obstacle ne l'arrêta pas, il achettoit à son insçu, d'une partie de l'argent qu'on lui donnoit pour ses menus plaisirs, les livres qui lui étoient nécessaires, les lisoit avec avidité, lorsqu'il pouvoit se dérober de lui. Ayant même trouvé un petit globe céleste, il attendoit que son Précepteur fut couché pour examiner dans le Ciel les Constellations, & pour apprendre leurs noms sur son globe. Quelquefois même il passoit les nuits entieres à contempler les Astres, lorsque le temps étoit serein.

Après

Après trois ans de féjour à *Leipfic*, Tycho-
la mort de fon oncle l'obligea de Brahe.
quitter cette Ville au mois de May
1565. pour retourner dans fa patrie.
Mais il n'y demeura qu'autant de
temps qu'il lui en fallut, pour mettre ordre à fes affaires domeftiques.
Il fe preffa même d'en fortir, voyant
que fes amis & fes parens trouvoient
mauvais qu'il s'appliquat à l'Aftronomie, & qu'ils la regardoient comme une occupation indigne d'une
perfonne de fa qualité. Ainfi fans
attendre que l'année fut finie, il fe
mit en chemin pour l'Allemagne,
& arriva à *Wittemberg* au mois
d'Avril 1566.

Il avoit deffein de demeurer quelque temps dans cette Ville, où il
pouvoit fe donner librement à fon
étude cherie ; mais la pefte, qui y
furvint, l'en chaffa, & l'obligea de
fe retirer ailleurs.

Il alla au commencement de l'Automne de cette même année à *Rof-
toch*, où il lui arriva peu de temps
après une trifte avanture. Le 10.
Decembre il eut à une nôce qui fe
célebroit en ce lieu quelque difpute

TYCHO-
BRAHE'.
avec un noble Danois, nommé *Paf-
berg.* La chofe n'alla pas plus loin
ce jour-là ; mais le 27. fuivant, s'é-
tant retrouvez énfemble à un jeu,
ils eurent une nouvelle prife, & fe
battirent deux jours après en duel.
Tycho-Brahé y eut une partie du
nez emportée, mais il eut l'adreffe
de s'en faire un, compofé d'or &
d'argent, & fi bien travaillé, que
tout le monde le croyoit naturel.

L'année 1569. il paffa à *Augfbourg*, dont le féjour lui plut fi fort,
qu'il réfolut d'y demeurer quelque
temps. Il y fut vifité par *Pierre
Ramus*, qui admira fon fçavoir &
les inftrumens Aftronomiques qu'il
avoit fabriquez, s'étonnant que
dans une fi grande jeuneffe, il eut
pû faire de fi grands progrès dans
l'Aftronomie.

A la fin de l'an 1571. il retourna en Danemarc, où il eut le plaifir
de trouver une retraite agréable
chez *Stenon-Bille*, fon oncle maternel, qui aimoit les Lettres, & étoit
lui-même fçavant. Il avoit un Château, nommé *Herritzvad*, qui avoit
été autrefois un Monaftere, & qui

n'étoit pas loin de *Knudſtrup* : Il donna à ſon neveu un endroit fort commode pour faire ſes obſervations, & un autre pour conſtruire un Laboratoire de Chymie ; car il y avoit déja deux ans qu'il avoit commencé à s'appliquer ſérieuſement à cette derniere ſcience, où il ne ſe propoſoit pas moins que de parvenir au grand Œuvre. Ce fut en ce lieu qu'il découvrit en 1573. une nouvelle Etoile dans la conſtellation de *Caſſiopée*.

Ce fut auſſi cette année qu'il ſe maria, & épouſa une Païſanne de *Knudſtrup*, nommée *Chriſtine*. Un mariage ſi inégal le brouilla avec toute ſa famille, & il n'y eut que le Roi de Danemarc (*a*) qui par ſon autorité put le réconcilier dans la ſuite avec elle. Il eut ſix enfans, deux garçons, & quatre filles, de cette femme, qui lui ſurvêcut trois ans.

Ayant été paſſer l'hyver de l'année 1574. à *Copenhague*, quelques

(*a*) C'eſt une faute viſible dans *Morery* d'attribuer cette réconciliation à l'Empereur.

O ij

jeunes gens de considération voulurent l'engager à leur faire des leçons sur l'Astronomie ; mais ni leurs sollicitations ni celles de ses amis ne purent le déterminer à condescendre à leurs desirs. Il fut cependant obligé de le faire, lorsque le Roy y eut joint les siennes. Ainsi il leur expliqua pendant cet hyver la Théorie des Planettes.

Il songeoit depuis long-temps à faire un voyage en Allemagne, & à y chercher un lieu où il pût se fixer pour toûjours ; mais divers obstacles l'avoient empêché jusques-là d'executer ce dessein. Enfin lorsque ses leçons furent finies, il se mit en chemin au commencement du printemps de l'année 1573. laissant dans le Païs sa femme & une fille qu'il avoit déja, parce qu'il étoit incertain du lieu où il s'établiroit.

Il alla d'abord à *Cassel* voir le Landgrave *Guillaume*. Comme ce Prince aimoit l'Astronomie, & y étoit même très-habile, il passa huit ou dix jours à s'entretenir avec lui sur les nouvelles découvertes, qui s'étoient faites dans cette science.

Il paſſa enſuite à *Francfort ſur le* TYCHO-
Mein, où il demeura quelque temps, BRAHE'.
à cauſe de la Foire qui s'y tenoit
alors , & de-là à *Baſle.* Cette derniere Ville , dont il parcourut tous
les environs , lui parut le lieu le plus
commode pour y établir ſa demeure , & il réſolut d'y venir la fixer ,
lorſqu'il auroit fini ſes voyages.

Après avoir vû une partie de la
Suiſſe , il entra dans l'Italie , & fit
quelque ſéjour à *Veniſe* , d'où il retourna en Allemagne.

Le déſir de voir le couronnement
du Roy des Romains *Rodolphe II.*
qui ſe devoit faire le 1. Novembre
1575. à *Ratisbone,* l'engagea à paſſer par cette Ville. Mais il n'y demeura pas long-temps après avoir
vû cette cérémonie , voulant être
chez lui avant l'hyver , afin de diſpoſer toutes choſes , pour ſe rendre
au printemps à *Baſle* avec toute ſa
maiſon.

Il y travailla effectivement , dès
qu'il fut à *Knudſtrup* ; mais *Frederic
II.* Roy de Danemarc, l'ayant ſçû
& craignant de perdre un homme ſi
capable de faire honneur à ſa patrie ,

TYCHO
BRAHE'.
l'envoya chercher, & après l'avoir reçu avec toutes sortes de marques de bienveillance, lui dit qu'il vouloit le mettre en état de travailler, avec toute la tranquillité qu'il pouvoit desirer; qu'il lui donnoit en propre pour sa vie l'Isle d'*Huen*, qui est dans *le Sund*, détroit entre l'Isle de *Seeland* & la Province de *Schonen* en Suéde; & qu'il y feroit bâtir un Observatoire, & même un Laboratoire, & les fourniroit à ses dépens, de toutes les choses nécessaires.

Ces propositions étoient trop favorables & trop conformes au goût de *Tycho-Brahé*, pour qu'il ne les acceptat pas; ainsi sans balancer sur le parti qu'il avoit à prendre il remercia le Roi d'une faveur qu'il n'avoit pas eu lieu d'attendre, & alla aussitôt voir l'Isle qu'il lui avoit donnée, & qu'il trouva tout-à-fait propre à l'usage auquel on la destinoit.

On y commença peu de temps après un Observatoire, & la premiere pierre y fut mise le 8. Août 1576. avec ces mots gravez dessus: *Regnante in Dania Friderico II. Carolus Danzaus, Aquitanus, R. G. J.*

D. L. (c'est-à-dire, *Regis Gallorum* Tycho-
in Dania Legatus) *domui huic Philo-* Brahe.
sophiæ, imprimiſque Aſtrorum contem-
plationi, Regis decreto à Nobili Viro
Tychone-Brahe de Knudſtrup extructa
votivum hunc lapidem memoriæ & feli-
cis auſpicii ergo P. anno 1576. 6.
Idus Auguſti.

Cet Obſervatoire, auquel on
donna le nom d'*Uranibourg*, avec
pluſieurs bâtimens qui l'accompa-
gnoient & les machines qui y étoient
néceſſaires, coûta des ſommes im-
menſes; & quoique le Roi fit tous
les frais, *Tycho-Brahé* y dépenſa, de
ſon propre bien, plus de cent mille
écus, pendant 21. ans qu'il y demeura.

Car il n'épargnoit rien pour perfectionner l'Aſtronomie. Il entretenoit ordinairement dans ſa Maiſon
dix ou douze jeunes gens, qui l'ai-
doient dans ſes obſervations, &
qu'il inſtruiſoit dans l'Aſtronomie
& dans les Mathematiques.

Le Roi de Danemarc ne borna
pas au don de l'Iſle d'*Huen* les fa-
veurs qu'il avoit deſſein de faire à
Tycho-Brahé. Il lui donna outre cela

TYCHO- une pension de deux mille écus de
BRAHE'. son Trésor, un Fief dans la Norvege, & un Canonicat de *Roschild* qui
rapportoit mille écus.

Le Roy d'Ecosse *Jacques VI.* étant
allé en Danemarc pour y épouser la
sœur du Roy *Frederic II.* rendit vi-
site à *Tycho-Brahé* dans son séjour
d'*Uranibourg*, lui donna des marques
de son estime, & lui fit des presens
magnifiques. Ce Monarque composa même à sa louange des vers
Latins qu'il écrivit de sa propre
main.

Tant que le Roy *Frederic II.* son
bienfaicteur, & son protecteur
vêcut, tout alla bien pour lui ; mais
lorsqu'il fut mort, ce qui arriva en
1588. & que *Christiern IV.* son fils
lui eut succedé, il commença à ressentir des effets de la jalousie que
quelques-uns avoient conçue contre lui.

Quelques Nobles ne voyoient
qu'avec peine qu'il obtint du Roy
tant de bienfaits, & que plusieurs
Etrangers, qui venoient en Danemarc, ne songeassent presque qu'à
le visiter. Outre cela les Médecins
souf-

ſouffroient impatiemment que les
malades s'adreſſaſſent à lui préfe-
rablement à eux pour avoir de ſes
remedes, qu'il diſtribuoit avec beaucoup de charité à ceux qui en avoient
beſoin ; car il en avoit découvert par
le moyen de la Chymie pluſieurs
qui faiſoient des Cures merveilleu-
ſes. Ajoûtez à cela le reſſentiment
que *Chriſtophe Valkendorf*, Grand
Maître de la Maiſon du Roy, con-
ſervoit à ſon égard, à cauſe d'un
differend qu'ils avoient eu à l'occaſion du chien de *Tycho-Brahé*, qui
l'avoit bleſſé. (Car les moindres choſes ont quelquefois de longues ſui-
tes.) Tout cela ſe réunit pour le
détruire dans l'eſprit des nouveaux
Miniſtres du jeune Roy.

On ſe plaignit que le Tréſor étoit
épuiſé, qu'ainſi il étoit néceſſaire
de retrancher pluſieurs penſions,
qui avoient été données pour des
choſes inutiles, telle qu'étoit celle
qu'avoit *Tycho-Brahé* ; qu'il y avoit
aſſez long-temps qu'il poſſedoit le
Fief de la Norvege, & qu'il étoit
juſte de le faire paſſer à d'autres,
qui rendiſſent de plus grands ſervi-

Tome XV. P

ces au Royaume ; que quoiqu'il fut
obligé de faire les réparations néceffaires à la Chapelle attachée à
fon Canonicat de *Rofchild* , il la
laiffoit tomber en ruine par fa négligence.

Ces difcours firent peu à peu leur
effet ; & enfin il fut dépoüillé en
1596. de fa penfion , du Fief, & du
Canonicat. Se trouvant alors hors
d'état de fournir aux frais neceffai-
res pour entretenir l'Obfervatoire
d'*Uranibourg* , il fongea à fe ménager une retraite honnête dans les
Païs étrangers.

En attendant qu'il pût la trouver , il alla demeurer à *Copenhague*,
où il fit tranfporter fes inftrumens
les moins confidérables , & où il
continua fes obfervations Aftronomiques , & fes expériences Chymi-
ques , jufqu'à ce que *Valkendorf* lui
fit défenfe de la part du Roy de
travailler davantage à ces fortes de
chofes.

Voyant alors qu'il ne faifoit plus
bon pour lui en Danemarc , il s'embarqua fur un Vaiffeau avec toute
fa famille , fes effets qui pouvoient

être tranfportez commodément, TYCHO-
& les étudians qu'il entretenoit, & BRAHE'.
paſſa à *Roſtoch*. La peſte, qui affli-
geoit cette Ville, ne lui permit pas
d'y faire un long ſéjour. Il en ſortit
pour aller dans le Holſtein trouver
Henri Ranzou, qui l'avoit invité
avec beaucoup d'empreſſement à
ſe rendre à ſon Château de *Wandersburg*, dans le voiſinage de *Hambourg*.

Il n'avoit pas deſſein de s'arrêter
en ce lieu, mais de ſe ménager une
entrée à la Cour de l'Empereur.
Ranzou ſe chargea d'engager l'Electeur de *Cologne*, qui étoit bien venu
auprès de lui, de ſolliciter en ſa faveur, & d'employer auſſi tous ſes
amis pour la réuſſite de cette affaires. Pour lui, ſachant que l'Empereur aimoit les Machines, & les
expériences de Chymie, il crut
devoir publier une Méchanique de
ſon Aſtronomie, ornée de figures,
qu'il dédia à ce Prince.

Toutes ces démarches eurent de la
peine à faire venir les choſes au
point qu'il deſiroit; mais enfin il
reçut ordre de ſe rendre auprès de

'TYCHO- l'Empereur, qui étoit en Bohême,
BRAHE'. avec promeſſe que rien ne lui man-
queroit de tout ce qu'il pourroit
deſirer.

Il ſe mit donc en chemin pendant
l'automne de l'année 1598. avec
ſes fils & ſes étudians, laiſſant à
Wandersburg ſa femme & ſes filles,
parce qu'il étoit encore incertain de
la réuſſite de ſon voyage. Son deſſein étoit d'aller à *Prague*, mais
ayant appris que la peſte y regnoit,
& que l'Empereur en étoit ſorti
pour ſe retirer à *Pilſen*, il s'arrêta à
Wittemberg.

Cependant la peſte s'étant diſſi-
pée pendant l'hyver, & l'Empe-
pereur étant retourné à *Prague*,
il reçut de nouveaux ordres de s'y
rendre. Lorſqu'il y fut arrivé, ce
Prince le reçut avec tous les témoi-
gnages poſſibles de bienveillance,
lui donna une Maiſon magnifique,
en attendant qu'il pût en trouver
dehors une plus propre aux obſervations Aſtronomiques, lui aſſigna
une penſion de trois mille écus, &
lui promit à la premiere occaſion un
Fief pour lui & pour ſa poſterité.

Quelque tems aprés, *Tycho-Brahé* TYCHO-
alla demeurer au Château de *Benach* BRAHE'.
qu'il crut lui convenir, mais il fut
bientôt dégoûté de ce fejour, &
retourna à *Prague* dans fa premiere maifon, avec fa femme & tous
fes enfans qu'il avoit fait venir
dans ce pays.

Il fe trouva alors dans un état de
tranquillité, mais il n'en joüit pas
long-tems ; car le 13. Octobre
1601. ayant été manger chez un
Seigneur nommé *Rofemberg*, il oublia d'uriner avant que de fe mettre
à table, fuivant qu'il avoit accoû-
tumé. Comme dans le repas il but
plus qu'à l'ordinaire, il fentit que fa
veffie étoit extrêmement tenduë; cependant il ne laiffa pas de demeurer encore quelque tems à table,
mais s'étant retiré chez lui, il ne
put rendre aucune urine, & après
avoir fouffert plufieurs jours, il
mourut le 24. de ce mois, & non
pas du mois de Novembre, comme Keppler l'a dit par inadvertance
dans la Preface de fes Tables,
dans fa 55. année.

C'eft une pure imagination que

P iij

TYCHO-
BRAHE'. ce qu'ont dit quelques-uns que des Courtifans de l'Empereur, jaloux de fon merite, & de la bienveillance que ce Prince lui témoignoit, l'avoient fait empoifonner.

Il fut enterré avec beaucoup de pompe à *Prague* dans la principale Eglife de l'ancienne Ville, où on lui érigea un magnifique tombeau de marbre, avec cette Epitaphe.

Effe potius quam haberi.
Illuftris & generofus Dominus Tycho - Brahé, Danus, Dominus in Knudftrup, Arcis Uraniburgi in infula Hellefponti Danici Huenna fundator, inftrumentorum Aftronomicorum qualia nec ante fol vidit ingeniofiffimus idemque liberaliffimus inventor & inftructor, antiquiffima nobilitate clarus, fua auctior, animo quæcumque cœlo continentur immortali gloria complexus, Aftronomorum omnis feculi longe Princeps, totius orbis commodo fumptibus immenfis, exactiffimas intra minuta minutorumque partes triginta amplius annorum obfervationes mundo primus intulit, affixa fidera intra minutum ejufque femiffem reftituit, Hipparchi fo-

lius ab orbe condito vel Diis improbos TYCHO-
in octavâ duntaxat gradus parte cona- BRAHE,
*tus longiffime antegreffus, utriufque
luminaris curfum exquifite reftaura-
vit, pro reliquis erraticis folidiffima
Tabularum Rudolphæarum fundamen-
ta jecit, Mathematicarum peritis inve-
teratam Ariftotelis & affeclarum doctrinam de fublunari cometarum novo-
rumque fiderum fitu demonstrationibus
invictis exemit, novarum hypothefium
autor ; in fpagyricis & univerfa
Philofophia admirandus, evocatus ab
invictiffimo Romanorum Imper. Rudol-
pho II. mira doctrinæ & candoris exempla
dedit, ne fruftra vixiffe videretur ; im-
mo talitatem etiam apud Antipodes
fcriptor perennitate fibi comparavit,
planeque qualis effe quam haberi ma-
lu t, nunc vita functus æternùm vivit.
Ejus exuvias uxorifque triennio poft
defuncta hæredes liberique facro hoc loco compofuerunt. Obiit quarto Calend.
Novemb. anni Chriftiani Dionyfiaci
1601. Ætatis fua 55.*

*Non fafces, nec opes,
Sola artis fceptra perennant.*

P iiij

TYCHO-BRAHE'. Perſonne n'ignore l'habileté de *Tycho-Brahé* dans l'Aſtronomie, ainſi il eſt inutile d'en parler ici. Il eſt l'inventeur d'un nouveau ſyſtême du Monde, qu'il a voulu établir ſur les ruines de celui de *Copernic*, mais qui n'a pas fait fortune, quoiqu'il eut quelques Sectateurs, qui ont tâché de le faire paſſer à la faveur de quelquech angement.

Il avoit beaucoup d'inclination pour la Poëſie Latine & ſe divertiſſoit ſouvent à faire des vers, dont on peut dire avec plus de raiſon que Martial le diſoit des ſiens.

Sunt bona, ſunt quædam mediocria,
ſunt mala plura.

En effet on n'y trouve point l'eſprit de la Poëſie, il y a même des fautes contre la quantité, ſoit que s'étant attaché toute ſa vie à des études plus conſiderables & plus relevées, il eut négligé d'apprendre avec exactitude toutes les regles de la verſification, ſoit que les ayant apriſes, il n'eut pas daigné s'y aſſujettir.

Il a conſervé toûjours un foible pour l'Aſtrologie, dont rien n'a pu

le guerir, si ce n'est peut-être sur la
fin de sa vie. Il eut beau decouvrir
la fausseté des predictions qui étoient
fondées sur les regles de cet Art;
il s'imagina d'abord, qu'il y avoit
de l'erreur dans les Tables des mou-
vemens Celestes, & que les cal-
culs étant ainsi fautifs, il n'étoit pas
surprenant que les predictions fussent
fausses. Mais lorsqu'il eut fait un
grand nombre d'observations, & se
fut mis en état de redresser ces tables,
& qu'il vit cependant que les predictions faites en consequence de sa
nouvelle reforme n'en étoient pas
plus justes, il en rejetta la cause sur
les regles même de l'Astrologie
qu'il pretendit avoir aussi besoin de
reformation, & travailla à lui donner
cette certitude, qu'il croyoit d'abord
y trouver, mais sans aucun succés.

On rapporte cependant quelques-unes de ses predictions, qu'on
pretend avoir eu leur accomplisse-
ment. Dans son Traité sur la Comete de l'année 1574. il dit qu'en
vertu de cette Etoile il naîtroit vers
le Nord dans la Finlande un Prince qui ébranleroit l'Allemagne, &

TYCHO-
BRAHE'. qui difparoîtroit en 1632. & l'on
affure qu'il a entendu par là le Roi
Guftave Adolphe, qui naquit effectivement dans ce pays, defola l'Allemagne, & mourut en 1632. *Tol-
lius* rapporte auffi dans la troifiéme
de fes *Epiftolæ Itinerariæ* une chofe affés finguliere fur ce fujet. L'Empereur *Rodolphe II.* dit-il, ayant
confulté *Tycho-Brahé*, pour fçavoir
s'il devoit fe marier; ce Mathematicien lui confeilla de n'en rien faire,
parce que les enfans qui naîtroient
de lui, feroient très-cruels. L'Empereur fuivant fon confeil, ne fe maria point, & fe contenta de prendre
une trés-belle concubine qui lui
donna un fils, dont les inclinations
furent fi farouches & fi mauvaifes,
qu'ayant eu dans la fuite une maî-
treffe, qui refufa de faire quelque
chofe qu'il fouhaitoit, il lui dechira
le corps à coups de fouet. Ce qui
fut caufe que l'Empereur ordonna
qu'on le fit mourir, en lui ouvrant
les veines, pour délivrer le monde
d'un homme fi inhumain. Ce fait, s'il
étoit vrai, pourroit être de quelque
poids, pour prouver l'habileté de

Tycho-Brahé, & la verité de ſes pre- TYCHO-
dictions : mais il eſt facile d'en de- BRAHE',
couvrir la fauſſeté.

Rodolphe II. n'a pu le conſulter
ſur ſon mariage, avant ſon arrivée
à *Prague*, puiſqu'il ne le connoiſſoit point auparavant. Or, *Tycho-*
Brahé n'arriva dans cette Ville & ne
vit ce Prince que vers le milieu de
de l'année 1599. Il fallut apparemment quelque tems à l'un pour faire
connoître ce qu'il ſçavoit faire, &
à l'autre pour prendre aſſez de confiance en lui pour le conſulter ſur
une choſe auſſi importante que l'é-
toit ſon mariage, & pour ſuivre
ſon conſeil ; ainſi cette conſultation
doit être au plutôt de l'année ſuivante. Que la concubine ait été priſe
peu de tems après, ſon fils ne peut
guéres être venu au monde que l'an
1601. il n'a donc pu avoir que dix
ou onze ans, lorſque *Rodolphe II.*
mourut le 23. Janvier 1612. âge
auquel ne convenoit point le fait
qu'on lui attribuë.

Tycho-Brahé étoit auſſi ſuperſti-
tieux à l'excès à l'égard des Preſa-
ges. S'il rencontroit en ſortant de chez

TYCHO-lui quelque vieille femme, il y re-
BRAHE'. tournoit auffi-tôt, perfuadé que cette rencontre étoit de mauvais augu-
re; il en ufoit de même dans fes
voyages, quand il trouvoit un liévre
fur fa route.

Lorfqu'il demeuroit à *Uranibourg*
il avoit chez lui un fou, nommé
Lep, qu'il faifoit mettre à fes pieds,
lorfqu'il étoit à table, & à qui il
donnoit lui-même à manger. S'ima-
ginant que toutes les paroles des
fous prefageoient quelque chofe, il
remarquoit avec foin tout ce que le
fien difoit; & parce qu'il avoit rencontré quelquefois jufte par hazard,
il croïoit pouvoir faire fond fur
tous fes difcours.

Un autre défaut plus effentiel
pour la focieté, étoit l'opiniâtreté
avec laquelle il étoit attaché à fes
fentimens qu'il ne pouvoit fouffrir
qu'on contredit. Colere & chagrin
au moindre fujet qui fe prefentoit,
il faifoit fentir des effets de fon ref-
fentiment aux perfonnes les plus con-
fiderables, qu'il avoit interêt de
ménager; d'ailleurs porté à la raillerie, & aimant à railler, il s'irri-

toit, lorſqu'on en uſoit de même à TYCHO-
ſon égard. BRAHE'.

Il étoit né dans la Religion Lu-
therienne, qui étoit alors la domi-
nante du Païs de ſa naiſſance, & il y
a toûjours vêcu.

Il avoit un chien qu'il aimoit
beaucoup, & au ſujet duquel il ſe
broüilla mal à propos avec *Chriſto-*
phe Valkendorf, comme je l'ai dit
ci-deſſus. Il l'avoit pris pour ſon
Symbole, & l'avoit fait repreſen-
ter dans une Médaille, où étoient
gravez ces mots. *Tychonis-Br. deli-*
cium.

Catalogue de ſes Ouvrages.

1. *De nova Stella anno* 1572. *die*
Novembris 11. *veſperi in aſteriſmo*
Caſſiopeæ circa verticem exiſtente, an-
noque inſequenti conſpicua, ſed menſe
Maio magnitudine & ſplendore jam
diminuta. Hafniæ 1573. *in-*4°.

2. *Oratio in Academia Hafnienſi*
recitata anno 1574. *de diſciplinis Ma-*
thematicis. Hafniæ 1610. *in-*8°. Ce
diſcours a été publié par les ſoins
de *Conrad Aſlac*, de *Bergen* en
Norvege, avec une Decade des
ſiens. Il eſt dédié à *Stenon Brahé*

TYCHO-
BRAHE'.
frere de *Tycho* , dont *Aslac* avoit
élevé le fils en qualité de Precep-
teur. Le même discours a été imprimé encore depuis séparément à
Hambourg in-4°. en 1621. par les
soins de *Jean Curtius* , Docteur en
Médecine.

3. *De Mundi ætherei recentioribus
Phænomenis Progymnasmatum liber
secundus. Uraniburgi* 1587. *in-4°.*
It. *Praga* 1603. *in-4°.* & *Francofurti* 1610. *in-4°. Tycho Brahé* composa cet Ouvrage , qui traite de
la Comete de l'année 1577. aussi-
tôt après qu'elle fut disparuë , c'est-
à-dire en 1578. neuf ans après il le
revit , & ajoûta aux neuf chapitres
qui le composoient , un dixiéme
plus long lui seul que les neuf autres , où il examine les sentimens
& les observations des autres sur
cette Comete. Il ne voulut point
partager ce dernier chapitre en plusieurs, afin que cet Ouvrage n'en
eut ni plus ni moins , qu'un autre
qu'il avoit commencé sur la nouvelle Étoile , & qu'il souhaitoit
qu'on regardât comme anterieur à
celui-ci , quoiqu'il ne dût le publier qu'après.

4. *De Mundi ætherei recenti ribus* Tycho-
Phænomenis Progymnasmatum liber Brahe'.
primus. Uraniburgi. 1589. *in-*4º. Cet
Ouvrage est composé de deux parties. La premiere qui contient deux
chapitres est *de Restitutione Solis &*
fixarum Stellarum. La seconde qui
en tient huit est *de Nova Stella.*
Jean Kepler en a donné une nouvelle
édition avec un *Appendix* & une
Préface à *Prague* en 1602. *in-*4º. Il
s'en est fait depuis une autre à *Franc-*
fort en 1610. *in-*4º. Le Roy d'E-
cosse *Jacques VI.* étant en Danemarc, comme je l'ai déja dit, voulut bien, à la priere de l'Auteur, faire
sur ce Livre des vers Latins qu'il
lui envoya écrits de sa propre main;
on sera peut-être bien aise de les
trouver ici. Les voici.

Æthereis bis quinque globis, queisma-
china Mundi
Vertitur, ut celso est crustatus fornice
Olympus
Ignibus, & pictus fulgentibus undique
lychnis:
Pellucent vitreis domibus, vastisque
Planeta

*Orbibus ; ut geminant cursus, vi, &
        sponte rotati,*

*Ut miti aut torvo adspectu longe ante
        futura*

*Præmonstrant, Regnisque Tonans quæ
        fata volutet :*

*His tellure cupis, quæ vis, quis motus,
        & ordo*

*Cernere : Sublimem, deductumque
        æthera Terra*

*Tychonis pandunt opera ; lege, disce,
        videbis,*

*Mira : Domi Mundum invenies, cœ-
        lumque libello.*

5. *Epistolarum Astronomicarum liber primus. Uraniburgi* 1596. *in-*4°.
It. *Noriberga* 1602. *in-*4°. It. *Francofurti* 1610. *in-*4°. Ce Recueil fut
dédié au Landgrave de Hesse,
Maurice, parce qu'il y a plusieurs
Lettres du Landgrave *Guillaume*
son pere, & de *Christophe Rothmann*
Mathematicien de ce Prince à *Tycho,*
& de *Tycho* à l'un & à l'autre. Il
avoit dessein de faire suivre ce volume par plusieurs autres, & commença même à faire imprimer le
second, mais les changemens qui
arri-

arriverent à ſon égard l'empêche- Tycho-
rent de l'executer, & ce premier Brahe'.
n'a point eu de ſuite.

6. *Aſtronomiæ inſtauratæ Mecha-*
nica. Wandesburgi 1598. *in-fol.* Il
fit cet Ouvrage pour ſe faire connoître à la Cour de l'Empereur.
Comme la plûpart des exemplaires
furent diſtribuez en preſens, le
Livre devint bien-tôt rare, ce qui
engagea à le réimprimer après ſa
mort à *Nuremberg* en 1602. *in-fol.*

7. *Reſponſio Apologetica ad Epiſto-*
lam Scoti cujuſdam de Cometa an.
1577. 1598. *in-4°.* Cet Ouvrage
eſt cité dans *Bartholin de Scriptis*
Danorum.

8. *Epiſtola de confectione Elixiris*
Peſtilentialis ad Rudolphum II. Impe-
ratorem. Gaſpar Bartholin a inſeré
cette Lettre dans ſon Livre *de aëre*
peſtilenti corrigendo. Elle ſe trouve
auſſi dans la vie de *Tycho-Brahé* par
Gaſſendi, *p.* 280.

9. *Elegia de exilio ſuo. Roſtochii*
1614. *in-4°.* It. inſerée dans ſa vie
par *Gaſſendi*, *p.* 166. Il compoſa
cette Piece à *Wandesburg*, après
être ſorti du Danemarc.

Tome XV. Q

TYCHO-
BRAHE'.

10. *Tabula Rudolphina.* *Ulmæ*
1627. *in-fol.* *Tycho.* n'avoit pas mis
la derniere main à ces Tables,
lorsqu'il mourut; ainsi *Jean Kepler,*
qui y avoit travaillé avec lui, les
revit avec soin, comme il le lui
avoit recommandé & les donna au
public. Il est facile de voir que le
titre qu'elles portent leur a été
donné en l'honneur de l'Empereur
Rodolf, grand Protecteur de *Tycho.*

11. *Stellarum octavi orbis inerran-*
tium accurata restitutio ad Augustissi-
mum Imperatorem Rudolphum II. De
inerrantium Stellarum verificatione
Præfatio, inserée dans sa vie par
Gassendi, avec une partie du Catalogue suivant.

12. *Catalogus absolutissimus mille*
affixarum Stellarum. *Kepler* l'a fait
entrer dans les *Tabulæ Rudolphinæ.*

13. *Historiæ Cœlestis partes duæ,*
quarum prior continet observationes
Uraniburgicas sedecim libris inclusas;
Posterior observationes tum Wandes-
burgicas tum Wittebergenses, Pra-
genses, & Benatianas, quatuor libris
inclusas. Augustæ Vindelicorum 1666.
in-fol. 2. *vol.* C'est la premiere édi-

tion , qui , si l'on en croit quelques TYCHO-
Catalogues, a été suivie de quelques BRAHE'.
autres.

14. *Epistola ad Casp. Peucerum.*
Hafniæ 1668. *in-* 4°. Pierre-Jean
Reusner, qui a publié cette Lettre ,
y en a joint une autre en vers Latins
de *Sophie-Brahé*, sœur de notre Auteur. Elle s'étoit renduë habile dans
les Mathematiques & dans l'Astronomie , & à l'exemple de son frere ,
elle avoit pris beaucoup de goût
pour l'Astrologie. Elle étoit plus
jeune que lui de dix années , &
mourut long-temps après à l'âge
de 90. ans.

15. On trouve outre cela plusieurs de ses Poësies répanduës dans
sa vie par *Gassendi*.

V. *De Vita & Morte illustris &*
generosi viri D. Tychonis-Brahei , die
4. *Novembris* 1601. *in Templo ve-*
teris urbis primario ritu Equestri tu-
mulati , Oratio funebris Johannis Jes-
senii à Jessen. Pragæ 1601. *in-*4°.
Cet éloge qui contient plusieurs
faits a été inseré à la suite de la vie
de *Tycho* par *Gassendi. Tychonis Bra-*
hei vita Autore Petro Gassendo. Paris.

Q ij

TYCHO-BRAHE'. 1654. *in*-4°. Il y a un grand détail sur les observations Astronomiques de *Tycho. Jac. Phil. Tomasini Elogia tom.* I. *p.* 243. L'Eloge de *Tomasini* est peu éxact. *Synopsis vitæ Tychonis Brahei e Petri Gassendi Tractatu aliisque documentis collecta à Petro Joh. Resenio.* Cet abregé qui est fort bien fait se trouve dans la premiere décade des *Memoriæ Philosophorum, Oratorum, &c. Henningi Witten. p.* 5. Les Eloges de M. *de Thou* & les additions de *Teissier*, qui sont copiées des Livres précedens. *Alb. Bartholinus de scriptis Danorum liber, & ad eum Joannis Molleri Hypomnemata. Freher Theatrum Eruditorum, p.* 1495.

CHARLES DRELINCOURT.

CHarles Drelincourt naquit à *Pa-ris* le 1. Fevrier 1633. de *Charles Drelincourt* Miniftre célebre de la Religion Prétenduë Reformée, & de *N. Boldus*, fille d'un riche Marchand de cette Ville, qui avoit embraffé cette Religion.

Il fut d'abord deftiné au Miniftere, à l'exemple de fes deux freres aînez. Mais quelques maladies qu'il eut, & la délicateffe de fon tempérament l'ayant engagé à rechercher les remédes & le régime qui pouvoient lui être le plus utiles, il prit du goût pour la Médecine, & réfolut de s'y livrer entierement.

Après avoir commencé fes études à *Paris*, il alla les continuer à *Saumur*, où il fut reçu Maître-ès-Arts, & Docteur en Philofophie le 24. Septembre 1650.

Il paffa enfuite à *Montpellier* pour y étudier en Médecine, & il y prit le degré de Docteur en cette faculté le 28. Août 1654.

C. DRE-
L I N-
COURT.

C. DRE- Il s'aquit en peu de temps une
LIN-   si grande réputation, que M. *de*
COURT. *Turenne* le prit l'année suivante pour
son Médecin, & qu'il fut aussi-tôt
après nommé premier Médecin des
Armées du Roy en Flandres, qui
étoient commandées par ce grand
Capitaine. Il s'aquitta de cet emploi pendant les années 1656. 57.
& 58. jusqu'à la Paix qui fut con-
cluë l'année suivante, d'une maniere qui lui fit honneur.

En 1663. il fut fait Médecin
ordinaire du Roy, qui lui fit ex-
pédier des Lettres Patentes, par
lesquelles il étoit exempt de tous
impôts ordinaires & extraordi-
naires.

Il passa dix ans à *Paris*, après son
retour de l'Armée, occupé de ses
études particulieres, & de la pratique de la Médecine, & s'y maria.

En 1668. *Conrad-Van-Beuningen*
Ambassadeur des Etats Generaux
en France lui procura une Chaire
de Professeur en Médecine à *Leyde*.
Il accepta cet emploi, auquel les
Curateurs de cette Académie joi-
gnirent deux ans après celui de Pro-

feffeur en Anatomie, & il en rem- C. Dre-
plit les fonctions avec un fuccès l i n-
extraordinaire. court.

Sa Methode d'enfeigner étoit
nette & exacte, & il fit voir dans
l'Anatomie une dexterité & une
fagacité finguliere. Il entendoit à
fond la langue Gréque & la Latine.
& l'on auroit dit en voyant la vafte
étenduë de fon érudition, qu'il ne
s'étoit appliqué toute fa vie qu'à
l'étude des Belles-Lettres.

Il a été plufieurs fois Recteur de
l'Univerfité de *Leyde* ; & comme il
étoit revêtu de cette dignité, lorfque la Reine d'Angleterre, *Marie*,
quitta les Provinces Unies pour
aller dans ce Royaume, il porta la
parole pour la complimenter fur fon
départ.

Il avoit été jufques-là fon Médecin auffi bien que de *Guillaume III.*
fon époux, lorfqu'il n'étoit encore
que Prince d'Orange, & ce fut en
cette qualité qu'il fut chargé d'accompagner cette Princeffe, lorfqu'elle alla en 1681. aux eaux d'*Aix-
la-Chapelle.*

Il mourut à *Leyde* le 31. May

C. Dre-
lin-
court.

1697. âgé de 64. ans après avoir souffert pendant quelques mois les douleurs les plus aigues avec beaucoup de conftance. Il avoit eu la confolation de voir *Charles Drelincourt*, fon fils unique, reçu Doĉteur en Médecine le 3. Fevrier 1693. bien marié, & pere de deux garçons. La défenfe qu'il fit avant que de mourir, de faire fon Oraifon funébre, fuivant la coûtume, nous a privé de la connoiffance de plufieurs particularitez de fa vie, qui n'auroient pas manqué d'y entrer.

Catalogue de fes Ouvrages.

1. *Clariffimum Monfpelienfis Apollinis ftadium currente CaroloDrelincurtio, Caroli filio, Parifino, & liberalium Artium-Magiftro & Doĉtoratum ambiente anno falutis 1654. Monfpelii 1654. in 24. pp. 148.* Les Pieces contenuës dans ce Recuëil font les fuivantes.

Quæftio Therapeutica, pro prima Apollinari Laurea confequenda, propofita ab Ill. V. D. Lazaro Riverio in alma Monfpelienfium Medicorum Academia Profeffore, fub hac verborum ferie.

ferie. *An Omnibus putridis febribus* C.Dre-
Vena fectio & Purgatio ? Après cette lin-
Thefe, *Drelincourt* fait un recit abre- court.
gé de toutes les cérémonies en ufage
dans la Faculté de *Montpellier*, par
lefquelles il lui a fallu paffer pour
être Licentié. Je ne fçai pourquoi
dans l'édition de toutes fes Œuvres, faite à *la Haye* en 1727. on a
fupprimé une partie de cette phrafe,
qui eft affez remarquable. *In Aula
regia magna, capite aperto, purpura
(Olim Francifci Rabelafii, nunc verò
Francifci Ranchini Rabelafiana detri-
tæ, lacerâ, atque etiam malis artibus
decurtatâ fuccedanea togatus) de pul-
pito refpondebam* ; & qu'on s'eft con-
tenté de mettre dans la parenthefe :
*Olim Francifci Rabelafii, nunc verò
Francifci Ranchini.*

   *Quæftiones quatuor Cardinales pro
fuprema Apolinari Daphne confequenda, quarum veritatem triduum
integrum mane & vefperi tueri cona-
bitur Carolus Drelincurtius.* Ces queftions font. 1°. *An Arthritidi Ther-
mæ* ? 2°. *An Apoplexiæ Ranularum
fectio* ? 3°. *An in Febre biliofæ humor
expurgandus aliquando ante* πεπασμòν ?

   Tome XV.   R

C. DRE-
LIN-
COURT.

4°. *An affectioni Hypochondriaca Chalybis usus?* Elles font fuivies d'Affertions, de Problêmes, & de Paradoxes que *Drelincourt* propofe comme une nouvelle matiere de difpute, à ceux qui voudront lutter contre lui.

Oratio Doctoralis Monfpeffula, quâ Medicos, jugi Dei Operum confideratione atque contemplatione permotos, coeteris hominibus Religioni adftrictiores effe demonftratur; atque adeo impietatis crimen in ipfos jactatum diluitur atque propulfatur. Il prononça ce difcours, après avoir reçu le bonnet de Docteur de *Simeon Courtaud*, Doyen de la Faculté de Médecine de *Montpellier*, qu'il avoit choifi pour cette céremonie.

2. *De Partu Octimeftri Vivaci Diatriba. Parif.* 1662. *in-*12. It. *Lugduni* 1666. *in-*8°. It. *Lugd. Bat.* 1668. *in* 12. *Drelincourt* combat dans cet Ouvrage l'erreur populaire, que les enfans qui viennent à huit mois ne vivent point; & il le fait d'une maniere entierement convainquante. *Frederic Bonaventure d'Urbin* avoit déja publié un Ouvrage fur cette

matiere, qui a pour titre : *De na-*   C. DRE-
tura Partus Octimeſtris adverſus vul- L I N-
gatam opinionem libri X. In quibus COURT.
abſolutiſſima , de humani partus natu-
ra , cognitio traditur. Francofurti.
1601. in-fol. Mais il eſt écrit d'un
ſtile ſi diffus , qu'il eſt difficile d'en
ſoutenir la lecture.

   3. *Caroli Drelincurtii Oratio , quam*
ſuper Civitatis & Academiæ calami-
tatibus , generatim & paucis , tum
ſuper Clariſſ. Viri Johannis Van-Horne
Natalibus , vitæ inſtituto , & è vivis
exceſſu ſingulatim & plenius , brevibus
tamen anno habuit ineunte 1670. inſerée parmi ſes Opuſcules. *Leyde* 1680.
*in-*12. & dans le Recueil de tous ſes
Ouvrages. *La Haye* 1727. *in-*4°.

   4. *Anatomicum Præludium ; quod*
Lugdunenſium in Amphitheatro ſuam
ad primam Anatomes ἐγχείρησιν *adhi-*
buit. Lugd. Bat. 1670. *in-*12. It.
Editio altera Ib. 1672. *in-*12.

   5. *Apologia Medica , qua depelli-*
tur illa calumnia , Medicos ſexcentis
annis Roma exulaſſe. Lugd. Bat. 1672.
*in-*12. Drelincourt prononça ce diſcours , le 7. Juillet 1671. lorſqu'il
donna le bonnet de Docteur à *Jean-*
R ij

C. DRE-
LIN-
COURT.

Von-Flammerding, de *Francfort*. On en a fait une violente Critique sous ce titre: *Lepidi Pacifici Saxoferratensis Responsio ad Epistolam Bibliopolæ Leidensis Græco-Latini de Exilio Medicorum Romanorum, & de absurdis libellis Drelincurtianis; quibus honor nimius antiquis asseritur Medicastris; clarissimi autem Medici, ipsique Medicorum Principes, præsertim Batavi, maximis injuriis atque contumeliis afficiuntur.* Cette Piece, qui est datée du Mois de Decembre 1680, se trouve dans le Recueil des Œuvres de *Drelincourt*, & a été apparemment imprimée aussi à part. L'Auteur n'y épargne pas les injures, qui s'y trouvent en plus grand nombre que les raisons.

6. *La Legende du Gascon, ou la Lettre de Charles Drelincourt à M. Porrée sur la Methode prétenduë nouvelle de tailler de la Pierre.* Leyde 1674. in-8°. Je crois qu'il y en a une édition précedente. M. *Porrée* Médecin de *Roüen*, ayant écrit à *Drelincourt*, qu'on publioit en Normandie *la Canonisation d'un Saint nouveau*, qui guerissoit divinement

de la Pierre, le pria de lui en faire C. DRE-
la *Legende*; celui-ci ne put le lui LIN-
refuſer, & jugea à propos de don- COURT,
ner effectivemenr le nom de *Legende*
à ſa Lettre, qui eſt du 8. Decembre
1663. Il y découvre les impoſtures
de cet Operateur, nommé *Raoux*,
qui ſuppoſoit des Pierres à ceux
qu'il faiſoit ſemblant de tailler. Cet
écrit eſt ſuivi de deux Lettres à
M. *Vallot*, premier Médecin du
Roy, qui roulent ſur le même
ſujet.

7. *Libitinæ Trophæa pro concione,*
cum faſces Academicos deponeret, com-
putata, die ſolemni 8. Februarii 1680.
Lugd. Bat. 1680. *in-*8°. Il y a une
érudition prodigieuſe dans ce diſcours, où l'Auteur ſe propoſe de
faire voir par des faits l'empire de
la mort ſur les hommes. Il l'a diviſé
en quatre parties; dans la premiere
il parle de ceux qui ſont morts de
differentes maladies, qu'il parcourt
avec beaucoup d'ordre. Dans la ſeconde il fait mention de ceux que
differens accidens ont enlevé de ce
monde, depuis la femme de *Loth*,
juſqu'à *Charles IX.* Roy de France.

R iij

C. DRE-
LIN-
COURT.

Dans la troisiéme il s'agit d'un nombre certain d'hommes qui font péris
en differentes occasions foit par
Guerre ou autrement. Enfin la quatriéme traite de ceux qui font morts
de même fans que leur nombre foit
marqué dans l'Hiftoire. *Drelincourt*
a mis au bas du Texte des notes
pour expliquer ce qu'il n'a pû dire
qu'en peu de mots dans la fuite du
difcours, & les citations des Auteurs dont il s'eft fervi. Il y a une
grande varieté dans les expreffions
qu'il a employées pour marquer les
morts differentes. Ce difcours a été
traduit en François par *Jean de
Brisbar*, & imprimé en cette langue à *Leyde* fous le titre de *Trophées
de la Mort*. Ses envieux ne manque-
rent pas de le critiquer vivement,
& on répandit peu de temps après
qu'il l'eut prononcé une petite Lettre en ftile Macaronique, fous ce
titre : *Limatulum atque politulum
Ordinis Elephantini de Drelincurtianis Libitinæ Trophæis Judicium.* Elle
eft fi courte, qu'il ne fera pas mal
de la rapporter ici.

Poffemus fi vellemus noftram Po-

lyantheam copiare, talium Orationum C. DRE-
mille facere, qualium fecit Gallus ille, LIN-
& dicere illud quod ille dixit, hic obi- COURT.
vit cum tali morbo & hic obivit cum
tale altero, & hic quoque obivit cum
tale altero, & sic millies. Sed nolui-
mus id facere; nam si faceremus illud pu-
deremus quod Drelincurtius ille fecerit
illud, & quod ille nihil in oratione tota
probavit, & quod rationes nullas nullæ
rei reddiderit, & quod orationem suam
fecit cum gestis quæ non sunt digni Rec-
toris magnifici.

Mais on n'en demeura pas là ;
on écrivit serieusement contre lui
dans une piece intitulée : *Alitophili*
observationes extemporanæ ad erecta à
Carolo Drelincurtio Libitinæ nec non fa-
ma sua Trophæa; qui se trouve dans
le recueil de ses œuvres p. 354.
Drelincourt auroit dû se moquer
de cette critique, qui est outrée,
puisqu'on ne lui passe pas un mot
sans le relever, & qu'on le chicane
sur les moindres choses souvent sans
raison. Mais il étoit trop piqué
pour le faire ; il y repondit dans
l'ouvrage suivant.

8. *Appendix ad Libitinæ Trophæa.*

C. Dre-
lin-
court.

On peut appeller proprement cette piece une Satyre violente, où il n'y acependant rien que de fort general. *Drelincourt* y a joint la lettre Maca-ronique que j'ai rapportée ci-deſſus avec des notes trop ſerieuſes pour une badinerie ſemblable, & quel-ques Lettres de complimens, où ſes *Libitinæ Trophea* ſont beaucoup loüées, & auſquelles il donne pour ti-tre particulier ἐνφυμίσμῶ *Cardiaci con-tra viperinos calumniatorum morſus.*

9. *Opuſculæ. Lugduni Batavorum.* 1680. *in-*12. C'eſt un recueil des huit Ouvrages precedens.

10. *Experimenta Anatomica ex vivorum ſectionibus petita. Edita per Erneſtum Gottfried Heyſeum, Dantiſ-canum. Lugd. Bat.* 1681. *in-*12. *It. Ibid.* 1684. *in-*12. il y a à la fin un *Appendix* qui contient un plan fort étendu de pluſieurs queſtions, *de ſemine virili, fæminæis ovis, utero uterique tubis, & humano fœtu.*

11. *De Fœminarum ovis tam intra teſticulos & uterum, quam extra ab anno* 1666. *ad retrò ſæcula. Lugd. Bat.* 1684. *in-*12. *It.* réimprimé ſous ce titre, *de fœminarum ovis hiſtorica*

atque Phyſicæ luɕubrationes. Editio ſe- C. DRE-
cunda. Accedunt de fæminarum ovis L I N-
cura ſecunda. Lugd. Bat. 1687. in- COURT.
12. *p.* 190. Le deſſein de *Drelincourt*
dans cet Ouvrage, eſt de faire voir
que l'opinion qui eſt ſi commune à
preſent, touchant la generation de
toutes ſortes d'animaux par les œufs
n'eſt pas auſſi nouvelle que l'on pen-
ſe. La ſeconde Edition eſt préferable
à la premiere. 1°. Parce que l'Auteur y nomme dans des notes pluſieurs perſonnes illuſtres qu'il n'avoit
marquées dans la premiere, que par
des Eloges ou des Epithetes, que
tout le monde n'entendoit pas. 2°.
Parce qu'il a ajoûté pluſieurs traitez
ſous le titre *de cura ſecundæ*, & entr'autres une partie de ceux qui
compoſent *l'Appendix* de l'Ouvrage
precedent.

M. *de Bauval* ayant propoſé
quelques doutes ſur le ſyſtême de
l'Auteur, en faiſant l'extrait de ſon
Livre dans l'*Hiſtoire des Ouvrages des
Sçavans*, *Drelincourt* lui en donna la
ſolution dans une Lettre que ce
Sçavant Journaliſte inſera dans ſon
Journal au Mois de Janvier 1688.

C. Dre-
lin-
court.

On l'a oubliée dans le Recueil de ses Œuvres, où elle méritoit d'entrer.

12. *De Conceptione adversaria.* *Lugd. Bat.* 1685. *in-12.* Cet Ouvrage est datté du 1. May 1685. L'Auteur s'y propose de réfuter tous les sentimens differens, qu'on avoit eu jusques-là, touchant la formation du *fœtus.*

13. *De humani fœtus membranis Hypomnemata. Lugduni Batav.* 1685. *in-12.* dattez du 15. May de cette année.

14. *De Tunica fœtus Allantoide Meletemata. Lugd. Bat.* 1685. *in-12.* du 30. May.

15. *De Tunica Chorio Animadversiones. Lugd. Bat.* 1685. *in-12.* du 5. Juin.

16. *De Membrana fœtus agnina castigationes. Lugd. Bat.* 1685. *in-12.* du 13. Juin.

17. *De fœtuum Pileolo sive Galea emendationes. Lugd. Bat.* 1685. *in-12.* du 22. Juin.

18. *Super humani fœtus umbilico Meditationes Elenctica. Lugd. Bat.* 1685. *in-12.* du 2. Juillet.

19. *De Conceptu conceptus, quibus*

mirabilia Dei super fœtus humani for- C. Dre-
matione, nutritione, atque partuione Lin-
sacro velo hactenus tecta systemate felici Court.
reteguntur. Lugd. Bat. 1685. *in-*12.
Drelincourt expose dans cet Ouvrage
son systême sur la generation & la
formation du *fœtus.*

20. *De Divinis apud Hippocratem.*
Dogmatis sermo, quem Græce habuit.
septimo Idus Martias 1689. *Cum Aca-*
demico Magistratu sese abdicaret ;
nunc vero Latinitate donatus à Carolo
Drelincurtio Caroli filio, & Caroli
nepote. Cette traduction se trouve
dans le Recueil de ses Œuvres de
l'an 1727. L'Auteur s'y est proposé
de montrer qu'Hippocrate, par les
seules lumieres de la raison, s'étoit
approché le plus qu'il étoit possible
de l'Ecriture, par rapport aux veritez generales qui ne supposent
point le Christianisme.

21. *De Variolis atque Morbillis*
Dissertatio. Cette piece a été imprimée à *Leyde* en 1702. *in-*12. avec
une Dissertation d'*Antoine Sidobre,*
Médecin de *Montpellier* sur le même sujet. Elle se trouve aussi à la
page 645. du Recueil de ses Œuvres.

22. *Caroli Drelincurtii Opuscula
Medica quæ reperiri potuere omnia,
nunc primo simul edita. Hagæ Comi-
tum* 1727. *in-*4°. On trouve dans
ce Volume tous les Ouvrages dont
j'ai parlé ci-deſſus, & de plus deux
pieces de *Drelincourt* le fils. L'une
aſſez longue intitulée : *Diſſertatio
Anatomico-practica de Lienoſis*. Et
l'autre fort courte, qui a pour titre :
Επιμετρα *viriliter impugnanda*. M.
Boerhave, qui a préſidé à ſon édition, a mis à la tête un diſcours à
ſes Écoliers, où il fait l'éloge de
Drelincourt & de ſes Ouvrages.
Mais il ſeroit à ſouhaitter qu'il ſe
fût appliqué davantage à la rendre
parfaite. Il paroît qu'elle s'eſt faite
avec une négligence tout-à-fait im-
pardonnable. Car 1°. on n'a pas
daigné mettre à la tête une Préface
qui inſtruisît des éditions des differens Traitez, & de ce que chacune a de plus ou de moins que les
autres, & qui donnât un détail des
diſputes litteraires, que l'Auteur a
eu à ſoutenir ; ce qui cependant
étoit abſolument néceſſaire. 2°. Les
Ouvrages y ſont rangez, comme

ils font tombez fous la main de C. Dre-
l'Imprimeur, fans qu'on fe foit L I N-
mis en peine de fuivre l'ordre con- COURT.
venable. 3°. A quoi bon imprimer
deux fois les mêmes chofes dans le
même Livre ? Les queftions *de*
Utero, *de Tubis uteri* & *de humano*
fœtu, fe trouvent à la page 631. &
à la page 715. & cela, parce qu'elles ont été mifes à la fuite de deux
Traitez de Drelincourt, comme on
l'a vû ci-deffus. 4°. On y rencontre
fouvent des fautes d'impreffion très-
groffieres ; comme par exemple
page 161. On fait dire à *Drelincourt*
qu'il avoit vû une veffie fort tume-
fiée & fort *fcireufe* qui étoit *épaiffe*
fans hyperbole & *de mefure prife de*
quinze pouces Geometriques. On a
voulu mettre *quinze lignes.*

23. *Drelincourt* a fait quelques
notes fur une Thefe que *Philippe*
Rofe de *Caen* foutint fous lui : *De*
Calculo vefica ; & ces notes fe trouvent avec la Thefe dans la *Bibliothe-*
que Chirurgique de *Manget*, tom.
1. page 224. Ces notes manquent
dans le Recueil de *Boerhave.*

C. DRE-
LIN-
COURT.

24. *Homericus Achilles, Caroli Drelincurtii penicillo delineatus, per convicia & laudes. Lugd. Bat.* 1693. *in-*4°. pp. 80. *Editio altera auctior. Lugd. Bat.* 1694. *in* 4°. pp. 156. *Editio tertia locis parallelis contractior, rebus auctior. Lugd. Bat.* 1696. *in-*4°. Cet Ouvrage est rempli d'une érudition très-recherchée ; on y voit tout ce qui a été dit d'*Achilles*, par ceux qui en ont parlé soit à dessein, soit en passant.

V. son Eloge. *Hist. des Ouvrages des Sçavans, Août* 1697. *Boerhave*, discours à la tête du *Recueil de ses Oeuvres. Bayle Dictionnaire.*

JEAN PITSEUS.

JEan *Pitseus*, ou *Pitsius*, comme
il s'appelle lui-même (en Anglois *Pits*) naquit vers l'an 1560. à
Aulton, Ville du Comté de *Hant*
en Angleterre, de *Henri Pits*, &
d'*Elizabeth Saunders* ou *Sandere*,
sœur de *Nicolas Sanderus*, dont j'ai
parlé ci-dessus.

Il fit ses premieres études dans sa
patrie, & alla à l'âge de onze ans
les continuer à *Winchester* dans le
College de *Wykeham*.

Après sept années de séjour dans
ce lieu, où il fit ses humanitez, il
passa à *Oxford* pour y étudier en
Philosophie, & il fut reçu en 1578.
dans le College-neuf de cette Ville,
à l'âge d'environ 18. ans. Mais il
n'y demeura que deux ans, & en
sortit avant que d'y avoir été aggregé.

Il étoit né dans la Religion An-
glicane ; mais des doutes qui s'é-
toient formez dans son esprit sur la
verité de cette Religion, & que la

J. PIT-
SEUS.

lecture & l'étude des Livres de controverse augmenterent, l'engagerent à l'abandonner, pour embraser la Catholique.

Il sortit pour cela de l'Angleterre en 1580. & alla à *Douay*, où le Sçavant *Thomas Stapleton* lui donna de bons conseils sur l'ordre qu'il devoit observer dans ses études.

De là il passa à *Reims*, & y demeura un an dans le College des Anglois. Au bout de ce temps on l'envoya à *Rome*, où il étudia pendant sept ans en Philosophie & en Theologie dans le College des Anglois, & fut dans cet intervalle ordonné Prêtre.

Ses études finies, on le renvoya à *Reims*, & il y enseigna pendant deux ans la Rhetorique & la langue Gréque.

Les Guerres civiles de France l'ayant ensuite obligé de sortir de ce Royaume, il se retira à *Pont-à-Mousson*. Il prit en cette Université le degré de Maître-ès-Arts, qu'il avoit negligé jusques-là, & après y avoir soutenu des Theses de Theologie, il s'y fit recevoir Bachelier.

Il

Il paſſa enſuite à *Treves*, où il J. PIT-
demeura un an & demi, & fut fait SEUS.
Licentié, après avoir ſoutenu trois
nouvelles Theſes.

Orné de ce nouveau titre, il alla
viſiter les principales Villes d'Allemagne, & s'arrêta enfin à *Ingolſtad*
en Baviere.

Pendant un ſéjour de trois ans
qu'il fit en cette Ville, il donna de
nouvelles preuves de ſon habileté,
& fut reçu Docteur en Theologie.

Ayant ainſi parcouru une partie
des Villes d'Italie & d'Allemagne,
& ayant appris les langues de ces
Païs, il retourna en Lorraine, où
Charles Cardinal de Lorraine lui
donna un Canonicat de *Verdun.*

Deux ans après *Antoinette de Lor-*
raine, ſœur de ce Cardinal, qui
avoit épouſé le Duc de *Cleves*, le
choiſit pour ſon Confeſſeur ; emploi qu'il remplit pendant douze
ans, juſqu'à la mort de cette Princeſſe. Ce fut dans le loiſir dont il
jouit alors, qu'il compoſa tous les
Ouvrages que nous avons de lui.
Ce fut auſſi dans ce temps qu'il
apprit la langue Françoiſe, dont il

Tome XV, S

J. PIT-
SEUS. acquit en peu de temps une aſſez grande connoiſſance, pour pouvoir la parler avec facilité, & pour prêcher même en cette langue.

Après la mort de la Ducheſſe de *Cleves*, il retourna pour la troiſiéme fois en Lorraine, où l'Evêque de *Verdun* qui avoit été ſon diſciple, lui donna le Doyenné de *Liverdun*, Benefice conſiderable, qu'il a conſervé juſqu'à ſa mort, avec un Canonicat, & l'Officialité de la même Egliſe.

Il mourut en ce lieu le 17. Octobre 1616. âgé d'environ 56. ans, & fut enterré dans ſon Egliſe, avec cette Epitaphe.

Hic Jacet D. Pitz, quondam Decanus, Officialis & Canonicus hujus Eccleſia, Doctor SS. Theologia, qui deceſſit ex hac vita 17. Octob. an. 1616.

Catalogue de ſes Ouvrages.

1. *De Legibus Tractatus Theologicus. Treviris. 1592. in-8°.*

2. *De Beatitudine Tractatus Theologicus. Ingolſtadii. 1595. in-8°.*

3. *De Peregrinatione libri VII.* J. Pɪᴛ-
Duſſeldorpii. 1604. *in-*8°. Cet Ou- ꜱᴇᴜꜱ.
vrage eſt dédié à la Ducheſſe de
Cleves.

4. *Relationum Hiſtoricarum de Re-*
bus Anglicis Tomus primus ; quatuor
partes complectens. Pariſ. 1619. *in-*
4°. Cet Ouvrage fut publié après
ſa mort par les ſoins de *Guillaume*
Bishop, qui y ajoûta ſon Eloge. On
le cite ordinairement ſous ce titre :
De illuſtribus Angliæ Scriptoribus. La
premiere partie contient des Prole-
gomenes , *de Laudibus Hiſtoriæ &*
Antiquitate Eccleſiæ Britanniæ , de
Academiis , tam antiquis Britonum ,
quam recentioribus Anglorum. On
trouve dans la ſeconde un Catalogue des Ecrivains Anglois , rangé
ſuivant l'ordre des temps. La troiſiéme eſt un *Appendix* au Catalogue
précedent , contenant trois cens
Auteurs rangez par ordre Alphabetique. On a dans la quatriéme
quinze tables des Auteurs dont il
eſt parlé dans l'Ouvrage. *Antoine*
Wood fait ſur ce Livre des réflexions
qui doivent trouver ici leur place :
Les voici. 1°. *Pitſeus* écrivoit aſſez

S ij

J. Pit-
seus.

bien Latin, pour le temps où il vivoit. 2°. La plus grande partie de son Ouvrage, surtout pour ce qui regarde les Auteurs, est prise du Livre de *Jean Bale*, où *Balæus de Scriptoribus Majoris Britanniæ*, quoiqu'il parle de cet Ecrivain avec le dernier mépris. 3°. Il a omis à dessein *Wyclef* & tous ses Sectateurs, aussi-bien que les Auteurs Irlandois & Ecossois, dont parle *Bale*, & leur a substitué un grand nombre de Catholiques, qui sortirent de l'Angleterre, sous le régne d'*Elizabeth*, pour aller s'établir ailleurs ; ce qui fait la meilleure & la plus exacte partie de son Livre. 4°. La plûpart des articles contenus dans l'*Appendix* sont pris d'un Ouvragé de *Thomas James*, intitulé : *Ecloga Oxonio-Cantabrigiensis*, qui lui a servi aussi pour faire connoître les Bibliothèques, où sont conservez les Manuscrits de certains Auteurs dont il fait mention. 5°. Quoiqu'il prétende ne parler que des Auteurs Catholiques, principalement depuis la prétenduë réformation ; il ne laisse pas de faire mention de plusieurs qui ont été certainement Protes-

tans. 6°. Il cite fouvent les *Collec-* J. P I T-
tanea de fcriptoribus Angliæ de *Jean* S E U S.
Leland, qu'il n'avoit jamais vûs ;
mais c'eft à la place du 'Livre de
Bale, qu'il ne vouloit pas nommer.
7°. Il ne devoit, fuivant fon projet,
parler que des Auteurs nez en Angleterre ; cependant on en voit dans
fon Catalogue qui font nez ailleurs ;
tel eft, par exemple, *Herbertus*
Lofinga, qu'il dit natif du Comté
de *Suffolk*, *in Pago Oxunenfi*, mais
qu'on voit par le Livre de *François*,
Évêque de *Landaff de Præfulibus*
Angliæ, être né en Normandie,
in pago Oxinnenfi ou *Oximenfi in*
Normannia. 8°. On rencontre par
tout des fautes groffieres, qu'il a
copiées fidellement de *Bale*. 9°. Plufieurs Ecrivains dont il parle dans
fon *Append x* avoient déja été mis
dans fon Catalogue, quoique fous
d'autres noms. Ainfi *Godfridus Hif-*
toricus de la page 844. eft le *Gal-*
fredus Arthurius de la page 217.
Gualterus Ceptonus de la page 846.
eft le même que *Gualterus Cattonus*
de la page 449. *Guilhelmus Califord*,
p. 851. & *Guilhelmus Cockisford*, p.
524. ne font qu'une feule perfonne.

J. PIT-
SEÜS.

Il laiffa en mourant trois autres Ouvrages fur les Rois, les Evêques, & les Hommes Apoftoliques d'Angleterre, qu'il ordonna qu'on enterrât avec lui, parce qu'ils n'étoient pas achevez. Mais fa volonté n'a point été executée en cela, & l'Eglife de *Liverdun* les conferve dans fes archives. Celui qui traite des Evêques d'Angleterre eft prefque tout tiré de l'Ouvrage de *François Godvvin*, fous-Doyen d'*Exeter*, comme *Wood* dit l'avoir appris de quelques perfonnes qui l'ont vû.

V. *Antoine Vood Athenæ Oxonienfes*, tom. I. & *Hiftoria univerfitatis Oxonienfis. Pitfei. Relat. Hift.*p.817.

PIERRE LA-SENA.

PIerre *La-Sena* naquit à *Naples* P. LA-le 25. Septembre (*a*) 1590. *Jor-* SENA. *dan Leſeyne*, ſon pere, dont il changea le nom, pour le rendre plus doux aux oreilles des Italiens, chez qui il vivoit, étoit natif de Normandie. Mais ayant long-temps ſervi dans les troupes en Italie, & ſe voyant accoutumé à l'air & aux manieres du Païs, il s'établit à *Naples*, & y épouſa *Julie Muſcetto- la*, dont il eut *Pierre*, dont il s'agit ici, & quelques autres enfans.

Son principal ſoin fut de le bien élever, dans le deſſein de le mettre dans le Barreau ; & il eut le bonheur de trouver en lui d'excellentes diſpoſitions qui ſuppléerent au peu de capacité des maîtres ſous leſquels il le fit étudier.

Quoique l'inclination de *Pierre La-Sena* le portât à ſe fixer aux Belles-Lettres, cependant pour ré-

(*a*) *Lorenzo Craſſo* ſe trompe, en diſant le 16. Octobre.

P. LA-
SENA.

pondre aux intentions de fon pere,
il fe donna à l'étude de la Jurifprudence, & fe fit recevoir Avocat.
Son habileté lui procura bien-tôt
un grand nombre de cliens, qu'il
défendit toûjours avec zéle, quoique par un defintereffement fans
exemple, il ne voulût jamais recevoir d'eux le moindre honoraire.
Cependant fon bien étoit fort médiocre; mais comme il fe conten-
toit de peu, il fuffifoit à fes be-
foins.

On lui offrit alors plufieurs fois
des partis très-avantageux, mais il
les refufa toûjours, & perfifta conf-
tamment jufqu'à la fin de fa vie
dans la réfolution qu'il avoit prife
de ne fe point marier.

La mort de fon pere lui laiffant
la liberté de fe livrer plus qu'il n'a-
voit fait jufques-là à fon inclination
pour les Belles-Lettres, il s'appliqua avec beaucoup d'ardeur à la
langue Gréque, dont il n'avoit
acquis dans fes premieres études
qu'une connoiffance fort médiocre;
& il l'étudia fous plufieurs maîtres
fameux, & principalement fous

An-

Antoine Arcudius, Archiprêtre de P. L A:
Solito dans la Province d'*Otrante*, S E N A:
que la plûpart ont confondu avec
Pierre Arcudius, natif de *Corfou*,
qui a paffé une grande partie de fa
vie à *Rome*, & n'a jamais demeuré
à *Naples*.

Il apprit auffi le François & l'Efpagnol, & s'appliqua quelque
temps aux Mathematiques.

Ses fréquentes indifpofitions cau-
fées par fa trop grande application
aux affaires & à l'étude, qui parta-
geoient tout fon temps, le firent
penfer à quitter la profeffion d'A-
vocat, & il y fut déterminé par
les confeils de *Jean-Jacques Bouchard*, Parifien, habitué à *Rome*,
qui fit alors un voyage à *Naples*,
où il contracta une étroite amitié
avec lui.

Il se laiffa même perfuader par
ce nouvel ami de quitter *Naples*,
& d'aller s'établir à *Rome*. Il n'y fut
pas plûtôt arrivé, qu'il y acquit la
protection du Cardinal *François
Barberin* & d'autres Prélats, &
l'amitié de *Luc Holftenius*, de *Leon*

Tome XV.   T

P. La-
Sena.
Allatius, & de plusieurs autres Sça-
vans.

Il profita alors de l'état de tranquillité & de repos où il se trouvoit,
pour achever quelques Ouvrages
qu'il avoit commencez à *Naples*;
mais sa trop grande application,
ses veilles trop continuës, & sa
trop grande abstinence ; (car il ne
mangeoit jamais qu'une fois le jour)
lui causerent une fievre, qui l'emporta le 3. Septembre 1636. dans sa
46. année.

Il laissa en mourant au Cardinal
Barberin deux discours Latins, qu'il
avoit prononcez en sa presence
dans l'Academie Gréque des Moines de Saint Basile, *de Lingua Hel-
lenistica*, & où examinant cette dispute, qui partageoit alors les Sçavans, il discutoit sçavamment les
raisons des deux partis. Ces discours n'ont point été imprimez.
Je ne trouve que *Toppi* qui dise que
La-Sena a été Bibliothecaire de ce
Cardinal, aucun autre ne fait mention de cette qualité.

Il legua aussi au Cardinal *François*

Marie Brancaccio fon Livre *Ginnafio* P. L A-
Napolitano , qui fut donné enfuite S E N A.
au public par fes foins.

Outre cela il laiffa à chacun de fes
amis un exemplaire de fon *Cleom-*
brotus , à l'impreffion duquel il avoit
pourvû par fon Teftament.

Il fut enterré à *S. André della*
Valle , où *Jean-Jacques Bouchard* lui
fit mettre cette Epitaphe.

Petrus La-Sena Neapolitanus,
Divini humanique Juris ,
Et liberalium difciplinarum
Peritiffimus.
Bona fide Patronus ,
Antiqui urbanique moris ,
Vir bonis omnibus ,
Doctis maxime charus ,
Obiit III. nonas Septembreis An. C. N.
MDCXXXVI.
Ætatis fuæ XLVI.
Joannes-Jacobus Buccardus,
Nobilis Parifienfis ,
Studiorum Victufque
Conforti Amico
M. P.

Catalogue de fes Ouvrages.
1°. *De'Vergati libro primo. In Na-*
T ij

P. La- *poli* 1616. *in-8°.* c'est un mélange
Sena. d'observations sur les Poëtes Italiens, que *La-Sena* avoit dessein
d'augmenter & de continuer ; mais
la mort l'en a empêché.

· 2°. *Homeri Nepenthes , seu de ab-
lendo luctu liber, in quinque partes di-
visus. Lugduni* 1624. *in-8°.* L'Auteur qui composa ce Livre pour se
consoler de la mort de sa sœur *Virginia* , y recherche ce que c'est que
le *Nepenthes* ,   dont *Homere* fait
mention dans son *Odyssée* , & à qui
il attribuë la vertu de chasser la tristesse & la mélancolie. Mais il s'y
est trop livré à l'esprit de digression,
& l'on peut dire qu'il y parle plus
de toute autre chose , que de son
sujet principal. L'Ouvrage que
Pierre Petit a donné sur cette matiere est bien plus régulier & bien
plus exact.

3°. *Cleombrotus , sive de iis qui in
aquis pereunt Philologica dissertatio.
Romæ* 1637. *in-8°. La-Sena* fit cet
Ouvrage à l'occasion de sept Galeres Espagnoles brisées sur les côtes
d'Italie en 1635. sur lesquelles il
voit des parens & des amis. Il y

rapporte les differens ſentimens des anciens Philoſophes Payens tou-chant l'état des ames de ceux qui ſe noyent. Il vouloit y joindre ce que les Philoſophes Chretiens ont dit ſur ce ſujet ; mais il eſt mort avant que de l'avoir fait. Il avoit apparemment fort à cœur l'édition de cet Ouvrage , qui étoit commencée, lorſqu'il mourut , puiſqu'il ordonna par ſon teſtament qu'on prendroit avant toutes choſes ſur ſa ſucceſſion de quoi fournir aux frais néceſſaires pour l'achever.

P. La-Sena.

4°. *Dell' Antico Ginnaſio Napoletano. Opera Poſthuma. In Roma 1641. in-4°.* It. *In Napoli 1688. in-4°.* L'Auteur y décrit les jeux, les ſpectacles , & les combats qui ſe donnoient autrefois au peuple de *Naples* , & les illuſtre par des paſſages ſinguliers des meilleurs Auteurs , & par des inſcriptions qui n'avoient point encore été publiées.

V. ſa vie en Italien à la tête de ce dernier Ouvrage. *Petri La-Senæ vita à Joanne Jacobo Buccardo Pariſienſi conſcripta ad Urbanum VIII.*

P. M. Romæ 1637. *in-*8°. pp. 16.
Nicolas Toppi Biblioth. Napoletana,
& les additions de *Nicodemo. Lo-
renzo Craſſo Elogii*, tom. 1. p. 231.
Jani Nicii Erythræi Pinacotheca 1ª.
Illuſt. Virorum.

JACQUES ESPRIT.

J. Es-
prit.

JAcques *Eſprit* naquit à *Beziers* le
22. Octobre 1611. A l'âge de
dix-huit ans il vint à *Paris* joindre
ſon frere aîné, qui étoit Prêtre de
l'Oratoire, & entra dans la même
Congrégation le 16. Septembre
1629.

Il y donna quatre ou cinq années
à l'étude des Belles-Lettres & de
la Theologie : Après quoi, ayant
eu occaſion de ſe faire connoître à
l'Hôtel de *Liancour*, & à l'Hôtel
de *Rambouillet*, il fut ébloui par
des idées d'ambition, qui le rap-
pellerent dans le monde.

Il avoit une heureuſe phyſionomie, de la délicateſſe dans l'eſprit,
une aimable vivacité, de l'enjoüe-
ment, & beaucoup de facilité à

bien parler & à bien écrire. Ces
qualitez le firent bien recevoir partout. Le Duc de la *Rochefoucauld*,
Auteur de ces Maximes ſi connuës,
le goûta infiniment, & ſe fit un
plaiſir de le produire. Enfin M. le
Chancelier *Seguier* voulut l'avoir
auprès de lui : Il lui donna ſa table,
& cinq cens écus de penſion : Outre
cela il lui procura une penſion de
deux mille livres ſur une Abbaye,
& un brevet de Conſeiller d'Etat.

Mais en 1644. on lui rendit
quelques mauvais offices auprès de
M. le Chancelier, qui le congédia ;
& il ſe retira pour une ſeconde fois
au Seminaire de *S. Magloire*, où il
avoit fait auparavant ſes études de
Théologie, mais ſans vouloir reprendre l'habit de l'Oratoire.

M. le Prince de *Conty* penſoit
ſérieuſement dans ce temps-là à ſa
converſion, & il alloit ſouvent à
S. Magloire pour conferer avec ſes
Directeurs. Il y connut M. *Eſprit*,
en fut enchanté, & le tira de ce
Seminaire, en lui donnant un logement dans ſon Hôtel, avec mille
écus de penſion.

J. Es-
PRIT.
Peu de temps après M. *Esprit*
forma la résolution de se marier,
mais comme il n'avoit pas de quoi
assurer le douaire de sa femme, ce
Prince lui fit une promesse de quarante mille livres, assignées sur le
Comté de *Pezenas*. Madame de
Longueville lui donna dans la même
vûë quinze mille livres argent
comptant.

Il épousa *Genevieve Bollain*, dont
il eut trois filles, dont deux ont été
mariées, l'une nommée *Armande* à
M. *Despondeissan*, & l'autre appel-
lée *Felice* à M. *de Poussanelle*, & la
troisiéme est morte dans un Convent.

Quand M. le Prince de *Conty*
alla dans son Gouvernement de
Languedoc, où il mourut, M.
Esprit le suivit, & sa faveur auprès
de lui devint telle, que toutes les
affaires petites & grandes passoient
par ses mains.

Ayant perdu en 1666. un Protecteur si utile, il prit le parti de rester en Languedoc, & de donner
tous ses soins à l'éducation de ses
enfans.

Il eſt mort à *Beziers* le 6. Juillet
1678. dans ſa 67. année.

Il étoit en liaiſon avec ceux qui
brilloient le plus de ſon temps en
qualité de bel eſprit. On voit par
la fameuſe gloſe que *Saraſin* compoſa ſur le Sonnet de *Benſerade*,
qui occaſionna la guerre des *Uranins*
& des *Jobelins*, qu'il étoit ami de
tous les deux, & de *Voiture* même,
contre lequel il ſe déclara, en ſe
rangeant du parti des *Jobelins*.

Son mérite lui avoit procuré une
place à l'Academie Françoiſe, où il
fut reçû le 14. Fevrier 1639. à la
place de *Philippe Habert*.

Catalogue de ſes Ouvrages.

I. *La fauſſeté des vertus humaines.*
Paris 1678. *in-12. 2. tom.* It. *Paris*
(c'eſt-à-dire *Amſterdam*) 1693. *in-*
12. Il y a eu d'autres éditions de cet
Ouvrage qui a été traduit en Flamand & imprimé en cette langue à
Amſterdam 1716. *in-8°.* C'eſt proprement un Commentaire des Maximes de M. de la *Rochefoucauld*, à
cela près que ce dernier Auteur ne
parle qu'en general, au lieu que
M. *Eſprit*, après avoir montré la

J. Es-
PRIT.

faussueté des vertus purement humaines, finit tous ses chapitres en
montrant la verité de ces mêmes
vertus pratiquées d'une maniere
Chrétienne.

2. *Paraphrases de quelques Pseaumes.* M. *Pellisson* dit que c'est le
seul Ouvrage qu'on ait imprimé de
lui ; parce que le précedent n'avoit
pas encore paru, lorsqu'il composa
son *Histoire de l'Academie Françoise.*
Mais il ne nous apprend point, non
plus que M. l'Abbé d'*Olivet*, ce
que c'est, ni quand il a donné au
public ces Paraphrases.

3. On croit que la traduction du
Panegyrique de Pline, imprimée à
Paris en 1677. *in*-12., quoiqu'imprimée sous le nom d'un de ses freres, Abbé, est veritablement de
lui.

V. l'*Histoire de l'Academie Françoise* de M. *Pellisson*, avec les additions de M. l'Abbé d'*Olivet*. Je me
suis aussi servi d'un Mémoire manuscrit.

PHILIPPE SIDNEY.

PHilippe *Sidney* naquit le 29. Novembre 1554. à *Penshurst* dans
le Comté de *Kent* en Angleterre,
fuivant la conjecture d'*Antoine
Wood*, de *Henri Sidney*, Gentilhomme Anglois, qui a rempli des
Poftes confidérables fous la Reine
Marie, & de *Marie*, fille aînée de
Jean Dudley Duc de *Northumber-
land.* Son pere lui fit donner au
Batême le nom de *Philippe* en l'honneur de *Philippe II.* depuis Roi
d'Efpagne, qui avoit époufé la
Reine *Marie* la même année.

On l'envoya fort jeune à *Oxford*,
où il étudia dans le College de
Chrift jufqu'à l'âge de dix-fept ans.

Il commença enfuite fes voyages
au mois de Juin 1572. Il fe trouva
le 24. Août fuivant à *Paris*, pendant le maffacre de la *S. Barthélemi;*
& il eft probable qu'il fe réfugia
alors avec les autres Anglois à
l'Hôtel de *François Walfingham*,

P. Sid-
ney,
qui étoit Ambassadeur de la Reine
d'Angleterre en France.

Au mois de Septembre ou Octobre de la même année, il passa en Lorraine, d'où il alla à *Strasbourg*, à *Heidelberg*, & ensuite à *Francfort*, comme nous l'apprenons de *Fulk Grevill*, son ami & son compagnon, qui a écrit sa vie. (a) Ce qu'il ajoûte qu'*Hubert Languet* l'accompagna dans tous ses voyages, qui durerent pendant trois ans, est cependant faux, comme il paroît assez par les Lettres de *Languet* à *Philippe Sidney*, qui ont été imprimées plus d'une fois.

Car *Languet* alla à *Vienne* au mois de Mai de l'année suivante 1573. mais *Sidney* ne s'y rendit qu'après lui, & y séjourna jusqu'au mois de Septembre, qu'il le quitta, pour aller visiter la Hongrie & les Païs voisins. Il passa de là en Italie, où il demeura tout l'Hyver & une partie de l'Eté de l'année 1574. Ce fut alors qu'il retourna en Allema-

(a) Elle a été imprimée en Anglois à *Londres* en 1652. *in-8o.*

gne, où il trouva *Languet* ; ayant après repaſſé par *Francfort* & *Heidelberg*, & avoir vû *Anvers*, il rentra au mois de May de l'an 1575. en Angleterre.

Il ne demeura pas long-temps ſans emploi ; car l'année ſuivante la Reine *Elizabeth* l'envoya en Ambaſſade en Allemagne, pour complimenter l'Empereur *Rodolphe* & les Princes d'Allemagne ſur la mort de *Maximilien*.

En paſſant l'année d'après à ſon retour par les Païs-Bas, il alla ſaluer *D. Juan d'Autriche* Gouverneur de ces Provinces pour le Roi d'Eſpagne, & *Guillaume* Prince d'Orange. Le premier ne fit pas d'abord grand cas de lui, le regardant comme un jeune homme ſans experience ; mais lorſqu'il l'eut entendu raiſonner, & qu'il ſe fut entretenu quelque temps avec lui, il en conçut tant d'eſtime, qu'il lui donna toutes les marques poſſibles de ſa conſideration & de ſon amitié.

En 1579. quoiqu'il ne fut revêtu d'aucune charge qui lui donnât droit de faire des remontrances à

P. SID-
NEY.

la Reine, il lui présenta une adresse, pour la dissuader de conclure son Mariage avec le Duc d'Anjou, dont on parloit alors. Cet écrit, qu'il composa à la sollicitation d'une personne de consideration, qui étoit apparemment *Robert* Comte de *Leycester* son oncle, lui causa quelques chagrins ; & il eut à cette occasion de grandes disputes avec *Edouard Were*, Comte d'*Oxford*.

Ce fut apparemment ce qui l'engagea à se retirer de la Cour l'Eté suivant 1580. Au reste, on est redevable à cette retraite de son *Arcadie*, qu'il composa alors.

Il ne demeura pas cependant long-temps éloigné; car les négociations pour le Mariage de la Reine *Elizabeth*, avec le Duc d'Anjou, ayant été renouées l'année 1581. il fut avec son ami *Grevill*, un de ceux qu'on chargea de la réception des Ambassadeurs de France, & lorsque le Duc d'Anjou sortit d'Angleterre, il l'accompagna jusqu'à *Anvers*.

Le 8. Janvier 1582. la Reine le créa Chevalier; & trois ans après,

c'eft-à-dire en 1585. lorfqu'il vou- P. S I D-
lut accompagner en Amerique N E Y.
François Drake, qui y méditoit
quelque expédition, cette Princeffe
le retint, ne voulant pas fe priver
d'un fi bon fujet, & le fit au mois
d'Octobre de cette année Gouverneur de *Fleffingue*, qui étoit une des
Villes que les Hollandois avoient
livrées à la Reine d'Angleterre en
qualité d'otages, & outre cela
Commandant de la Cavalerie Angloife, qui fervoit dans les Païs-
Bas.

Il remplit ces deux poftes d'une
maniere glorieufe, & qui fit connoître fa prudence & fon courage.
Au mois de Juillet 1586. il prit par
furprife la Ville d'*Axel*, & il fçut
conferver l'honneur de la nation
Angloife à l'entreprife fur *Graveline*.
Au combat de *Zutphen*, qui fe donna le 22. Septembre de cette même
année, il eut deux chevaux tuez
fous lui, & lorfqu'il montoit fur le
troifiéme, il reçut une bleffure
dangereufe. On le porta auffi-tôt à
Arnheim, où il mourut le vingt-
cinquiéme jour de fa maladie, c'eft-

P. S i d- à-dire le 16. Octobre dans fa 32.
N E Y. année.

Son corps fut porté en grande
pompe à *Fleſſingue* , & de-là à *Londres* ; où il fut enterré dans l'Eglife
de *S. Paul.*

Il avoit épouſé une fille de *François Walſingham* , dont il n'a eu qu'u-
ne fille , nommée *Elizabeth* , qui
naquit en 1585. & qui fut dans la
ſuite mariée à *Roger Maunours* ,
Comte de *Rutland* , dont elle n'eut
point d'enfant. C'eſt fur ſa naiſſance
que *Scipion Gentilis* fit ſon Poëme,
intitulé : *Nereus.*

Catalogue de ſes Ouvrages.

1. *L'Arcadie de la Comteſſe de
Pembroke.* (en Anglois) Cet Ouvrage a été imprimé pluſieurs fois
en cette Langue, *in-fol.* & *in-*4°.
L'Auteur le dédia à *Marie* ſa ſœur,
femme d'*Henri* , Comte de *Pembroke*,
qui mourut à *Londres* le 25. Septembre 1621. dans un âge fort avancé ; & c'eſt pour cette raiſon qu'il
porte le titre d'*Arcadie de la Comteſſe
de Pembroke.* On y a fait en differens
temps des additions. Un Auteur,
qui ſigne *G. M.* & qui eſt peut-
être

être *Gervais Marckham*, a composé
une seconde & derniere partie du
premier Livre, qui fait la conclu-
fion de la premiere Hiſtoire, & cette addition ſe trouve dans une édition de l'an 1613. faite à *Londres*
in-4°. Dans une autre édition imprimée en 1629. dans la même Ville, *in-8°.* on trouve un ſupplément
à la troiſiéme partie dont l'Auteur
eſt deſigné par les Lettres initiales
W. A. & un ſixiéme Livre qui
eſt de *R. B.* Ecuyer. En 1662.
l'*Arcadie* fut imprimée de nouveau
accompagnée de tous ſes ſupplé-
mens, & de pluſieurs autres Ouvrages de *Sidney.* *Jean Baudoin* a
donné une traduction Françoiſe de
cet Ouvrage, qui a été imprimée
à *Paris* en 1624. en 3. vol. *in-8°.*
On en a auſſi une traduction Allemande. Toutes ces éditions & ces
traductions font connoître l'eſtime que l'on a toûjours eu pour ce
Roman, qui eſt plein d'eſprit, &
fort bien écrit en la Langue de l'Auteur. *Milton* dans ſon *Iconoclaſtes* a
remarqué une choſe particuliere à
ſon occaſion ; c'eſt que la priere

P. SID-favorite du Roy *Charles I.* pendant
NEY. ſa priſon, eſt priſe mot à mot de
ce Roman, où elle ſe trouve dans
le troiſiéme Livre.

2. *Lettre à la Reine Elizabeth*
pour la diſſuader d'épouſer le Duc d'An-
jou. (en Anglois) Elle ſe trouve
dans un Livre, intitulé : *Scrinia*
Ceciliana. Londres 1663. *in*-4°.

3. *Aſtrophel & Stella. Poëme.* (en
Anglois) *Londres* 1591. *in*-4°. On
prétend qu'il le compoſa en faveur
d'une Dame qu'il aimoit, nommée
Rich, & qu'il a voulu deſigner
dans ſon *Arcadie* ſous le nom de
Philoclea. On eſtime cette piece;
en effet *Sidney* excelloit dans la
Poëſie Angloiſe.

4. *Défenſe de la Poëſie.* (en Anglois) *Londres* 1595. *in*-4°. Cet
Ouvrage, qui eſt en Proſe, a été
traduit en Flamand par *J. de Haes*,
& imprimé en cette Langue à *Rot-*
terdam 1712. *in*-8°.

5. *Sonnets, & Remédes pour l'a-*
mour, (en Anglois) à la fin de la
onziéme édition de l'*Arcadie*, faite
à *Londres* en 1662. *in-fol.*

6. *Ourania. Poëme* (en Anglois)

publié en 1606. à *Londres* par P. S I D-
N. B.   N E Y.

7. *Essay sur la valeur.* (en Anglois)
Cet Ouvrage est cité comme de
Sidney dans les *Cottoni Posthuma* ;
mais d'autres l'attribuent à *Thomas
Overbury.*

8. *Almanzor & Almanzaïde.
Nouvelle.* (en Anglois) *Londres*
1678. *in-*8°. Cet Ouvrage a paru
trop tard après la mort de *Sidney* ,
pour qu'on ne soupçonne point
qu'il est d'un Auteur plus récent,
qui a mis son nom à la tête, pour
le faire mieux vendre.

9. *L'Helicon Anglois* , *ou Recueil
de Chansons. Londres* , *in-*4°. On a
mis aussi le nom de *Sidney* à la tête
de ce Recueil , auquel on prétend
qu'il a la meilleure part.

10. *Instructions pour les Voyageurs
sur les observations qu'ils doivent faire
dans chaque Païs*, (en Anglois) *in-*
12. Ce Livre porte au titre les
noms de *Robert*, Comte d'*Essex* ,
& de *Philippe Sidney* ; mais il est à
douter qu'aucun des deux y ait
part.

11. *Sidney* avoit commencé à
V ij

P. SID‑
NEY.

traduire en Anglois l'Ouvrage Fran‑
çois de *Philippe de Mornay*, sur la
verité de la Réligion Chrétienne,
contre les Athées, *&c.* Mais ayant
laissé cette traduction imparfaite,
Arthus Golding la finit, & elle
parut à *Londres* en 1587. *in-4°.*
Elle fut dans la suite revuë & cor‑
rigée par un Ministre, nommé *Tho‑
mas Wilcocks*, qui la fit imprimer
de nouveau en 1604.

12. Il a aussi traduit les Pseau‑
mes en vers Anglois, & cet Ouvra‑
ge se conserve en manuscrit dans la
Bibliotheque du Comte de *Pem‑
broke* à *Wilton.*

V. *Antoine Wood*, *Athenæ Oxo‑
nienses*, & *Historia Universitatis
Oxoniensis.*

LOUIS DE COURCILLON
DE DANGEAU.

Louis de Courcillon de Dangeau naquit au mois de Janvier 1643. de *Louis de Courcillon*, Seigneur de Dangeau, de la Motte, de Diziers, &c. & de *Charlotte des Noüés*, petite fille du fameux du *Plessis-Mornay*.

L. DE DAN-GEAU.

Il fut élevé dans la Religion Protestante, qui étoit celle de sa Maison; mais dans la suite il eut le bonheur de s'élever au-dessus des préjugez de sa naissance, & de rentrer dans le sein de l'Eglise, & voulut même embrasser l'état Ecclesiastique.

Il employa une partie de sa jeunesse à visiter les plus beaux Païs de l'Europe, & ce fut dans ces voyages qu'il acquit une connoissance très-étenduë de l'Histoire des derniers siécles & de la plûpart des Langues vivantes, telles que sont l'Italien, l'Espagnol, le Portugais,

L. DE
DAN-
GEAU.
l'Allemand , & les autres qui en
dépendent.

Outre cela il s'étoit appliqué avec
beaucoup de soin à l'étude du Blason , de la Geographie , des Genealogies , & de la Grammaire Françoise.

Il fut fait Lecteur du Roy au
retour de ses voyages ; & *Charles
Cotin* étant mort en 1682. il fut
reçu à sa place à l'Academie Françoise la même année , & non point
en 1684. comme on l'a marqué
dans la *Bibliotheque Françoise.*

Environ dix ou douze ans après ,
il se chargea d'avoir l'œil sur l'é-
tablissement que fit en ce temps-là
M. le Marquis de *Dangeau* son
frere, que le Roy avoit honoré de
la grande Maîtrise de l'Ordre de
S. Lazare.

Le nouveau grand Maître touché
du mauvais état où étoit cet Ordre ,
résolut d'y remédier autant qu'il
seroit en lui. De certains revenus
attachez à cette Charge il fit un
fond pour l'éducation de quelques
Enfans de qualité , qu'il rassembla

dans une maiſon particuliere , & à
qui il donna toutes ſortes de Maîtres
pour les inſtruire ; & M. l'Abbé de
Dangeau ſe chargea d'avoir inſpec-
tion ſur eux. Cet établiſſement ſi
utile ne ſubſiſta que pendant près
de dix ans , parce qu'il ne pouvoit
le faire ſans des ſecours de la part
du Roy , que les guerres ne lui
permettoient pas de donner,

La meilleure partie de la vie de
notre Auteur s'eſt paſſée à compoſer. Il a fait plus de cent petits
traitez dont la plûpart ſont encore
en manuſcrits , & parmi ceux qui
ont été imprimez, il y en a d'extrêmement rares , parce qu'il n'en
faiſoit tirer qu'un petit nombre
d'exemplaires , qu'il diſtribuoit à
ſes amis.

Il mourut le 1. Janvier 1723.
âgé de 80. ans. Il étoit Abbé de
Fontaine-Daniel dans le Dioceſe du
Mans.

Il y a lieu de croire que ſon indifference pour les biens & les
honneurs ſont les ſeules raiſons
qui l'ont éloigné des principales

L. DE DANGEAU. dignitez de l'Eglife. Il étoit parfaitement bon ami, & avoit un art particulier pour s'attacher ceux qui vivoient avec lui. D'ailleurs extrêmement communicatif il fe faifoit un plaifir de faciliter aux autres la connoiffance des chofes qu'il avoit apprifes par le fecours de fes Methodes, dont les principes font clairs, précis, & aifez à retenir.

Catalogue de fes Ouvrages.

1. *Quatre Dialogues*, 1°. *fur l'Immortalité de l'ame*, 2°. *fur l'Exiftence de Dieu*, 3°. *fur la Providence*, 4°. *fur la Religion. Paris* 1684. *in-12.* avec une vignette de *Sebaftien le Clerc* à chaque Dialogue. Le Miniftre *Jurieu* a fait une critique fort maligne de cet Ouvrage dans le Livre qu'il a publié fous ce titre : *Apologie d'un tour nouveau pour les quatre Dialogues de M. l'Abbé de Dangeau. Cologne (la Haye)* 1685. *in-12.*

2. *Cartes Geographiques, Tables Chronologiques, Tables Genealogiques, &c. pour enfeigner la Geographie, l'Hiftoire, les interêts des Princes.*

tes, *le Gouvernement des Etats*; pre-
miere partie qui regarde la France
1693. *in-12.* Ce Livre n'eſt que le
projet d'un Ouvrage que l'Abbé
de *Dangeau* ſe propoſoit d'entreprendre.

L. DE
DAN-
GEAU.

3. *Lettre ſur l'ortographe à M. de
Pontchartrain, Conſeiller au Parlement* 1693. *in-12.*

4. *Réflexions ſur toutes les parties de
la Grammaire. Paris* 1694. *in-12.*
On voit par ces réflexions juſqu'où
s'étendoient les connoiſſances gram-
maticales de l'Abbé de *Dangeau.*
La plûpart des principes qu'il y
poſe ſont également hardis & nouveaux. Ce qu'il dit ſur l'ortographe
de notre Langue mérite principalement d'être lû, de même que la
Lettre précedente. Il en obſervoit
une toute particuliere, mais qui n'a
pas eu de ſectateurs. M. l'Abbé
Regnier-des-Marais a pris à tâche de
la réfuter dans ſa *Grammaire Françoiſe*; mais en récompenſe il ap-
prouve fort les remarques de M. de
Dangeau, ſur le nombre des voyel-
les, & c'eſt à cette occaſion qu'il
l'appelle *un excellent Academicien.*

Tome XV.   X

L. DE
DAN-
GEAU.

5. *Nouvelle Methode de Geogra-phie historique pour apprendre facile-ment & retenir long-temps la Geogra-phie moderne & l'ancienne, le Gou-vernement des Etats , les interêts des Princes, leurs Genealogies , &c. Paris 1697. in-fol.* It. *Paris* 1706. *in-8°.* Ce n'est qu'un commencement d'un plus grand Ouvrage , mais dont on n'a pas donné la suite.

6. *Les principes du Blason en qua-torze planches. Paris* 1709. *in-fol.* It. *Seconde édition* augmentée & pu-bliée sous ce titre : *Principes du Blason , où l'on explique toutes les régles & tous les termes de cette scien-ce. Paris* 1715. *in-4°.*

7. *Essais de Grammaire , qui con-tiennent ,* 1°. *un discours sur les Voyel-les ,* 2°. *un discours sur les Consonnes,* 3°. *une Lettre sur l'Ortographe ,* 4°. *un supplement à cette Lettre. Paris* 1711. *in-8°.* Ces quatre discours sont sui-vis d'un petit traité sur les parti-cules.

8. *Réflexions sur la Grammaire Fran-çoise. Paris* 1717. *in-8°.* On trouve dans cette brochure de bonnes re-

marques sur les *Verbes François.*   L. DE

9. *Discours sur les Voyelles. Paris* D A N-
1721. *in-*8°. *pp.* 36.   G E A U.

10. *Discours sur les Consonnes. Pa-*
ris 1721. *in-*8°. *pp.* 24.

11. *Liste des Cardinaux vivans le*
29. *Mars* 1721. *jour de la mort du*
Pape Clement XI. avec des remarques
instructives sur leur âge, le temps de
leur promotion au Cardinalat, leurs
titres de Cardinaux, leurs principales
dignitez & charges, leurs Maisons;
avec un Discours préliminaire sur les
Cardinaux en general. Paris 1722.
*in-*12.

12. *Considerations sur les diverses*
manieres de conjuguer des Grecs, des
Latins, des François, des Italiens,
des Espagnols, & des Allemans. Pa-
ris 1721. *in-*8°. *pp.* 23.

13. M. l'Abbé *de Dangeau* a fait
encore un *jeu historique des Rois de*
France, pour l'usage des enfans, qui
se jouë comme le jeu de l'oye avec
un petit livre pour l'explication.

V. son Eloge. *Bibliot. Françoise,*
tom. I. *p.* 295.

ULRIC DE HUTTEN.

ULric de Hutten naquit le 20. ou le 21. Avril 1488. à *Steckelberk*, Château de Franconie, qui appartenoit à sa famille.

A l'âge de onze ans, on l'envoya à l'Abbaye de *Fulde* pour y faire ses études. Après y avoir demeuré quelque temps, il alla pour le même sujet à *Cologne*, & ensuite à *Francfort sur l'Oder*, où il fut reçu Maîtres-ès-Arts à l'âge de 18. ans, c'est-à-dire l'an 1506. à la premiere promotion qui fut faite dans cette Academie, que *Joachim* Electeur de Brandebourg venoit d'ériger.

Il commença de bonne heure à s'appliquer à la Poësie Latine, qu'il cultiva toûjours beaucoup.

Il paroît par l'Epigramme qu'il a composée sur le Siége de *Padoue*, qu'il y étoit dans l'Armée de l'Empereur *Maximilien*, qui le faisoit en 1509. & il avouë dans une Lettre à *Pirckheymer* que ce fut le besoin d'ar-

gent, qui l'engagea à faire cette
campagne.

Il retourna cependant bien-tôt
après en Allemagne où il recommença à s'appliquer à l'étude, contre la volonté de ſon pere, qui
n'ayant ni goût ni eſtime pour les
Belles-Lettres, les regardoit comme
des choſes indignes d'occuper des
perſonnes de naiſſance ; & qui irrité
pour ce ſujet contre lui, lui refuſoit
les ſecours dont il avoit beſoin ; ce
qui apparemment avoit été cauſe
de la diſette, qui lui avoit fait faire
le voyage d'Italie.

Il auroit bien voulu, puiſqu'il
avoit de l'inclination pour les ſcien-
ces, qu'il ſe fut du moins appliqué
à la Juriſprudence, qui pouvoit lui
être plus utile pour s'avancer ; mais
Ulric de Hutten ne ſe ſentoit aucun
attrait pour cette ſorte d'étude.
Cependant voyant qu'il n'y avoit
point d'autre moyen pour appaiſer
ſon pere, que de condeſcendre en
cela à ſes volontez, il convint de
faire un nouveau voyage en Italie,
pour y étudier en Droit dans quelque Univerſité de ce Païs.

ULRIC DE HUT-TEN.
Ce voyage doit être de la fin de l'année 1510. ou du commencement de la fuivante. Il alla d'abord à *Pavie*, où il arriva au mois d'Avril 1511. Mais à peine y avoit-il quatre mois qu'il y demeuroit, que cette Ville fut affiegée par les Suiffes qui la prirent. Il fut lui-même fait prifonnier & dépoüillé de tout ce qu'il avoit. Mais ayant été enfuite relâché, il fe retira au mois de Juillet à *Boulogne*.

Il alla de-là faire un tour en Bohême & en Moravie, & arriva en fort mauvais état chez l'Evêque d'*Olmutz*. Ce Prélat qui aimoit les gens de Lettres le reçut avec plaifir ; lui fit prefent d'un cheval, & lui donna même de l'argent pour continuer fon voyage. *Hutten* s'en fervit pour gagner *Vienne*, où *Joachim Vadianus*, qui nous apprend ces particularitez dans la Lettre qu'il a mife à la tête des Epigrammes de *Hutten*, le vit, & reçut de lui les Poëfies qu'il publia dans la fuite.

Ce fut apparemment de-là qu'il retourna pour la troifiéme fois en

Italie ; où l'on voit par une de ſes ULRIC
Lettres dattée de *Boulogne* le 31. DE HUT-
Juillet 1516. qu'il étudioit encore TEN.
en Droit dans ce temps-là ; ainſi les
quatre années qu'il dit dans ſa Lettre à *Pirckheymer* avoir perdu à cette étude, ne doivent point être
priſes de ſuite, mais entenduës de
tout le temps qu'il y avoit donné à
differentes repriſes.

Ce fut dans ce dernier voyage
qu'il donna des preuves ſignalées
de ſon courage dans une occaſion
particuliere. Etant allé à *Viterbe*,
où l'Ambaſſadeur de France étoit
alors, & s'étant trouvé avec cinq
François, qui parloient aſſez mal
de l'Empereur, il ne put ſouffrir
leurs diſcours, & prit querelle avec
eüx. On en vint aux armes, &
Hutten, quoiqu'abandonné de ſes
camarades, leur tint tête à tous
cinq, en tua un, & mit les autres
en fuite, ſans avoir eu d'autre mal
qu'une bleſſure à la joüe gauche.

Les liaiſons qu'il avoit avec Eraſme, lui furent avantageuſes, & le
firent traiter favorablement par tous
les ſavans des Villes d'Italie qu'il

ULRIC visita, & où ce grand homme étoit
DE HUT- estimé & aimé; mais principalement
TEN.   par ceux de *Venise*, tels qu'étoient
Batiste Egnatius, *Ermolao Barbaro* le
jeune, *Ange Contareni*, *André Asu-
lanus*, &c.

Hutten retourna la même année
1516. en Allemagne, & paſſant par
Augsbourg, il fut tellement recommandé à l'Empereur *Maximilien* par
Conrad Peutinger, *Jacques Spiegel*,
& *Jean Stabius* Mathematicien, que
ce Prince lui confera la Couronne
Poëtique avec beaucoup de solemni-
té. Il reconnoît dans une de ses lettres
que ce fut principalement au bon
office de Peutinger, qu'il fut redevable de cet honneur, & que ce fut
même chez lui que ſa Couronne ſe
fit des mains de ſa fille Conſtance.

De retour en ſa patrie, il n'y fut
pas auſſi bien reçu qu'il l'eſperoit;
on ſavoit déja que le temps qu'il
auroit dû donner à l'Etude de la
Juriſprudence, n'avoit été employé
qu'aux Belles-Lettres, & ſa famille
& ſes amis lui en firent mille repro-
ches, qui lui cauſerent à la verité
de la peine, mais dont il ſe moqua

dans la ſuite, parce qu'il penſoit au- ULRIC
trement qu'eux, ſur cet article.   DE HUT-

Une lettre de *Guillaume Budé* à TEN.
Eraſme nous apprend que *Hutten*
vint en France en 1518. Il alla de-
là à *Mayence*, où il s'attacha à l'E-
lecteur *Albert*, qu'il ſuivit ↓ depuis
dans ſes voyages.

Il fut la même année avec lui à
la Diete d'*Augſbourg*, où cet Electeur
reçut le Chapeau de Cardinal des
mains du Nonce du Pape le premier
Août.

On s'étoit plaint dans cette Diete
d'*Ulric* Duc de *Wirtemberg*, & l'on
n'avoit point oublié le meurtre de
Jean de Hutten Marechal de ſa Cour
& Couſin de notre Auteur, qu'il
avoit tué en 1515. comme je le
dirai plus bas. Ces plaintes ne pro-
duiſirent point alors un grand effet ;
mais enfin ce Prince s'étant emparé
au mois de Janvier de cette année
de la Ville Imperiale de *Reutlingen*,
on fit contre lui une Ligue, qui ne
mit bas les Armes, qu'après l'avoir
chaſſé de tous ſes Etats, où il ne
rentra qu'au bout de quinze ans.

L'averſion que notre Auteur avoit

ULRIC
DE HUT-
TEN.

pour ce Duc ; contre lequel il avoit
déja publié quelques écrits, l'engagea à porter les armes dans cette
guerre. Mais elle ne fut pas fan-
glante, & il n'eut pas la peine de
se battre, parce qu'on avoit à faire
à un ennemi, qui n'étoit pas en
état de se défendre ; le tumulte d'un
Camp, & le bruit des Armes le dé-
goûterent cependant bientôt, & il
ne pouvoit s'empêcher de soupirer
après la tranquillité de son cabinet.
C'est sur ce ton qu'il parle à *Frederic
Piscator*, dans une Lettre du 21.
May 1519. où l'on voit d'ailleurs
qu'il songeoit à se marier. Ce qu'il
dit sur ce sujet est singulier, & merite d'être rapporté. *Opus*, lui dit-il,
*uxore est, quæ me curet. Nosti mores; non
facile solus esse possum, ne noctu quidem. Facessant mihi enim prædicare qui-
dam cœlibatus bona, & solitudinis com-
moda ; non videor esse capax. Me quidem habere oportet, ubi curas & ipsa
ubi acriora etiam studia remittam,
quicum ludam, quo jocos conferam,
amœniores & levisculas fabulas mis-
ceam, ubi sollicitudinum aciem obtun-
dam, curarum æstus mitigem. Da mihi*

uxorem , & ut fcias qualem , da venuf- ULRIC
tam , adolefcentulam , probe educatam, DE HUT-
hilarem,verecundam , patientem , fatis TEN.
habeat,non multum. Divitias non quæro
enim. Et ad genus quod pertinet , fatis
nobilem futuram puto , quæcumque
Hutteno nupferit.

Il ne tarda pas après cette Lettre
à fe rendre à *Mayence*,où il obtint de
l'Electeur la permiffion de vivre hors
de la Cour , fans perdre la penfion
qu'il lui faifoit. Se voyant alors li-
bre , il alla fur la fin de cette année
1519. faire un tour à fon Château
de *Steckelbergk*, ou il demeura jufqu'au mois de Juin fuivant.

Un Livre ancien qu'il publia en
1520. *De unitate Ecclefia confervan-*
da & fchifmate, déplut fi fort à *Leon*
X. que ce Pontife écrivit à l'Electeur de *Mayence* un Bref datté du
12. Juillet 1520. par lequel il le
pria de punir feverement celui qui
l'avoit publié, & qui peut-être en
étoit l'Auteur.

Ce Bref ne permit pas à l'Electeur
de retenir davantage *Hutten* à fon
fervice ; ainfi ce favant étant retourné à *Mayence* au mois de Juin, fut

ULRIC
DE HUT-
TEN.

ULRIC congedié, ou suivant quelques Auteurs, se retira de lui-même, voyant
bien que l'Electeur, malgré l'inclination qu'il avoit pour lui, étoit
obligé de faire ce qu'on exigeoit de
lui.

Ainsi il alla dans le Brabant où il
demeura quelque temps à la Cour
de l'Empereur *Charles-Quint* ; mais
ses amis lui ayant conseillé de s'éloi-
gner, parce que sa vie n'étoit point
en sûreté & que le Pape avoit écrit à
l'Empereur pour le prier de le lui
envoyer pieds & poings liés, &
que son Nonce avoit même ordre de
le faire arrêter partout où il se trou-
veroit, & transporter à Rome ; il
suivit leur conseil & se retira en
Allemagne.

Ce fut dans ce voyage, qu'ayant
rencontré le fameux *Hochstrate*, il
se jetta sur lui l'épée à la main, le
menaçant de le tuer, & de lui faire
porter la peine de ce qu'il avoit fait
contre *Reuchlin* & contre *Luther* ;
mais celui-ci s'étant prosterné à ses
pieds le conjura avec tant d'instance
de lui donner la vie que Hutten lui
pardonna, & le laissa aller, après lui

avoir feulement donné quelques
coups de plat d'épée.

Il fe retira à *Ebernbourg*, Château
appartenant à *François de Sickingen*,
grand Protecteur de *Luther*, & c'eft
de là qu'il écrivit fes plaintes à l'Empereur, à l'Electeur de *Mayence*, à
celui de Saxe, & à tous les Etats
d'Allemagne.

Il y avoit déja quelque tems qu'il
avoit goûté la doctrine de *Luther* ;
mais il n'avoit point voulu avoir
de liaifon avec lui, tant qu'il avoit
été au fervice de l'Electeur de
Mayence ; dès qu'il eut été congedié
de fa Cour, il commença à lever le
mafque & à fe déclarer de fon parti.
Il lui avoit écrit quelque temps auparavant, & la premiere Lettre qu'il
lui ait adreffée, eft dattée de *Mayence le* 4. Juin 1520.

Rien n'eft plus mal conçû que ce
que *Varillas* dit qu'il s'engagea dans
le parti de *Luther* cinq ans avant fa
mort, & deux ans après la Diete
d'Augfbourg, où il s'étoit oppofé à la
Ligue que la Cour de *Rome* vouloit
former contre les Turcs. Cette Diete
fe tint l'an 1518. Il faudroit donc

que *Hutten* fut devenu Lutherien en 1520. Or il ne vêcut que trois ans depuis ce temps là.

D'ailleurs il eſt abſolument faux qu'il s'y ſoit oppoſé à la ligue contre les Turcs, il y fit au contraire un diſcours pour engager les Princes de l'Empire à s'unir contre ces Infideles, & l'on a encore ce diſcours.

Il s'y oppoſa ſeulement aux Decimes que le Pape voûloit lever à cette occaſion, dans la crainte qu'on ne les employât à d'autres uſages.

Lorſqu'il ſe fut retiré au Château d'*Ebernbourg*, il fit une action fort louable à l'égard de ſa famille; car étant l'aîné, & devenant l'heritier de tous les biens par la mort de ſon pere & de ſa mere, il abandonna tout à ſes freres; & même afin qu'ils ne fuſſent point enveloppés dans les diſgraces auſquelles il s'attendoit, par les ſoupçons qu'on pourroit former à leur égard, il leur défendit de lui faire tenir aucun argent, ni d'avoir aucun commerce avec lui.

Ce fut là le commencement de ſon dévoüement entier au Lutheraniſme, à la propagation duquel il

travailla fans relâche & avec un zele
infatigable , tant par fes écrits que
par fes actions.

Il eft probable qu'il accompagna
François de Sickingen fon protecteur,
dans l'expedition , où il fut tué au
mois de May 1523. Après cette perte
il fut obligé de chercher ailleurs où
fe refugier , & d'être errant le peu
de temps qu'il vécut encore.

Il efperoit trouver une retraite
fûre en Suiffe , & ce fut ce qui le
détermina à s'y retirer; il alla d'abord
à *Bâle*; mais on ne lui permit point
d'y demeurer. *Erafme* même , qui
étoit fon ami depuis longtems , s'ex-
cufa de recevoir fa vifite , de peur ,
difoit-il , d'augmenter les foupçons
qu'on avoit contre lui. Mais ce n'é-
toit-là qu'un pretexte fous lequel il
cachoit le vrai motif qui le faifoit
agir , & qu'il découvrit depuis à
Melanchton dans une Lettre du mois
de Septembre 1524. ou il lui marque , qu'il auroit fort bien reçu fa
vifite , fans fe foucier beaucoup de
ce qu'on en auroit pû dire , que s'il
l'avoit refufé , ce n'avoit pas été par
la feule crainte de fe rendre odieux;

ULRIC qu'il en avoit eu une autre raison, DE HUT-c'est qu'il se seroit vû obligé de TEN. loger chez lui ce fanfaron, chargé de misere & de gale, qui ne cherchoit qu'un nid où il pût s'arrêter, & qui empruntoit à tout le monde. Le refus d'*Erasme* causa dans la suite des brouilleries entre *Hutten* & lui, qui donnerent occasion à des écrits dont je parlerai plus bas.

De *Bâle*, *Hutten* passa à *Mildehausen*, où il demeura caché quelque temps dans le Monastere des Augustins; mais ayant été découvert, il s'enfuit de nuit à *Zurich*.

Il ne se trouva pas apparemment non plus en sûreté dans cette ville; car il s'alla confiner dans une Isle du lac voisin, nommée *Uffnort*.

Ce fut là qu'il mourut peu de temps après à la fin du mois d'Août 1523. c'est-à-dire le 29. selon les uns, ou le 30. selon les autres. Il étoit alors âgé de 35. ans & 4. mois. Melchior Adam, qui lui donne 36. ans lorsqu'il mourut, *cum vixisset annos triginta sex*, n'a pas fait attention aux dattes de sa naissance & de sa mort, il devoit dire qu'il étoit

étoit alors dans fa 36e. année.

Ceux qui ont voulu faire fon éloge n'ont rien dit de la maladie dont
il mourut; mais *Gefner* dans fa Bibliotheque, nous apprend que ce
fut une maladie honteufe que lui
procura la débauche (*a*) Il eft vrai
que fes Panegyriftes ont prétendu
que c'étoit une calomnie, mais plufieurs chofes portent à croire qu'il
y a en cela quelque chofe de
vrai.

Il ne paroît pas qu'il ait été marié; cependant on voit par fa Lettre,
dont j'ai parlé plus haut, qu'il ne
pouvoitfe paffer de femme. Ainfi il eft
à préfumer qu'il alloit chercher ailleurs de quoi fuppléer à ce qui lui
manquoit chez lui, & qu'il n'étoit
pas même fort circonfpect fur le
choix de celles qu'il voyoit; puifque dès l'an 1518. il avoit déja

(*a*) *Morbo confumptus Gallico.* Burckhard
dit qu'il n'a point trouvé cette particularité
dans deux éditions de *Gefner* qu'il a conful-
tées; mais il n'a pas fait attention qu'il n'a
confulté que les abregez de la Bibliotheque
de *Gefner*, où cela a été retranché, & non
point la Bibliotheque même, où l'on le lit
en propres termes.

Tome XV. Y

gâgné le mal honteux dont *Gesner* dit qu'il mourut ; comme il paroît par sa Lettre à *Pirckheymer*, dattée de cette année, & par l'Epître dédicatoire de son Livre *de Ligni Guaiaci in morbi Gallici curatione viribus*, qui est de la suivante, où il marque qu'ayant été fort tourmenté du mal, qui fait le sujet de son Livre, il n'a recouvré la santé que par l'usage de ce reméde. Ajoûtez à cela que la maniere dont *Erasme* en parle fait croire que c'étoit là veritablement son mal, & que le mot de *scabies* dont il se sert, ne signifie pas apparement autre chose, comme *Bayle* le reconnoît.

Varillas n'avoit garde de le faire mourir autrement que de cette maladie ; mais s'il ne s'est pas trompé en cela, il a fait une fausse réflexion, en disant que *Hutten* étoit obligé de garder la continence, puisqu'il avoit reçu les Ordres sacrez ; car quelque chose qu'en dise *Bayle*, je crois que c'est une supposition qui est sans fondement ; en effet il n'auroit pû les recevoir qu'à *Fulde* ; ce qu'il n'a pas fait cependant, puis-

qu'il ne fut mis dans cette Abbaye,   Ulric
que pour y étudier & non point de Hut-
pour y être Moine : *Diſciplinæ ma-* ten,
gis quam Religionis cauſa, dit *Joa-*
chim Camerarius dans la vie de *Me-*
lanchton p. 93. qu'il n'y contracta
aucun engagement, & que quoique
l'Abbé de ce Monaſtere eut voulut
lui perſuader d'y reſter, il doit en
être ſorti à l'âge d'environ quinze
ou ſeize ans ; âge où il n'étoit pas
encore en état d'entrer dans les Ordres ſacrez. Outre qu'il ne ſe trouve aucun Auteur qui en parle, &
que *Varillas* n'a pû prendre cette
particularité autre part que dans ſon
imagination.

Quoique *Hutten* ait été ſi zelé
pour le Lutheraniſme, ceux même
qui étoient le plus attachez à cette
ſecte, n'ont pû s'empêcher de le
condamner en pluſieurs choſes.
C'étoit un homme hardi, entreprenant, fier, emporté, violent, prêt
à tout mettre en combuſtion pour
l'execution de ſes deſſeins. Si *Lu-*
ther, qui étoit aſſez de ce caractere, le deſaprouvoit cependant en
lui, on peut croire qu'il donnoit de

ULRIC l'inquiétude à *Melanchton*, qui étoit
DE HUT- d'un temperament plus doux & plus
TEN.   moderé.

Ce Sçavant estimoit l'esprit &
la science de *Hutten*, mais il redou-
toit sa fierté, sa violence, & le goût
qu'il avoit pour les nouveautez.
Camerarius (*a*) qui nous apprend
cette particularité, ajoûte qu'il n'é-
toit point endurant, & qu'à sa
mine & à ses discours on pouvoit
connoître le penchant qu'il avoit à
la cruauté ; & il lui applique ce
qu'on a dit de *Demosthene*, qu'il
auroit bouleversé tout le monde, si
ses forces avoient secondé ses desseins & ses entreprises.

On peut juger de son humeur par
ce trait. Ayant appris que les Char-
treux avoient employé son portrait
qu'on avoit fait graver à des usages
de garderobe, il les condamna à une
contribution de deux mille pistoles.
C'étoit faire payer bien cher le peu
de consideration qu'on avoit eu
pour son image.

Ses invectives fournissent beaucoup de preuves de la fureur de ses

(*a*) *Vita Melanchtonis.*

emportemens; & on peut croire ULRIC
qu'il étoit capable d'en venir aux DE HUT-
dernieres violences, lorſqu'on l'en- TEN-
tend parler ainſi dans celle qu'il a
écrite contre *Jerôme Aleander.* *Om-*
nem advertam diligentiam, omne ad-
hibebo ſtudium, omnia tentabo conabor-
que, ut qui furore, amentia, &
iniquitate gravis acceſſiſti, vita inanis
hinc efferaris. Neque enim expectandum
adhuc tibi eſt, ut ſtilos doctorum hic
virorum ſentias, ſed futurum crede ut for-
tium gladiis confodiare. Voilà un ſtile
bien extraordinaire pour un homme
ſi ardent pour reformer la Religion.
On ne peut douter après cela qu'il
n'ait écrit, comme *Palavicin* le
rapporte dans ſon *Hiſtoire du Concile*
de Trente, à l'Electeur de *Mayence :*
ſi vous brûlés mes Livres, je brûle-
rai vos Villes.

Il avoit beaucoup de facilité à
compoſer tant en Proſe qu'en Vers;
comme il paroît par le grand nombre
d'Ouvrages qu'il a faits pendant le
peu de temps qu'il a vêcu. Quelques-
uns ont donné à ſa Proſe la préfé-
rence ſur ſes Vers ; d'autres au contraire ont prétendu que quelque é-

ULRIC clat & quelque abondance qu'il
DE HUT- paroiſſe dans ſa Proſe, elle n'a
TEN. pas cependant eu le ſuccès de ſa
Poëſie ; c'eſt le jugement qu'en porte *Eraſme*. Mais on peut dire avec
plus de raiſon qu'il n'a réuſſi ni en
l'une ni à l'autre, quoique ſa Proſe
eut pour lui un avantage particulier, en ce qu'elle l'exemptoit de
faire des fautes de quantité, comme
on en trouve ſouvent dans ſes Vers.
Ainſi c'eſt avec juſtice qu'il n'a jamais
pris le nom de Poëte, quoiqu'il ai-
mât à ſe voir repreſenté avec la couronne de laurier, qu'il avoit reçu de
l'Empereur.

Catalogue de ſes Ouvrages.

1. *Ars verſificandi. Wittembergæ.*
1511 *in*-4°. It. ſous cet autre titre:
Stichologia compendioſa. Lipſiæ 1518.
in-8°. It. ſous ſon premier titre: *Pari-*
ſiis. Robert Stephanus. 1528. *in* 8°.
It. *Norimbergæ* 1531. *in*-8°. avec la
piece du même Auteur intitulée *Ne-*
mo,& quelqu'autres. It. *Lipſiæ* 1539.
& *Baſileæ* 1551. *in*-8°. avec quelques Ouvrages de *Joſſe Willichius.* It.
dans le Recüeil de ſes Poëſies. It.
dans les *Selecta Poetica Joannis Henri-*

ci Acker. Rudolſtadii. 1711. in-8°. Il ULRIC
y a à la tête de la premiere Edition DE HUT-
une Epître dédicatoire à *Jean* & *A-* TEN.
lexandre de Oſthen, qui a été omiſe
dans toutes les ſuivantes, & que
Jacques Burckhard a inſerée pour ce
ſujet dans la vie de *Hutten*. Ce Poëme ſur l'art de la erſification eſt le
premier Ouvrage que notre Auteur
ait donné au Public. Ainſi *Melchior*
Adam & *Bayle* après lui ſe ſont
trompés lorſqu'ils ont dit que la premiere piece de ſa façon ne parut
qu'en 1513. lorſqu'il avoit 25. ans.
Il avoit même du tems auparavant
compoſé d'autres Poëſies, qui n'ont
été imprimées que dans la ſuite.

2°. *Vir bonus; carmen emunctiſſi-*
mum, mores hominum admodum jucun-
dè complectens. Cet Ouvrage qui fut
imprimé en 1513. ſe trouve auſſi
dans le Recuëil de ſes Poëſies.

3. *Epigrammatum ad Maximilia-*
num Imperatorem libellus. La premiere Edition parut vers l'an 1514. Elle fut ſuivie d'une autre *in-4°.* qui
porte au titre: *Ex officina excuſoria*
Joannis Miller III. Nonas Januarias
1519. On y voit outre les Epigram-

ULRIC mes, plusieurs autres Poësies de *Hut-*
DE HUT- *ten*, accompagnées de figures qui
TEN. conviennent aux sujets dont il y est
parlé ; & de plus une Lettre de *Joa-*
chim Vadianus qui porte cette datte :
Viennæ Pannoniæ 11. *Idus Januarias*
anno 1512. & où l'on apprend quelques particularités de la Vie de
Hutten.

4°. *Panegyricus in exceptionem Mo-*
guntinam Alberti, Moguntinensis &
Magdeburgensis Ecclesiarum Archie-
piscopi, heroico carmine confectus : Tu-
bingæ. 1515. *in*-4°. It. dans le Recueïl de ses Poësies. It. avec l'Ouvrage de *Georges Sabinus*, intitulé :
Descriptio reditus Joachimi 11. *Mar-*
chionis Brandenburgici depulsis Turcis.
Witteberga. 1533. *in*-4°. It. dans le
3° volume des discours & des Ele-
gies funebres ramassées par *Simon*
Schardius & imprimées à *Francfort*
sur le Mein en 1567. *in*·8°.

5°. *Epistola Italiæ ad Maximilia-*
num Principem Bononiæ. in-4°. 1516.
avec une Lettre à *Nicolas Gerbellius,*
dattée de *Boulogne* le 31. Juillet
1516. It. inferée dans le Recueïl de
ses Poësies sans la Lettre à *Gerbellius,*
mais

mais avec une réponse de l'Empe- ULRIC
reur Maximilien à l'Italie par *He-* DE HUT-
lius Eobanus. Ce sont des pieces fai- TEN.
tes à plaisir.

6°. *Laurentii Vallæ declamatio de*
falso credita & ementita Constantini do-
natione , cùm Ulric Hutteni Præfatio-
ne. In-8°. sans datte. It. *Lugd. Bat.*
1620. *in-4°.* It. dans le *Fasciculus re-*
rum expetendarum ac fugiendarum,
Edition de l'année 1535. *fol.* 64. It.
dans le Livre de *Simon Schardius,* intitulé *: Syntagma variorum Autorum*
de imperiali jurisdictione & potestate
Ecclesiastica. Basileæ 1557. *in fol.* La
Preface de *Hutten* qui accompagne
l'Ouvrage de *Valla* dans toutes ces
éditions est violente & emportée
contre les Papes.

7°. *Epistola ad illustrem virum Her-*
mannum de Neuvvenar Comitem , qua
contra Capnionis Æmulos confirmatur.
Cette lettre est dattée de *Mayence* le
3. Avril 1518. & elle fut imprimée
dans le même tems *in-4°.*

8°. *Ad Principes Germaniæ ut bellum*
Turcis invehant , exhortatoria , publico
Germaniæ Concilio, apud Augustam Vin-
delicorum, anno Domini 1618. *Maxi-*

Tome XV.   Z

ULRIC *Maximiliano Auſtrio Imperat.re Auguſ-*
DE HUT- *tæ Vind.* 1518. Ce diſcours n'a point
TEN. été imprimé tel qu'il l'avoit fait, on y a
retranché pluſieurschoſes qui avoient
paru trop libres. On voit à la tête
une Lettre à *Peutenger*, & à la fin
une autre à *Jacques de Banniſis*, Secretaire de l'Empereur avec un Poëme
en vers élegiaques, intitulé : *Hut-*
teni ad Germanos ſuos exhortatorium.

9°. Il parut l'an 1518. à *Mayence*
une nouvelle edition de *Tite-Live in-*
fol. plus ample que les precedentes,
à la tête de laquelle on voit une aſſez
longue Lettre d'*Ulric de Hutten* à
Albert. Electeur de *Mayence*.

10°. *Nemo, ſeu ſatyra de ineptis*
ſæculi ſtudiis & veræ eruditionis contem-
ptu. Cette piece qui eſt en vers élegiaques doit avoir été imprimée
pour la premiere fois en 1516 ; puiſque *Hutten* dans une Lettre du 24.
Octobre de cette année, écrite à
Eraſme, lui marque qu'il avoit publié cet Ouvrage. Il a été reimprimé
pluſieurs fois depuis. On en a
une Edition d'*Augsbourg in*-4°.
où l'année n'eſt point marquée. Une
autre de *Baſle* de l'an 1519. auſſi *in*-
4°. Une nouvelle de *Roſtoch* de l'an

1544. *in-8°.* où il eſt qualifié de *facetiſſimum & feſtiviſſimum carmen.* Une autre encore de *Leyde* de 1623. *in 8°.* Il ſe trouve d'ailleurs dans le Recüeil de ſes Œuvres Poetiques. Il eſt à la tête des *Luſus Poetici excellentium aliquot ingeniorum. Hanoviæ* 1614. *in-8°.* On l'a joint à l'Ouvrage d'*Eobanus in ebrietatem. Noribergæ* 1531. & aux Comedies de *Jean Reuchlin* 1613. *Herman de Vonderd-Hardt* l'à inſeré dans ſon *Hiſtoire litteraire de la Reformation. Dornavius* l'a fait auſſi entrer dans ſon *Amphitheatrum ſapientiæ Socraticæ joco-ſeriæ p.* 158. Enfin *Acker* lui a donné place dans ſes *ſelecta Poetica.* Cette ſatyre, qui eſt aſſez ingenieuſe, fut d'abord qu'elle parut, attribuée à *Eraſme,* mais *Hutten,* qui ne vouloit pas qu'on lui dérobât cette production, s'en declara bien-tôt l'Auteur; *Du Verdier* dans ſa *Bibliotheque* en cite une eſpece de Traduction ſous ce titre : *Les grands & merveilleux faits de* Nemo *imités en partie des Vers Latins de Ulrich de Hutten & augmentés par P. S. A. Lion. Macé Bonhomme in-8°.*

Cette ſatyre eſt accompagnée

ULRIC DE HUTTEN.

Z ij

ULRIC dans la plûpart des éditions de deux
DE HUT-Lettres de *Hutten* ; l'une à *Crotus*
TEN. *Rubianus, contra Theologiftarum &*
Bartoliftarum mores, & l'autre à
Jules Pflugk, où il lui fait un détail
de ce qui s'étoit paffé dans la diette
d'*Augsbourg* de l'an 1518.

11. *De aula Dialogus. Augufta Vind.*
1518. *&* 1519. *in*-4°. Outre ces deux
éditions, on en a une autre de *Lei-*
pfic faite peu après la premiere, & la
même année, auffi *in* 4°. *Henri Pe-*
treius a inferé ce dialogue dans fon
Recüeïl qui a pour titre : *De Auli-*
ca vita & huic oppofita vita privata,
Scriptores varii antiqui & recentiores.
Francofurti 1577. *&* 1578. *in*-8o.
Hutten declame fortement dans cet
Ouvrage contre la vie de la Cour,
qui lui deplaifoit beaucoup comme
il le témoigne dans toutes fes Lettres, quoique la fituation où il fe
trouvoit, l'obligeat à y demeurer. On
a prétendu refuter fes raifons dans
un Ouvrage qui a paru fous ce titre:
De Aula Dialogus Guil. Infulani Me-
napii, in quo partim refelluntur &
derivantur, partim attenuantur crimi-
nationes in Aulam Æneæ Sylvii &

Ulderici Hutteni, & qui a été im- ULRIC
primé à *Francfort* en 1606 *in-*80. à la DE HUT-
fuite de *Balthas. Caftilionis Comitis de* TEN.
Curiali five Aulico libri IV. *ex Italico*
fermone Latine converfi à Bartholo-
mæo Clerke, *Anglo*.

Hutten compofa ce Dialogue à la
perfuafion de *Henri Stromer* Medecin
de l'Electeur de *Mayence*, & ce fut
à lui qu'il le dedia par une Lettre
que *Jacques Burckhard* a inferée dans
la vie de notre favant p. 132. L'Imprimeur d'*Augsbourg* qui le donna au
public promit de donner peu de
tems après un autre Ouvrage de fa
façon *in ebrietatis laudem* ; mais il n'a
pas tenu parole, & cet Ouvrage n'a
point été imprimé.

12°. *Prognofticon ad annum* 1516.
ad Leonem X. P. M. Ce Poëme a
été joint à la feconde edition du Dialogue *de Aula* faite à *Ausbourg* en
1519.

13°. *Ad Bilibaldum Pirckheymer*
Norimbergenfem Epiftola, *vitæ fuæ*
rationem exponens. Pirckeymer ayant
defaprouvé *Hutten* d'avoir écrit fur
les incommodités de la vie de la
Cour, lui qui ne les connoiffoit

Z iij

ULRIC
DE HUT-
TEN.

point encore entierement, & d'y demeurer attaché malgré ce qu'il en connoiſſoit, ce Savant lui récrivit cette Lettre, pour juſtifier ſa conduite : il y il parle fort au long de lui-même & de tout ce qu'il avoit fait juſques là. Elle eſt dattée d'*Augsbourg* le 25. Octobre 1518. cependant elle n'a été imprimée que long-tems après, ayant paru pour la premiere fois dans un livre intitulé : *Diſcurſus Epiſtolares Politico-Theologici de ſtatu Reipublicæ Chriſtianæ degenerantis ; tum de reformandis moribus & abuſibus Eccleſiæ. Francofurti. 1610. in-4°.* *Jacques Burckard* l'a fait reimprimer à *Wolfenbutel* à la tête de la vie de *Hutten*, avec ſes notes, en 1717. *in-8o.*

14°. *Joannis Reuchelin viri clariſſimi, Encomion, triumphanti illi ex devictis obſcuris viris, id eſt, Theologiſtis Colonienſibus, & Fratribus de Ordine Prædicatorum ab Eleutherio Byzeno decantatum, in-4°.* Cette piece qui eſt en Vers, eſt precedée d'une Lettre *ad Principem populumque Germanorum*, & ſuivi d'un Epilogue fort court contre ceux qu'il appelle

Theologistæ. On ne peut dire au juste ULRIC
en quel tems elle a été imprimée , DE HUTmais ce doit avoir été vers l'an 1519; TEN.
puisque *Hutten* dans une Lettre du
6. Mars de cette année en annonce
la nouvelle à *Erasme* ; elle avoit cependant été faite quelques années
auparavant. On ne peut douter que
Hutten n'en soit l'Auteur ; *Eobanus*,
qui étoit son ami , l'affirme trop positivement. Ainsi on l'a inserée dans
le Recüeil de ses Poësies , avec un
autre Poëme Elegiaque de sa façon ,
intitulé : *Ad Cardinalem Hadrianum,*
Virum doctissimum , & Germanorum
in urbe Patronum , pro Capnione in
tercessio ; & *Maius* l'a fait entrer
dans sa vie de *Reuchelin* p. 480.
avec ses propres annotations,

15. *Hutten* a eu beaucoup de part
au fameux livre connu sous le titre d'*Epistolæ obscurorum virorum* ;
ce qu'il semble reconnoître lui-même , lorsqu'il parle dans sa Lettre
à *Pirckheymer* des Lamentations publiées contre ces Lettres, comme
d'un Ouvrage fait contre lui. On ne
sçait précisement quand ces Lettres
parurent, pour la premiere fois.

ULRIC DE HUT-TEN.

l'année n'étant point marquée à la premiere édition ; mais il est sûr qu'elles ont dû être imprimées avant l'an 1517. puisqu'il y a un bref du Pape *Leon X.* datté de *Rome* le 15. Mars de cette année, qui défend sous peine d'excommunication de les lire & de les garder.

C'est la raison qu'en apporte *Jacques Burckhard.* Mais il auroit pû en apporter une encore plus forte ; c'est que la seconde édition, dont je parlerai tout à l'heure, est de l'an 1516.

Les deux parties qui les contiennent ont parû en differens temps. La premiere parût d'abord sous ce titre : *Epistolæ obscurorum virorum ad Magistrum Ortuinum Gratium Daventriensem, Colonia Latinas Litteras profitentem.* A la fin on lit ces mots : *In Venetia impressum in impressoria Aldi Manutii, anno quo supra. Etiam cavisatum est, ut in aliis, ne quis audeat post nos impressare per decennium, per Illustrissimum Principem Venetiamur.* Il est probable que tout cela est faux, & que l'édition a été faite en Allemagne.

D'ailleurs la datte à laquelle on ULRIC
renvoye n'y eft pas.   DE HUT-

La feconde partie, qui parût TEN.
après, porte le même titre, que
j'ai rapporté, auquel on a ajoûté
ces mots : *Non illa quidem veteres &*
prius vifa ; fed & nova & illis priori-
bus elegantia, argutiis, lepore ac ve-
nuftate longè fuperiores. A la fin on
lit : *Quinta Luna obfcuros viros edi-*
dit. Lector folve nodum, & ridebis
amplius. Impreffum Romanæ curiæ.
Cette premiere édition eft *in-*4°.

Elle a été fuivie de plufieurs autres. *Editio fecunda cum multis aliis*
Epiftolis annexis, quæ in prima impre-
fura non habentur. Venetiis (c'eft-à-
dire apparemment en Allemagne)
1516. *in-*4°. Cette édition eft marquée dans la Bibliotheque de M.
du Fay N°. 2695. *Jacques Burck-*
hard ne l'a point connuë. It. *Cum*
dialogo mire feftivo. 1556. *in-*8°. It.
Cum variis additionibus ejufdem argu-
menti. Francofurti 1581. & 1643
*in-*8°. Mais la plus belle de toutes
eft celle qui s'eft faite à *Londres* en
1701. *in-*12. Je m'étonne qu'on ne fe
foit point avifé d'y ajoûter des no-

Ulric tes, qui cependant y seroient necef-
DE Hut- faires.
TEN.

Ces Lettres furent compofées à
l'occafion des difputes de *Reuchlin*
avec les Theologiens de *Cologne*,
& adreffées pour la plûpart à *Or-*
tuinus Gratius, parce qu'il avoit fait
l'Apologie de ces Theologiens contre *Reuchlon*. C'eft une fatyre plai-
fante du ftile barbare des Theologiens Scholaftiques, qu'on y a
imité, en l'outrant cependant, pour
le rendre plus ridicule. *Erafme* lui
donna d'abord fon approbation, &
prit tant de plaifir à fa lecture,
qu'un jour ayant un abcès au vifage, qu'on étoit prêt de percer, il
fit tant d'efforts en riant fur certains endroits, que l'abcès creva
de lui-même. Mais il changea depuis de fentiment, ou du moins de
langage ; car apprehendant qu'on
ne l'en crût l'Auteur, ou qu'on ne
lui fît un crime de fon approbation,
il écrivit le 16. Août 1517. une
Lettre à *Jean Cafarius*, où il blâma
fort ceux qui en étoient les Auteurs.

Ortuinus Gratius, qui étoit prin-

cipalement attaqué dans cet Ouvra- ULRIC
ge, ne crut pas devoir le laiſſer ſans DE HUT-
réponſe; c'eſt pourquoi il y oppoſa TEN.
le ſuivant: *Lamentationes obſcurorum*
virorum, non prohibita per ſedem Apoſ-
tolicam. Coloniæ 1518. *in-8°.* Outre
le bref du Pape *Leon X.* contre les
Epiſtolæ obſcurorum virorum, & la
Lettre d'*Eraſme* à *Caſarius,* dont
j'ai parlé ci-deſſus, on trouve dans
ce volume la piece ſuivante: *Epiſto-*
la apologetica Ortuvini Gratii, ob
primam à parvulo educationem Da-
ventrienſis cognominati, Agrippinenſis
quoque Academiæ Philoſophi, Chriſti-
que Sacerdotis, ad obſcuram Reuchli-
niſtarum cohortem, citra bonorum in-
dignationem miſſa.

Au reſte, *Hutten* n'eſt pas le ſeul
qui ait travaillé aux Lettres dont
je parle. On veut que *Reuchlin,*
Herman de Neuvvenar, & d'autres
en ayent fait auſſi quelques-unes.
On voit par une Lettre écrite à
Jean Crotus, & publiée en 1720.
par *Jean-Chriſtophe Olearius,* que ce
Sçavant qui avoit d'abord été ami
de *Luther,* mais qui revint enſuite à
l'Egliſe Catholique, y a eu auſſi

ULRIC
DE HUT-
TEN.

bonne part. Celui qui la lui écrit, mais dont on ignore le nom, y paroît surpris que l'Auteur des *Epistolæ obscurorum virorum* soit devenu le défenseur des Moines, & lui rappelle l'affection qu'il avoit toujours eu pour cet Ouvrage.

16. *Epistola de Pfefferkornio ad Adolphum Roboreum Coloniensem, & Eitelvvolfum de Lapide. It. In sceleratissimam Joannis Pepericorni vitam exclamatio.* Ces deux pieces ont été inferées dans la vie de *Reuchlin* par *Maius.* Outre cela la seconde, qui est en vers, se trouve parmi les Poëfies de *Hutten.*

17. *De Guaiaci Medicina, & morbo Gallico liber. Moguntiæ* 1519. *in-*4°. It. *Ibid* 1531. *in-*8°. It. Dans le Recueil des Auteurs qui ont écrit fur le même fujet, & qui a été publié fous ce titre : *Aphrodisiacus, five de Lue Venerea. Venetiis* 1566. *in-fol.* 2. *tom.* & *Lugd. Bat.* 1728. *in-fol.* 2. *tom.* On doit être furpris de trouver à la tête d'un Ouvrage femblable une Epitre dédicatoire de *Hutten* à *Albert*, Electeur de *Mayence*, dans laquelle il n'a pas honte de

lui dire , qu'après avoir eu long-   ULRIC
temps à ſouffrir de la maladie dont DE HUT-
il s'eſt propoſé de traiter , il n'a été TEN.
gueri que par l'uſage du *Gayac.*
Cette Epitre eſt accompagnée d'u-
ne Lettre de *Paul Ricius* Médecin
de l'Empereur à *Hutten* , & la réponſe de ce Sçavant , où l'on rencontre quelques particularitez de
ſa vie.

18. *Febris I. Dialogus. Moguntiæ* 1619. *in*-4°. It. *Ambergæ* 1619.
in-4°. *Febris II. Dialogus. Moguntiæ* 1619. *in*-4°. Ce ſecond Dialogue
n'a été fait & imprimé que quelque
temps après le premier. Ils ont été
réimprimez dans la ſuite avec d'autres Dialogues de *Hutten* , qui les
a même traduits en Allemand ,
comme je le dirai plus bas. Dans le
premier *Hutten* s'entretient avec la
fiévre qui l'avoit tourmenté quelque temps , & qu'il prie d'aller ſe
jetter ſur d'autres perſonnes , qui
fuſſent plus en état de la nourrir &
de l'entretenir. Le valet de *Hutten*
ſe joint dans le ſecond à leur con-
verſation , qui y recommence. Ces
deux piéces ſont fort ingenieuſes ,

ULRIC DE HUT-TEN.

mais très-ſatyriques, ſurtout contre les Prélats & les Moines, qui n'y ſont point épargnez, non plus que dans tous les Ouvrages que *Hutten* publia dans la ſuite. Elles ſe trouvent dans l'*Amphitheatre de Dorna-rius*, tom. 2. p. 176.

19. *Ulrichi Hutteni Equ. ſuper interfectione propinqui ſui Joannis Hutteni Equitis deploratio. Ad Ludovichum. Huttenum ſuper interemptione filii conſolatoria. In Ulrichum Wirtenpergenſem Orationes V. In eundem Dialogus, cui Titulus, Phalariſmus. Apologia pro Phalariſmo & aliquot ad amicos Epiſtolæ. Ad Franciſcum Galliarum Regem Epiſtola ne cauſam Wirtenpergenſem tueatur exhortatoria. In arce Steckelberg.* 1519. *in-4°.* Toutes les piéces contenuës dans ce Recueil roulent ſur le même ſujet. Le fait dont il s'y agit eſt aſſez important, pour que j'en parle ici un peu au long.

Louis de Hutten, pere de *Jean*, étoit ami intime du Duc *Ulric* de *Wirtemberg*, & comptant ſur ſon amitié, lui confia *Jean de Hutten*, un de ſes quatre fils, pour lui ſervir de compagnie. Ce jeune homme se comporta parfaitement bien, & s'acquit l'amitié du Duc, qui lui témoigna sa confiance en plusieurs occasions, en lui confiant des secrets importans, & en lui communiquant tous ses desseins. Quelque temps après il épousa la fille d'un General de la Cavalerie de ce Duc.

ULRIC DE HUT-TEN.

Louis de Hutten son pere voulant regler ses affaires domestiques, lui manda de le venir trouver; & le Duc ne pouvant lui refuser son congé, lui témoigna qu'il avoit à conferer avec lui avant son depart sur certaines choses; & le mena à la campagne pour le faire plus aise-ment. L'ayant conduit dans la forêt de *Beblinburg*, il se jetta sur lui & le tua; peut-être avoit-il aposté-là des gens pour l'assassiner. Quoiqu'il en soit on trouva le corps de *Hutten* avec sept blessures, dont chacune étoit mortelle.

Ce meurtre fit grand bruit, & l'on fut long-temps sans sçavoir ce qui y avoit donné occasion; mais enfin *Ulric de Hutten* dévoila le mystere, déterminé à cela parce

que le Duc avoit dit, pour justifier
son action, que *Jean de Hutten*
étoit un parjure, qui lui avoit
manqué de parole, qu'il avoit me-
rité la mort, & qu'il ne l'avoit puni
qu'à juste titre. Voici ce qu'il nous
apprend sur ce sujet.

Le Duc de *Wirtemberg* étoit devenu éperdument amoureux de la
femme de *Jean de Hutten*, & à force
de soins il étoit venu à bout de la
disposer à lui accorder ce qu'il souhaittoit si passionnement ; il ne
s'agissoit plus que de trouver le
moyen de se voir secrétement. Cela
fut d'autant plus difficile que le
mari, qui sçavoit les desseins du
Duc, épioit sa femme & la gardoit
soigneusement. Ces difficultez, bien
loin d'éteindre la passion de ce
Prince, ne firent que la rendre plus
violente, & le porterent à prendre
un parti tout-à-fait extraordinaire.
Il se jetta aux pieds de *Jean de Hutten*, & la larme à l'œil, lui deman-
da la permission d'aimer sa femme
sans aucun obstacle ; celui-ci extrêmement surpris pria instamment le
Duc de ne point exiger de lui une
chose

choſe ſi honteuſe, & de ne point ULRIC
faire une action ſi indigne de ſon DE HUT-
rang & de ſon état. Cependant TEN.
craignant, comme il arriva effectivement, que l'amour que ce Prince avoit pour ſa femme ne le portât
à le haïr, il en avertit ſes amis, en
écrivit à ſon pere, & chercha de
tous côtez un moyen de ſortir d'entre les mains du Duc, qui venoit
de lui offrir un emploi conſidérable
dans un endroit voiſin. Les parens
de *Hutten* ignoroient encore que ce
Prince eut gagné ſa femme, ils n'en
étoient pourtant pas moins réſolus
de le tirer d'entre ſes mains, mais
malheureuſement ils tarderent trop.
Le Duc dont l'amour ne faiſoit
qu'augmenter tous les jours voulut
prévenir un départ qui l'auroit fruſ-
tré de ſes eſpérances, & ſe défaire
d'un Argus trop clairvoyant, & ce
fut ce qui l'engagea au meurtre dont
j'ai parlé.

Ulric d'Hutten étoit alors aux
Bains d'*Ems* en Allemagne, & non
point en Italie, comme *Bayle* le
dit. Ce fut là qu'il en apprit la nouvelle par une Lettre de *Marquard*

Tome XV.   (A a.

ULRIC *de Hatsteyn*, Chanoine de *Mayence*, DE HUT- son parent ; à laquelle il répondit TEN. par celle qui fait la premiere piece du Recüeïl dont je viens de parler, & qui est dattée du 7 May 1515.

On y voit ensuite une piece en Vers exametres sur la mort de *Jean de Hutten*, qu'il envoya à *Jacques Tuchs*, Chanoine de *Bamberg* & de *Wurtzbourg*, & accompagna d'une Lettre sur le même sujet.

La Lettre au Pere du deffunt est écrite de *Mayence* le 28. Juin 1515.

Les cinq Harangues contre le Duc *Ulric* ont été composées en differens tems, les trois premieres peu après la mort de *Jean de Hutten* ; la 4e. dix-sept mois après, & la 5e. en 1519. après que les Princes d'Allemagne ligués contre le Duc l'eûrent chassé de son païs. Elles sont conçûës en termes energiques, les invectives n'y sont point épargnées, & les termes odieux y sont employés avec tout le feu possible ; toutes les expressions sentent un homme outré d'un affront qu'il a reçû, & dont il ne sçauroit tirer vengean-

ce. On voit par la cinquieme qu'a- ULRIC
près la mort de *Jean de Hutten*, le DE HUT-
Duc parvint au but de fes defirs à TEN.
l'égard de fa Veuve, dont il fit fa
concubine. On y lit auffi une chofe
tout-à-fait furprenante; c'eft que
quatre ans après que *Hutten* eut été
tué, on deterra fon corps, qui
n'étoit point pourri, & qui étoit fi
peu changé que tout le monde pouvoit aifément le reconnoître, & ce
qu'il y a de plus admirable, c'eft
que quand on le tira du tombeau,
il faigna tout de même, que s'il
avoit été tué nouvellement. C'eft
du moins ce que notre Auteur affure.

La piece intitulée *Phalarifmus*,
eft un Dialogue dont les interlocuteurs font *Charon Mercure*, le *Ty-
ran* (c'eft-à-dire le Duc *Ulric*) &
Phalaris. On y feint que le Duc
defcend aux enfers, par la permiffion de *Jupiter*, pour s'aller entretenir avec *Phalaris*, & que l'ayant
trouvé il en reçoit d'horribles confeils, qu'il promet d'exécuter dès
qu'il fera retourné fur la terre. Un
Chanoine, nommé *Pierre de Auf-*

ULRIC *fas* ayant repris quelque chose dans
DE HUT-Phalarisme, il lui addressa une A-
TEN. pologie pour cet Ouvrage, qui le
suit dans le Recuëil. Le *Phalarismus*
avoit deja été imprimé separement
en 1519. *in-8o*. comme on le voit
par le Catalogue de la Bibliotheque
de M. du Fay. No. 4322.

Ce Recuëil qui est très-rare, &
fort curieux, finit par quelques Lettres. Il y en a une au Roi *François
I.* qu'il conjure de ne pas proteger
le Duc. Une autre à un Jurisconsulte
de Francfort nommé *Arnold de Glau-
berg*, & la derniere qui sert de clotu-
re est écrite d'*Eslingen* le 19. May
1519. à *Frederic Piscator.* C'est celle dont j'ai parlé plus haut & dans
laquelle il le prie de lui chercher
une femme; apparemment qu'il ne
pût lui en trouver une qui eut
toutes les qualités qu'il demandoit;
puisque nous ne trouvons nulle part
qu'il ait été jamais marié.

20. *Dialogi, Fortuna, Febris* 1.
11. *Trias Romana seu Vadiscus inspicientes. Moguntia.* 1620. *in* 4°. Des
cinq dialogues contenus dans ce Volume, le second & le troisième a-

voient dejà paru , comme je l'ai remarqué *N°.* 18. Il faut maintenant
faire connoître les autres. Le premier intitulé *Fortuna* eft très - inge-
nieux, de même que tous ceux
que *Hutten* a compofés , & dont
M. *de Thou* n'a point craint de dire
qu'ils ne le cedoient point à ceux
de *Lucien.* *Hutten* s'y entretient avec
la Fortune de plufieurs chofes qui
lui étoient arrivées & [des defirs
qu'il avoit fouvent formés pour
parvenir à une vie heureufe. Le quatriéme , qui a pour titre : *Trias Ro-*
mana , *feu* *Vadifcus* eft une fatyre
violente de la Cour de *Rome.* Il l'a
nommée *Vadifcus* , parce qu'il y
fuppofe tenir tout ce qu'il dit d'un
nommé *Vadifcus* , qui en revenant
de *Rome* , avoit paffé par *Mayence* ,
où il l'avoit entretenu ; & *Trias*
Romana , parce qu'il reduit toûjours
à trois points tout ce qu'il dit fur
chaque article ; ainfi il commence
par ces paroles : *Tria Urbis Romæ*
dignitatem tuentur , autoritas Ponti-
ficis , Reliquiæ Sanctorum & Merx In-
dulgentiarum. On peut juger par ce
début du ftile du refte de la piece.

ULRIC
DE HUT-
TEN.

Le dernier Dialogue prend son nom d'*Inspicientes*, des deux principaux Interlocuteurs, qui sont le *Soleil &* *Phaeton*, qui s'entretiennent ensemble & ensuite avec le Nonce *Cajetan* sur les affaires d'Allemagne, & sur ce qui s'y passoit en 1618. Il n'est pas moins satyrique que le precedent. Il y a une autre édition de tous ces Dialogues, où l'année ni le lieu ne sont point marquées.

21. *De unitate Ecclesia conservanda &* *Schismate quod fuit inter Henricum IV.* *Imper. & Gregorium VII. Pont. Max.* *cujusdam ejus temporis Theologi liber,* *in vetustissima Fuldensi Bibliotheca ab* *Hutteno inventus nuper. In Ædibus* *Joannis Scheffer Moguntini mense* *Martio. Anno* 1520. *in* 4°. Cet Ouvrage, qui est écrit d'une maniere très-violente, & dont on n'a pas la fin, est precedé d'une longue Epître dédicatoire de *Hutten* à *Ferdinand* Archiduc d'Autriche que *Jacques Burckhard* a inserée dans la vie de cet Auteur avec la lettre anecdote qu'il écrivit le 26. Octobre 1519. à *Helius Eobanus*, pour marquer la joye qu'il avoit d'avoir dé-

couvert cet Ouvrage. Il a été re-imprimé plufieurs fois depuis, ainfi Simon Schardius l'a mis à la tête de *Sylloge Hiftorico-Politico Theologica variorum Autorum de Jurifdictione, autoritate & Præminentia Imperiali ac poteftate Ecclefiaftica. Bafileæ 1666. in-fol. Melchior Goldaft* l'a fait entrer dans fes *Apologiæ pro Henrico IV. 1611. in 4°. Marquar - Freher* l'a in-feré auffi dans le premier tome de fes Hiftoriens d'Allemagne. Mais aucun d'eux n'y a joint l'Epitre de-dicatoire de *Hutten*, qui cependant y a affez de rapport, pour qu'il ne l'y oubliaffent point.

22, *De Schifmate extinguendo, & vera Ecclefiaftica libertate adferendæ Epiftolæ aliquot, mirum in modum libere & veritatis ftudio ftrenua. 1520. in-4°.* Le lieu de l'impreffion n'eft point marqué. Ce font fix Let-tres que les Univerfités de *Paris*, d'*Oxford* & de *Prague* fe font écrites mutuellement & ont écrit aux Ro-mains, au Pape *Urbain*, & à l'Em-pereur *Venceflas* fur la matiere du Schifme. *Hutten* les ayant trouvées à *Bopart*, Château fur le Rhin

ULRIC dans l'Archevêché de *Treves*, les
DE HUT- publia quelque tems après avec une
TEN. Epître dédicatoire, addreſſée *libe-*
ris in Germania omnibus, & dattée
du 27. May 1520. *Conrard Geſner*
s'eſt trompé en attribuant ces Lettres à *Hutten* même, faute que cependant a été ſuivie par *Pallaviin*,
par *Boiſſart* & par d'autres.

23. *Ad Martinum Lutherum Epiſ-*
tola. C'eſt la premiere Lettre que
Hutten écrivit à *Luther*. Elle eſt
dattée de Mayence le 4. Juin 1520.
& on l'imprima quelque tems a-
près à *Wittemberg in* 4°. Elle a été
depuis inſerée dans le 2e. Tome des
Œuvres de *Luther* de l'Edition de
Wittemberg, mais en partie ſeulement ; & c'eſt de là que *Melchior*
Adam l'a priſe, pour l'inſerer dans
la vie de *Hutten*. *Jacques Burckhard*
l'a fait imprimer en ſon entier dans
la vie de ce Savant p. 63. de la 2e.
Partie.

24. *Ulrichi de Hutten*, *Equitis*
Germani, *ad Carolum Imperatorem*,
adverſus intentatam ſibi à Romaniſtis
vim & injuriam conqueſtio. Alia ad
Principes ac viros Germaniæ de ea-
dem

dem re conquestio. Ad Albertum Bran- **Ulric**
denburg. & Fridericum Saxonum **de Hut-**
Ducem, Principes, Electores, aliæ- **ten.**
que ad alios Epistola. (1520.) *in-*4°.
Le lieu de l'impression n'est point
marqué ; mais elles sont toutes dattées d'*Ebernbourg* l'an 1520. *Bur-*
ckhard les a fait imprimer de nouveau dans la vie de *Hutten* p. 68.
J'en ai parlé ci-dessus. Elles ont
été aussi traduites en Allemand, on
ne sçait par qui, & imprimées en
cette langue en differens tems.

25. *Examen de la conduite que les*
Papes ont toûjours tenuë à l'égard des
Empereurs (en Allemand.) Il y a
cinq Editions de cet Ouvrage toutes *in-*4°. dont une seule marque
l'année, où elle a été faite, qui
est 1545 ; mais le lieu ne paroît
dans aucune. On le trouve traduit
en Latin dans le 2e. Tome des *Lec-*
tiones Memorabiles Joan. Wolfii. p.
91.

26. *Bulla decimi Leonis contra er-*
rores Martini Lutheri & sequacium.
Adstitit Bulla à dextris ejus, in ves-
titutu deaurato, circumamicta varieta-
tibus. Vide, Lector, Opera pretium

Tome XV. B b

ULRIC
DE HUT-
TEN.

est. Adficieris. Cognosces, qualis Pastor sit Leo. in-4°. It. dans le second tome des Œuvres Latines de *Luther*, édition de *Wittemberg*. On voit dans ce volume la Bulle de *Leon X.* contre *Luther*, publiée le 18. Juin 1520. accompagnée des Apostilles de *Hutten*, qui sont écrites dans son stile ordinaire, c'est-à-dire vehement & emporté. Il y a joint deux Lettres, l'une adressée aux Allemans, qui se trouve à la tête, & l'autre écrite au Pape *Leon X.* qu'il a mise à la fin. Toutes les deux se trouvent dans sa vie par *Burckhard*, p. 140. de la seconde partie. M. *Bossuet* s'est trompé dans son *Histoire des variations*, liv. 1. N°. 26. en attribuant les apostilles de la Bulle de *Leon X.* à *Luther* même; erreur dans laquelle il est tombé, parce qu'il les a vûës dans ses Œuvres.

27. *In Incendium Lutheranum exclamatio, Latine & Germanice.* Ces deux pieces, qui sont en vers, ont été imprimées plusieurs fois, conjointement & séparément. La Latine se trouve aussi dans le second

volume des Œuvres Latines de *Lu-*
ther, & outre cela dans un volume
*in-*4°. à la tête duquel l'année ni
le lieu ne ſont point marquez,
avec les piéces ſuivantes : *Chunradi*
Sarctoris Saxo-franci de eadem re ad
Germanos Oratio. Carmen elegans &
Doctum in Hieronymum Aleandrum,
hoſtem Germanicæ libertatis. Conclu-
ſiones decem Chriſtianiſſimæ per An-
dream Bodenſtein, de Carloſtad, Wit-
tebergæ diſputatæ. Cette exclama-
tion de *Hutten* fut faite, on ne ſçait
en quel temps, ſur ce que les Livres
de *Luther* furent brûlez publiquement à *Mayence.*

28. *Lamentation ſur la puiſſance*
exceſſive des Papes, (en Allemand)
*in-*4°. C'eſt un Poëme fort long,
qui a été imprimé pluſieurs fois,
mais toûjours ſans datte.

29. *Hutten* donna vers ce temps-
là une traduction Allemande de ſes
quatre Dialogues : *Febris I. & II.*
*Trias Romana, & Inſpicientes, in-*4°.
ſans datte. *Ulric Varnbuler* donna
depuis une nouvelle traduction de
la *Trias Romana* à *Strasbourg* 1544.
*in-*4°.

Bb ij

ULRIC   30. *Dialogi Huttenici novi, per-*
DE HUT- *quam festivi. Bulla vel Bullicida, Mo-*
TEN.   *nitor primus. Monitor secundus. Præ-*
dones, in-4°. Ces Dialogues sont de
l'an 1521. quoique la datte n'y paroisse pas. Les Interlocuteurs en
font assez connoître le sujet. Dans
le premier ce sont : *Libertas Ger-*
mana, Bulla, Huttenus, Franciscus
(*de Sickingen*) & *nonnulli Germani.*
Dans le second : *Monitor & Luthe-*
rus. Dans le troisiéme : *Monitor &*
Franciscus. (*de Sickingen*) Dans le
quatriéme : *Huttenus, Mercator &*
Franciscus. (*de Sickingen*)

31. Vers le même temps *Hutten*
publia deux petits Ouvrages Allemans de *Conrad Zærtlin,* sur la maniere dont les Conciles doivent se
tenir, avec une préface de sa façon,
dattée de *Wittenberg* le 20. Fevrier
1521.

32. *In Hieronymum Aleandrum &*
Marinum Caracciolum, Leonis Deci-
mi P. M. Oratores in Germania invec-
tiva singula. In Cardinales, Episco-
pos, & Sacerdotes, Lutherum Wor-
matiæ in Concilio Germaniæ impug-
gnantes, invectiva. Ad Carolum Im-

peratorem, pro Euthero, & veritatis ULRIC
ac libertatis cauffa exhortatio. Jacta DE HUT-
eft alea. (C'eft la devife que *Hutten* TEN.
mettoit ordinairement à la tête de
fes Ouvrages) 1521. *in*-4°. Ces
piéces font accompagnées de trois
Lettres, une au Cardinal *Albert*,
une autre à l'Empereur *Charles-*
Quint, & une troifiéme à *Bilibald*
Pirckheymer. Burckhard a inferé cette derniere dans la vie de *Hutten*.

33. *Ad Martinum Lutherum Epif-*
tola due. Ces Lettres qui font de
l'an 1521. ont été d'abord imprimées féparement, *in*-8°. On les a
enfuite inferées dans le fecond tome
des Œuvres Latines de *Luther*,
mais feulement en partie & un peu
changées. On les trouve en entier
dans la vie de *Hutten* p. 210. de la
feconde partie.

34. *Lamentation fur l'état de la*
nation Allemande (en Allemand)
in-4°. Ce Poëme doit être de l'année 1521. ou du moins de la fuivante.

35. *Peinture naturelle du Papifme.*
(en Allemand) On ne fçait dans
quel temps cette piéce a été impri-

ULRIC
DE HUT-
TEN.

mée. Elle a reparu long-temps
après, c'est-à-dire en 1632. in-4°.
sous le titre de *Réveil de la nation
Allemande.*

36. *Justification d'Ulric de Hutten, contre des faussetez qu'on a debi-
tées à l'occasion de ce qu'il a dit des
Prêtres & des Ecclesiastiques, avec
des éclaircissemens sur quelques-uns de
ses écrits.* (en Allemand) *Burckhard*
qui parle de cet Ouvrage, ne nous
apprend point en quelle forme il
est; il croit seulement qu'il a paru
en 1521.

37. *Avertissement respectueux à la
Ville de Wormes.* (en Allemand)
1522.

38. *Ulrichi ab Hutten cum Erasmo
Roterodamo Expostulatio*, 1523. in-
4°. Cette plainte a été imprimée à
Strasbourg, de même que la traduction Allemande qu'on en publia la
même année & dans la même forme.
L'attachement de *Hutten* au Luthe-
ranisme commença à le broüiller
avec *Erasme.* Faché de ce qu'il n'a-
voit point voulu le voir à *Basle*,
il conçût bien-tôt de l'aversion à
son égard; & cette aversion lui fit

compoſer cet Ouvrage, qui cha- ULRIC
grina beaucoup *Eraſme.* Il y ré- DE HUT-
pondit d'une maniere fort vive TEN.
par un Livre, intitulé : *Spongia*
Eraſmi adverſus adſperginès Hutteni.
Baſilea 1523. La mort de *Hatten*
arrivée dans ce temps-là l'empêcha
de repliquer ; mais un autre le fit
pour lui : ce fut *Othon Brunfelſius,*
Médecin ; & ſa replique à été imprimée pluſieurs fois avec les deux
Ouvrages qui y ont donné occaſion. Il trouva encore un autre dé-
fenſeur dans la perſonne d'*Eraſme*
Alberus, qui publia en ſa faveur un
Ouvrage, qui a pour titre: *De Eraſ-*
mi ſpongia judicium Eraſmi Alberi,
adeoque, quantenus illi conveniat cum
M. Lutheri Doctrina, in-8°.

Ce ſont-là tous les Ouvrages de
Hutten qui ont paru de ſon vivant
ſous ſon nom ; il en a publié encore
d'autres ſous des noms empruntez,
ou ſans nom, dont il faut parler
maintenant.

39. *Oratio qua diſſuadetur, ne*
Principes in Decimæ præſtationem,
quam legati Leonis X. P. coram Imp.
Maximiliano in Principum conventu

*ad expeditionem contra Turcos petie-
rant*, *consentirent*. Ce discours se
trouve dans le second volume des
Historiens d'Allemagne de *Marquard Freher*, qui dit que *Hutten*
passe communément pour en être
l'Auteur. *Oderic Raynaldus* dans le
20. tome de la continuation des
Annales de *Baronius* p. 261. s'est
proposé de le réfuter, & lui donne
la qualité d'*Oratio plena Schismatico
furore*.

40. *Julius*, *Dialogus viri cujus-
piam eruditissimi*, *festivus sane ac
elegans*, *quomodo Julius II. P. M.
post mortem cœli fores pulsando*, *ab
Janitore illo D. Petro intromitti ne-
quiverit*, *quanquam*, *dum viveret*,
Sanctissimi, *atque adeo Sanctitatis
nomine appellatus*, *totque bellis feli-
citer gestis praclarus*, *Dominum Cœli
futurum se esse sperarit. Interlocutores
Julius*, *Genius*, *D. Petrus. in-4°.*
Quoique l'année n'y soit point
marquée, on voit par une Lettre
d'*Erasme* que l'impression a dû s'en
faire en 1517. Quelques personnes
attribuerent d'abord cette satyre à
ce Sçavant, qui en fut très-fâché.

Mais il n'y a point de doute qu'elle ULRIC
ne foit de *Hutten. Joachim Curæus* DE HUT-
l'a traduite en Allemand. TEN.

41. *Oratio ad Chriftum Opt. Max.*
pro Julio fecundo, Ligure, Pont.
Max. à quodam bene docto & Chrif-
tiano perfcripta. Plaude, Lector, ocu-
*los recepit Germania, in-*8°. A la fin
on lit ces mots : *In Germania tan-*
dem jam fapiente.

42. *Philalethis, civis Utopienfis,*
Dialogus de Facultatibus Romanen-
fium nuper publicatis. Interlocutores :
Henno rufticus, Polypragmon negotia-
tor, Bruno puer, Bartolinus Curtifa-
nus, Legatus Romanus. Cette piece,
qui eft fûrement de *Hutten*, fe trouve dans la *Monarchia Imperii Romani*
de *Goldaft.*

43. *Pafquillus Marranus Exful*
*Lectori falutem dicens, in-*8°. Les
piéces contenuës dans ce Recueil
font, 1°. *Epiftola Pafquilli Romani*
ad Marforium Romanum. 2°. *Refpon-*
fio Marforii ad Pafquillum. 3°. *Sup-*
plicatio non minus lepida quam necef-
faria ejufdem Pafquilli ad S. D. N.
Papam. 4°. *Decretum Papæ fuper fup-*
pl. Pafquilli. 5°. *Epiftola Marforii*

ULRIC *Romani ad Germaniæ Principes, Au-*
DE HUT- *gusta Cæsareis comitiis collectos.* Ces
TEN. piéces fatyriques font dattées de
l'an 1520.

44. *Dialogi septem, feſtive candidi.*
Momus. Carolus. Pietatis & ſuperſ-
titionis pugna. Conciliabulum Theolo-
giſtarum, adverſus bonarum littera-
rum ſtudioſos. Apophthegmata Vadiſci
& Paſquilli, de depravato Eccleſiæ
ſtatu. Huttenus captivus. Huttenus
illuſtris. Autore S. Abydeno Corallo,
Germ. Ite in Univerſum orbem. in-
8°. Il y a deux éditions de ces Dialogues. A la fin de l'une des deux
on a ajoûté ces mots : *Datum Romæ*
ſub privilegio Papali ad annos perpe-
tuos. Læta libertas. Ils font tous fort
courts ; les trois qui ont pour titre :
Conciliabulum Theologiſtarum. Hutte-
nus captivus. Huttenus illuſtris, ont
été joints à quelques éditions des
Epiſtolæ obſcurorum Virorum, par
exemple à celle de *Francfort* de l'an
1624. in-8°. Ils ont été auffi imprimez féparément *in-*12. fans datte.

45. *Oratio ad Carolum Maximum,*
Auguſtum, & Germaniæ Principes pro
Ulricho Hutteno, equite Germano, &

Martino Luthero, Patriæ & Chriftia- ULRIC
na libertatis adfertoribus. Auctore S. DE HUT-
Abydeno Corallo, Germ. in-4°. TEN.

46. *Placcius* croit que *Hutten* eft
le veritable Auteur de *l'Epiſtola*
Udalrici Epiſcopi Auguſtani adverſus
cœlibatum Sacerdotum.

47. On lui attribuë auſſi quelque Dialogues Allemans, moins
connus que les Ouvrages dont j'ai
parlé.

48. *C. Salluſtii & Q. Curtii flores,*
selecti per Hulderichum Huttenum,
equitem, ejuſque ſcholiis non indoctis
illuſtrati. Argentorati 1528. *in-8°.*
Cet Ouvrage ne parut pour la premiere fois qu'après ſa mort, de
même que le ſuivant.

49. *Arminius, Dialogus. Hagenoæ*
1529. *in-8°.* It. *Witteberga* 1557.
avec quelques autres Ouvrages.
Simon Schardius l'a fait entrer dans
le 1. tome de ſes Ecrivains d'Allemagne. On l'a joint auſſi à la Diſſertation de *Jean-Henri Hagelgans*
de Priſca Germanorum ætate. Coburgi
1635. *in-12.*

50. On a donné en 1538. à
Francfort une édition de toutes les

ULRIC Poësies Latines de *Hutten* en un vo-
DE HUT- lume *in-12*. Voici la liste de celles
TEN. qu'il contient. *Ulr. Hutteni Epi-
grammata. In tempora Julii II. Satyra.
Ad Maximilianum Imp. exhortato-
rium ut bellum in Venetos prosequatur.
De Piscatura Venetorum, heroicum.
Marcus Hutteni, heroicum. De non
degeneri statu Germanorum, heroicum.
Epistola nalia ad Maximilia stum
Imperat. Responsoria Maximiliani
Imp. ad Italiam, Autore Helio Eo-
bano Hesso. Ad Cardinalem Adria-
num pro Capnione intercessio. Trium-
phus Capnionis. Panegyricus in laudem
Alberti Archiepiscopi Moguntini. In
Pepericorni vitam & obitum. Nemo.
Vir bonus. De Arte versificatoria.*
Toutes ces Poësies à l'exception
de la piéce qui est intitulée : *Mar-
cus*, & du Poëme de *Arte versifica-
toria* se trouvent aussi dans la troisiéme partie des *delicia Poetarum
Germanorum*, p. 635.

51. Il y a plusieurs de ses Lettres, qui n'avoient point été encore publiées, dans sa vie par *Burckhard* & dans le Recueil qui a pour
titre : *Monumenta Pietatis & Litte-*

raria virorum illuftrium. Francofurti ULRIC
1701. *in-4°.* DE HUT-
TEN.

V. *Melchior Adam vita Jurifcon-*
fultorum. Freher Theatrum virorum
Doct. Tout ce que ces Auteurs,
dont le fecond a copié le premier,
ont dit de *Hutten* eft peu de chofe
en comparaifon de ce qu'on en
trouve dans fa vie écrite par *Jac-*
ques Burckhard, & *publiée à Wolfen-*
butel l'an 1717. *in-12.*

THOMAS LYDYAT.

THomas Lydyat naquit à *Okerton,* T. LY-
terre de fa famille, près de *Ban-* DYAT.
bury dans le Comté d'*Oxford,* le 26.
ou le 27. Mars de l'année 1572. de
Chriftophe Lydyat, Seigneur de ce
lieu.

Les difpofitions favorables qu'il
fit paroître dès fa premiere jeuneffe
pour les fciences, engagerent fon
pere à les cultiver. Il fut mis à l'âge
de treize ans au College de *Wykeham*
près de *Winchefter,* d'où il paffa en
1591. au College-neuf d'*Oxford,*
où après avoir fait fa Philofophie,

T. Ly- c'eſt-à-dire deux ans après, il fut
DYAT. agregé.

Il s'y fit recevoir Maître-ès-Arts,
& s'appliqua enſuite à l'Aſtronomie, & aux autres parties des Ma-
thématiques, aux Langues & à la
Théologie.

Il avoit deſſein de faire de cette
derniere ſcience le principal objet
de ſon étude, conformément aux
réglemens du College où il demeuroit; mais ſon peu de mémoire & la
difficulté qu'il avoit à s'énoncer,
l'obligerent à y renoncer, & à
quitter par conſequent ce College.

Il en ſortit en 1603. & employa
les ſept années ſuivantes à finir &
à publier les differens Ouvrages
qu'il avoit commencez pendant le
ſéjour qu'il y avoit fait. Il ſe trouva
réduit pendant tout ce temps-là à
vivre de ſon patrimoine, qui étoit
peu conſidérable. Le Prince *Henri*
à qui il eut l'avantage de ſe faire
connoître, & qui lui donna les titres de ſon Chronologiſte & ſon
Coſmographe, lui fit concevoir des
eſperances de ſe voir plus au large;

mais ces efperances furent bien-tôt
renverfées par la mort de ce Prince,
qui fut enlevé à la fleur de fon
âge.

Ufferius l'engagea enfuite à paffer
avec lui en Irlande, & il y demeura
environ deux ans dans le College de
Dublin. De retour en Angleterre,
en 1612. il trouva la Rectorerie
d'*Okerton* vacante ; fon pere qui y
nommoit avoit voulu la lui donner,
lorfqu'il demeuroit dans le College-neuf ; mais il l'avoit alors refu-
fée. On la lui offrit de nouveau,
& il l'accepta, quoiqu'avec affez
de peine, & même contre fon inclination.

Lorfqu'il fut établi dans ce lieu,
il fe livra plus que jamais à l'étude,
& compofa plufieurs Ouvrages, qui
auroient tous paru au jour, fi les
dettes qu'il contracta pour en faire imprimer quelques-uns, &
qu'il fe vit hors d'état de payer, ne
lui euffent procuré des difgraces.
Il fut long-temps en prifon, & ne
fut relâché que par l'entremife de
quelques perfonnes qui fe cotiferent
pour fatisfaire fes créanciers.

T. Ly-
DYAT.

Vers ce temps-là il préfenta au Roi *Charles I.* une Requête où il lui demandoit entre autres chofes les pouvoirs néceffaires pour voyager dans les Païs étrangers, comme la Turquie, l'Ethiopie, &c. pour y chercher des manufcrits fur l'Hiftoi-re, tant civile qu'Ecclefiaftique, & fur tout ce qui pourroit contribuer à l'avancement des fciences, afin qu'on les publiât en Angleterre ; le priant de plus, de lui obtenir de femblables pouvoirs de tous les Princes de l'Europe avec lefquels il étoit allié. Cette Requête qui n'eut point de fuite, marque du moins fon ardeur pour le progrès des Lettres.

Dans la Guerre civile, qui commença en 1642. il eut beaucoup à fouffrir dans fon Benefice d'*Okerton* de la part des Parlementaires. Il marque dans une Lettre à *Guillaume Compton*, Gouverneur du Château de *Banbury*, dattée du 10. Decembre 1644. qu'il avoit été pillé jufqu'à quatre fois par les troupes du Parlement, qu'on lui avoit pris la valeur de 70. livres fterling, qu'il avoit été réduit pendant trois mois

à une

à une ſi grande difette, qu'il avoit   **T. Ly-**
été obligé d'emprunter des chemi- **dyat.**
ſes pour pouvoir en changer, qu'on
l'avoit deux fois emmené priſon-
nier, une fois à *Warvvick* & une
autre à *Banbury*, & qu'on lui avoit
fait dans la premiere de ces places
toutes ſortes d'inſultes & de mauvais traitemens. Son attachement
au parti Royal lui procura toutes
ces diſgraces, qui ne finirent que
par ſa mort.

  Il mourut le 13. Avril 1646. âgé
de 74. ans, & fut enterré le jour
ſuivant, qui étoit celui auquel il
avoit été batiſé, dans l'Egliſe d'*O-*
kerton qu'il avoit fait rebâtir, auprès de ſes pere & mere, & l'on
mit ſur ſon tombeau cette Epitaphe.

H. S.

D pofitum *Thomæ Lydyat* Rectoris
de *Alkerton*, Theologi celeberrimi &
Mathematici, cujus tumulus honora-
rius eſt apud *Oxonienſes*, Collegii novi
impenſis, in alumni ſui memoriam. Na-
tus 1572 & denatus 1646.

T. LY-
DYAT.

Catalogue de ses Ouvrages.

1. *Tractatus de variis annorum formis. Londini* 1605. *in* 8°.

2. *Prælectio Astronomica de natura cœli & conditionibus elementorum.* A la suite de l'Ouvrage précedent.

3. *Disquisitio Physiologica de origine fontium,* avec les précedens.

4. *Defensio Tractatus de variis annorum formis contra Josephi Scaligeri obtrectationem. Londini* 1607. *in*-8°.

5. *Examen canonum Chronologiæ Isagogicorum,* à la suite du Livre précedent.

6. *Emendatio temporum ab initio mundi huc usque, compendio facta, contra Scaligerum & alios. Londini* 1609. *in*-8°.

7. *Explicatio & additamentum argumentorum in libello emendationis temporum compendio facta, de nativitate Christi & Ministerio in terris. Londini* 1613. *in*-8°.

8. *Solis & Lunæ periodus, seu annus magnus. Londini* 1620. *in*-8°.

9. *De anni solaris mensura Epistola Astronomica ad Henr. Savilium. Londini* 1620. *& 1621. in*-8°.

10. *Numerus Aureus melioribus la-* T. Ly-
pillis insignatus, factusque Gemmeus ; DYAD.
è thesauro anni magni, sive Solis &
Lunæ periodi Octodesexcentenariæ.
Londini 1621. en une grande feuille.

11. *Canones Chronologici, nec non*
series summorum Magistratuum &
Triumphorum Romanorum. Oxonii 1675.
*in-*8°. Cet Ouvrage est divisé en
deux parties. La premiere regarde
les principes generaux de la Chronologie. Elle avoit déja paru auparavant, & avoit été attaquée par
Scaliger. La seconde traite de la
Chronologie par rapport à l'Histoire Romaine.

12. *Lettre à Jacques Usserius.* (en
Anglois) A la fin de la vie d'*Usse-*
rius, par *Richard Parr.* 1686.

13. *Nota in Marmora Arundel-*
liana. Dans l'édition d'*Humphrey*
Prideaux 1676. *in-fol.*

Il a laissé outre cela un grand
nombre d'Ouvrages manuscrits, qui
apparemment ne verront jamais le
jour.

V. *Antoine Wood Historia Uni-*
versitatis Oxoniensis & Athenæ Oxo-
nienses.

Cc ij

SEBASTIEN LE NAIN
DE TILLEMONT.

S. DE
TILLE-
MONT.

*S*Ebastien le Nain de Tillemont naquit à *Paris* le 30. Novembre
1637. de *Jean le Nain*, Maître des
Requêtes, & de *Marie le Ragois:*

À l'âge de neuf à dix ans, il fut
mis à Port-Royal où les Solitaires
qui y étoient retirez s'appliquoient
à élever quelques enfans qu'on leur
avoit confiez, & il y montra une
égale disposition pour avancer dans
les sciences & dans la pieté.

Entre les Auteurs, qu'on lui fit
lire pour apprendre les Belles-Lettres, lorsqu'il y fut un peu avancé,
Tite-Live fut celui qui lui plut davantage. Il y prit même un tel goût,
qu'il ne pouvoit se résoudre d'en
lire moins d'un livre, toutes les fois
qu'il en faisoit l'ouverture. En quoi
l'on reconnut dès lors son attrait
& son bon goût pour l'Histoire, à
laquelle il s'appliqua depuis avec
tant de succès.

Comme ses Maîtres ne suivoient

pas la méthode des Colleges dans S. DE
l'inſtruction des enfans qu'ils éle-TILLE-
voient, ils lui firent étudier les ré-MONT.
gles de l'éloquence dans la lecture
de *Quintilien*, de *Ciceron*, & des autres Orateurs, dont on lui faiſoit
remarquer les beaux endroits.

Il apprit de même la Logique
dans l'*Art de Penſer*, que M. *Nicole*
lui expliqua pendant environ deux
mois, une heure ſeulement par
jour.

On lui fit lire enſuite quelques
Ouvrages des Philoſophes modernes, ſur leſquels on lui faiſoit faire
quelques réflexions.

La lecture de *Baronius*, qu'il
commença dès ſes premieres années
lui donnoit lieu de faire tous les
jours mille queſtions à M. *Nicole*.
D'abord ce ſçavant homme crut
qu'il ſuffiſoit de lui répondre en
deux mots comme à un écolier, &
lui donnoit la premiere ſolution
qui lui venoit à l'eſprit. Mais les
inſtances que M. *de Tillemont* faiſoit
ſur ſes réponſes, lui firent compren-
dre qu'il falloit quelque choſe de
plus pour le ſatisfaire, & quoiqu'il

S. DE
TILLE-
MONT.
n'ignorât pas l'Histoire, non plus que toutes les autres sciences Ecclesiastiques, M. *de Tillemont* ne laissoit pas de l'embarasser souvent par ses difficultez.

A la lecture de *Baronius* il joignit durant quelque temps l'étude de la Theologie d'*Estius* : De cette étude il passa à une autre qui lui fut plus agréable, parce qu'elle étoit plus solide, c'est-à-dire à l'étude de l'Ecriture & des Peres, où il s'appliqua à chercher les fondemens & les preuves de notre foi.

Dans cette lecture, qu'il commença vers l'âge de 18. ans, il lui vint en pensée de recueillir ce qu'il y rencontreroit d'historique sur les Apôtres & les hommes Apostoliques, & de le ranger sous differens titres, suivant pour le reste la Méthode d'*Usserius* dans ses Annales sacrées, qui lui avoit beaucoup plu, & sur laquelle il forma le plan de son Ouvrage. Cet essai qu'il montra aux personnes qui régloient ses études, ayant achevé de les persuader qu'il avoit un genie propre à l'étude de l'histoire, & un talent

particulier pour en éclaircir les difficultez, ils lui conseillerent de former un dessein plus étendu, & d'y
faire entrer les premiers siécles de
l'Eglise.

Il ne se proposoit pas cependant
de rien donner là-dessus au public,
il ne songeoit qu'à s'occuper utile-
ment dans la retraite, où il est toûjours demeuré, & qu'à travailler
pour son instruction particuliere,
ou tout au plus pour celle de quelques-uns de ses amis.

Il fut assez long-temps sans choisir un état de vie ; mais il fut enfin
déterminé à le faire par les conseils
de M. *Choart de Buzanval*, Evêque de *Beauvais*, dans le Seminaire
duquel il alla demeurer vers l'an
1660. Ce Prélat témoin de son mérite, l'ayant disposé à s'engager
dans l'état Ecclesiastique, lui donna
la tonsure.

Après trois ou quatre années de
séjour dans le Seminaire de *Beauvais*, M. *de Tillemont* en sortit pour
aller chez M. *Hermant*, Chanoine
de l'Eglise Cathédrale de cette Ville, où il demeura cinq ou six ans.

Au bout de ce temps il revint à *Paris* & y habita environ deux ans avec M. *Thomas du Fossé*, son ami intime, avec qui il avoit été élevé. Quoiqu'il y vêcut fort séparé du monde & tout occupé de son étude, il ne pût cependant résister à l'attrait qu'il sentoit pour une plus grande solitude, & il se retira à la campagne dans la paroisse de *S. Lambert* entre *Chevreuse* & *Port-Royal*.

M. *de Sacy*, qui étoit son directeur, lui fit recevoir le Soudiaconat aux Quatre-temps de Septembre 1672. & le Diaconat quinze mois après à ceux de l'Avent. Le destinant ensuite à être son successeur dans la conduite des ames, dont il étoit chargé, il le fit ordonner Prêtre aux Quatre-temps du Carême de l'an 1676. mais cette destination ne put avoir son effet. Cependant M. *de Tillemont* pour être plus à portée de profiter des avis de M. *de Sacy*, se fit bâtir un petit corps de logis dans la cour de l'Abbaye de *Port-Royal des Champs*.

Il n'y avoit pas encore deux ans qu'il demeuroit en ce lieu, lorsqu'il fut

fut obligé d'en fortir en 1679. avec
tous ceux qui y habitoient. Il alla
donc à *Tillemont*, qui eft une terre,
dont il portoit le nom, & qui eft
éloignée de *Paris* d'une lieuë du côté
de *Vincennes*.

Environ deux ans après fa retraite en cet endroit, il fit un voyage en Flandre pour voir un de fes
amis, qui s'y étoit retiré. De-là il
paffa jufqu'en Hollande, où il vifita
M. l'Evêque de *Caftorie*, & plufieurs Catholiques de ces Provinces.

En 1682. le Curé de *S. Lambert*
fe voyant dangereufement malade
lui réfigna fa Cure, perfuadé que
quoique ce Benefice fût au-deffous
de fon mérite, fon humilité, &
fon zéle pour le falut des ames, le
lui feroit accepter. Il ne fe trompa
pas dans fes vûës; M. *de Tillemont*
fuivant en effet le confeil de quelques perfonnes qu'il confulta là-
deffus, fe rendit à fes defirs, &
lorfque fes provifions furent ex-
pediées, partit de fa retraite pour
aller prendre poffeffion de cette
Cure.

Tome XV.   D d

§. DE
TILLE-
MONT.

M. *le Nain* son pere, ayant appris sa résolution, s'y opposa fortement, & lui allégua pour l'en détourner diverses raisons, qui jointes à son autorité, l'obligerent de retourner dans sa solitude ; ce qu'il fit avec d'autant moins de peine, qu'il apprit dans le même temps que le Curé de *S. Lambert* commençoit à se mieux porter.

Voilà à peu près ce qui a paru au public de la vie de M. *de Tille-mont* ; on n'y voit point d'évenemens singuliers, ni d'actions éclatantes, & il n'a été engagé dans aucune affaire, qui ait fait du bruit, comme l'ont été quelques-uns de ceux avec qui il étoit le plus lié. Tout le reste s'est passé dans la retraite, où il partageoit son temps entre la priere & l'étude.

Les dernieres années de sa vie, ses amis appréhendant que sa trop grande application ne l'incommodât, lui conseillerent de faire tous les ans quelque voyage, pour se délasser de son travail, & de la vie sédentaire qu'il menoit, & il suivit leur conseil. Mais il ne put se ga-

rantir des maux que produit l'étude
trop forte & trop long-temps con-
tinuée. Il lui prit ſur la fin du Carême de l'année 1697. une toux ſéche
qui ne le quitta point, & qui jointe à des foibleſſes & à d'autres in-
commoditez le conduiſit peu à peu
au tombeau.

.Il mourut à *Paris* le 10. Janvier
1698. âgé de 60. ans; & ſon corps
fut tranſporté à *Port - Royal des
Champs*, où il avoit ſouhaitté être
enterré.

Mais ayant été exhumé avec
tous les autres qui étoient dans le
même lieu en 1711. lorſque cette
Abbaye fut détruite, il fut rapporté
à S. *André des Arcs*, ſa Paroiſſe.

Catalogue de ſes Ouvrages.

I. *Hiſtoire des Empereurs & des
autres Princes, qui ont regné durant
les ſix premiers ſiécles de l'Egliſe, des
perſécutions qu'ils ont faites aux Chré-
tiens, de leurs Guerres contre les Juifs,
des Ecrivains profanes, & des perſonnes illuſtres de leurs temps; juſtifiée
par les citations des Auteurs originaux,
avec des notes pour éclaircir les principales difficultez de l'Hiſtoire.* Paris

D d ij

S. D E Tille-mont. *cinq volumes in-*4°. Le premier en 1690. le fecond en 1691. le troi-fiéme en 1692. le quatriéme en 1697. & le cinquiéme en 1701. Ce dernier volume va jufqu'à la mort de l'Empereur *Honorius* arri-vée en 423. L'Ouvrage a été réim-primé l'an 1707. & fuivant à *Bru-xelles* en plufieurs volumes *in-*12. On en a fait une traduction Angloi-fe. M. *de Tillemont* avoit d'abord compofé en un feul corps l'Hiftoire de l'Eglife & celle des Empereurs ; mais fes amis lui ayant confeillé de les féparer, il fuivit leur confeil, & jugea à propos de donner d'abord une partie de cette derniere, pour preffentir le goût du public. Tout l'Ouvrage n'eft qu'un tiffu d'ex-traits des anciens Auteurs joints enfemble, fans autre ornement que la verité nuëment expliquée ; fui-vant M. *de Bauval.*

2. *Mémoires pour fervir à l'Hiftoire Ecclefiaftique des fix premiers fiécles, juftifiez par les citations des Auteurs originaux ; avec une Chronologie, où l'on fait un abregé de l'Hiftoire Eccle-fiaftique & profane, & des notes pour*

éclaircir les difficultez des faits & de la **S. DE**
Chronologie. Paris 16. *vol. in-4°. &* **TILLE-**
Bruxelles, plufieurs vol. *in-*12. **MONT.**

Tome 1. *qui contient le temps de*
Notre-Seigneur, & les Apôtres. Paris
1693. *in-*4°. It. *Bruxelles* 1694. *in-*
12. 3. *vol.*

Tome 2. *qui commence au Martyre*
de S. Etienne, & finit à la mort du
Pape Soter arrivée l'an 177. *Paris*
1694. *in-*4°. It. *Bruxelles* 1695. *in-*
12. 3. *tom.*

Tome 3. *qui comprend depuis l'an*
177. *jufqu'en* 253. *Paris* 1695.
*in-*4°. It. *Bruxelles* 1696. *in-*12. 3.
tom.

Tome 4. *qui comprend l'Hiftoire de*
S. Cyprien, & le refte du troifiéme
fiécle depuis l'an 253. *Paris* 1696. *in-*
4°. It. *Bruxelles* 1697. *in-* 12. 3.
tom.

Tome 5. *qui comprend la perfécution*
de Dioclétien, celle de Licinius, &
les Martyrs dont on ignore l'époque.
Paris 1698. *in-*4°. It. *Bruxelles*,
auffi-bien que les fuivans.

Tome 6. *qui comprend l'Hiftoire des*
Donatiftes jufques à l'Epifcopat de S.
Auguftin, celle des Ariens jufques au

S. DE *regne de Theodose, celle du Concile de*
TILLE- *Nicée, &c. Paris* 1699. *in-4°.*
MONT.   *Tome* 7. *qui comprend les Histoires*
particulieres depuis l'an 328. *jusqu'en*
l'an 375. *hors S. Athanase; & où l'on*
verra l'origine des Solitaires, des Ce-
nobites, des Congrégations & des
Chanoines réguliers. Paris 1700.
in-4°.

Tome 8. *qui contient les vies de S.*
Athanase, & des Saints qui sont morts
depuis l'an 378. *jusqu'en* 394. *& les*
Histoires des Priscillianistes & des
Messaliens. Paris 1702. *in-4°.*

Tom. 9. *qui contient les vies de S.*
Basile, de S. Gregoire de Nazianze,
de S. Gregoire de Nysse, & de S. Am-
philoque. Paris. 1703. *in-4°.*

Tom. 10. *Qui contient les vies de*
S. Ambroise, Saint Martin, S.
Epiphane, & divers autres Saints
morts à la fin du quatriéme siecle & au
commencement du cinquiéme. Paris
1705. *in-4°.*

Tom. 11. *Qui contient la vie de S.*
Jean Chrysostome, celles de Cons-
tance Prêtre, de Sainte Olympiade
veuve, de Theophile Patriarche d'A-
lexandrie, de Pallade d'Helenople, &c.
Paris 1706. *in-4°.*

Tome 12. *Qui contient l'hiſtoire de* S. DE *S. Jerôme Prêtre & Docteur de l'E-* TILLE- *gliſe & des autres Saints ou grands* MONT. Hommes morts depuis l'an 420. juſques vers l'an 430. *Paris* 1707. *in-*4°.

Tome 13. *Qui contient la vie de* S. *Auguſtin. Paris* 1702. *in-*4°. Ce volume a paru après le ſeptiéme, & l'on en a uſé ainſi, parce que comme l'on ſongeoit alors à mettre au jour une traduction de la vie latine de *S. Auguſtin*, donnée par les Benedictins, dans le dernier tome des Oeuvres de ce Pere, laquelle a été faite ſur celle de M. *de Tillemont*, on a jugé que l'original de l'Hiſtoire même ſeroit plus exact qu'une traduction faite ſur une verſion latine, & qu'on épargneroit au public la peine d'acheter le même ouvrage en deux façons. Au reſte cette vie eſt très-circonſtanciée & très-exacte, & contient non ſeulement toutes les particularités de la vie de S. Auguſtin, mais encore la critique de ſes ouvrages & le précis de ſa doctrine. On l'a traduite en Italien en 1729. mais cette traduction eſt bien differente de l'original,

S. DE qu'on a tronqué & changé en beau-
TILLE. coup d'endroits.

MONT.   *Tome* 14. *Qui comprend les Histoi-*
res de S. Paulin, de S. Celestin Pa-
pe, de Cassien, de S. Cyrille d'Alexan-
drie, du Nestorianisme, &c. Paris
1709. in-4°.

     Tome 15. *Qui comprend les His-*
toires de S. Germain d'Auxerre, de
S. Hilaire d'Arles, de Theodoret, de
S. Leon Pape, & quelques autres
Saints ou grands hommes, qui sont
morts depuis 448. *jusqu'en* 461. *Pa-*
ris 1711. *in-4°.*

     Tome 16. *Qui comprend l'Histoire*
de S. Prosper, de S. Hilaire Pape, de
S. Sidoine, d'Acace de Constantino-
ple, de S. Eugene de Carthage, & la
persecution de l'Eglise d'Afrique par
les Vandales, d'Eupheme, & de S.
Macedone, Patriarches de Constanti-
nople, & de divers autres Saints &
Saintes ou grands hommes, qui sont
morts depuis l'an 463. *jusqu'en* 513.
Paris 1712. *in-4°.*

     C'est à ce volume qu'est terminé
l'ouvrage de M. Tillemont, qui devoit aller plus loin, puisqu'il s'étoit
proposé l'Histoire des six premiers

fiecles ; mais fa mort arrivée trop S. DE
tôt l'a empêché d'executer fon pro- TILLE-
jet en entier. Les premiers volumes MONT.
ont été réimprimés avec quelques
additions , & tout l'Ouvrage a été
traduit en Anglois.

» Ces Memoires , au jugement
» de M. *du Pin* , font d'une recher-
» che prefque infinie , & compofés
» avec toute l'exactitude poffible.
» L'Hiftoire n'eft qu'un tiffu des
» paffages des anciens Auteurs , &
» quelquefois des Modernes , dont
» M. *de Tillemont* fait une narra-
» tion continuë, en y ajoûtant quel-
» ques réflexions entre des cro-
» chets. Les notes , qui font à la
» fin de chaque volume , font ex-
» cellentes & d'une critique très-
» exacte.. Il eft modefte dans fes ex-
» preffions , jufte dans fes citations,
» retenu dans fes décifions , pieux
» & judicieux dans fes réflexions.
» Il auroit été à fouhaiter qu'il
» eut fuivi une autre méthode dans
» fon Hiftoire , & qu'au lieu de
» compofer des vies détachées des
» Saints , des Hommes illuftres, &
» des Empereurs , & de traiter

S. DE
TILLE-
MONT.

» l'Histoire de l'Eglise sous des ti-
» tres differens, il eut fait des An-
» nales à l'imitation de *Baronius.*
» Son ouvrage eût été plus utile,
» plus agréable à lire, & moins su-
» jet à de fréquentes répetitions.

Ce fut aussi ce qu'on lui conseilla,
après la publication du premier volume de ses *Memoires.* Mais quelque déference qu'il eut pour les personnes qui lui donnoient ce conseil, il ne put se résoudre à travailler de nouveau sur une matiere qu'il
avoit tant de fois remaniée. Touché cependant de leurs raisons, il
offrit d'abandonner tous ses manuscrits à qui voudroit l'entreprendre,
pourvû que ce fut une personne capable d'executer un si grand dessein;
mais aucun de ceux à qui on en
parla ne voulut accepter ses offres.

» Cela n'empêche pas, continuë
» M. *du Pin*, qu'on ne puisse tirer
» de grandes lumieres de cet Ou-
» vrage, & qu'il ne soit également
» propre à instruire & à édifier.
» Les Sçavans y trouveront quan-
» tité d'observations Chronologi-

» ques & critiques pour exercer leur S. DE
» érudition ; & les ſimples , un nom- TILLE-
» bre infini de faits édifians , & de MONT.
» temps en temps de courtes réfle-
» xions pour nourir leur pieté.

J'ajoûterai à cela que M. *de Til-lemont* s'eſt fort éloigné du ſtile doux & coulant de l'Hiſtoire ; que le ſien a toute la ſéchereſſe de celui des diſſertations ; ce qui joint aux ſen-tences & aux réflexions , qui dé-coupent trop ſouvent ſa narration , rend la lecture de ſon Ouvrage en-nuyeuſe & deſagréable.

On ne doit pas être ſurpris de trouver dans les vies de *S. Athanaſe,* de *S. Baſile* , de *S. Gregoire de Na-zianze* , & de *S. Ambroiſe* , que M. *Hermant* a données au public , des morceaux entiers des mêmes vies compoſées par M. *de Tillemont* ; ce Sçavant qui ne ſongeoit pas alors à faire imprimer ſes *Mémoires* luï ayant abandonné ces mêmes vies pour en faire l'uſage qu'il ſouhait-teroit , & pour s'en ſervir , comme de ſon propre bien.

Il communiqua de même celle de *Tertullien* & d'*Origene* aux Auteurs ,

S. DE
TILLE-
MONT.

qui nous ont donné leur Histoire, imprimée à *Paris* en 1675. Celle de *S. Cyprien* au Traducteur de ce Pere ; celles de *S. Hilaire*, de *S. Augustin*, de *S. Paulin*, &c. à ceux qui ont donné les dernieres éditions de ces Peres, & plusieurs parties de son travail à differentes personnes. Toute la grace qu'il leur demandoit, étoit de ne le point faire connoître.

Il s'éleva dès le commencement de la publication des Mémoires de M. *de Tillemont* un adversaire anonime, qui les attaqua d'une maniere, qui le fit bien-tôt connoître. C'étoit M. *Faydit*, qui commença par faire imprimer quelques feuilles, qu'il intitula : *Mémoires contre les Mémoires de M. de Tillemont.* Il promettoit d'en donner autant tous les quinze jours ; mais ce Mémoire fut en même temps le premier & le dernier ; la suite en fut arrêtée par des personnes, qui crurent par-là rendre service à M. *de Tillemont*. Cependant comme cet Auteur avoit plus de peine qu'un autre à supprimer les productions

de fon genie, il ne put s'empêcher S. DE
de ramaffer quelque temps après T I L L E-
ce qu'il avoit de materiaux, & M O N T.
d'en compofer encore un petit
Livre qu'il intitula : *Eclairciffe-*
ment fur la Doctrine & l'Hiftoire
Ecclefiaftique des deux premiers fié-
cles. Maftricht 1695. *in-8°.* Mais
cette feconde attaque ne fut pas
plus heureufe que la premiere. Les
fentimens hardis, qu'il debita dans
ce Livre, le firent fupprimer com-
mé le précedent.

3. *Lettre au P. Lamy de l'Oratoire*
fur la derniere Pâque de Jefus-Chrift,
& fur la double prifon de S. Jean-
Baptifte. A la fin du fecond volume
de fes *Mémoires pour fervir à l'Hiftoire*
Ecclefiaftique. Quelque éloignement
que M. *de Tillemont* eut pour les difputes, il fe trouva dans l'obligation
de réfuter dans le premier volume
de fes Mémoires le fentiment du P.
Lamy fur la derniere Pâque de *J. C.*
& fur la double prifon de *S. Jean.*
Mais par une honnêteté peu commune entre les Auteurs, il lui communiqua les deux notes qu'il avoit
faites fur ces deux chofes. Le P.

S. DE
TILLE-
MONT.

Lamy y fit une réponse dans son traité de l'ancienne Pâque des Juifs. Réponse que M. *de Tillemont* se crut obligé de réfuter par cette Lettre, à laquelle le P. *Lamy* repliqua dans sa troisiéme *suite du Traité précedent*, qui finit la dispute. Car M. *de Tillemont* persuadé que ces questions étoient suffisamment éclaircies, ne crut pas devoir rien ajoûter à ce qu'il avoit écrit sur ces matieres.

4. *Lettre de M. Tillemont à feu M. l'Abbé de la Trape, Jean Armand Bouthillier de Rancé; avec la réponse dudit Abbé à M. de Tillemont* 1704. *in*-12. pp. 36. Cette Lettre à été écrite à l'occasion de celle que l'Abbé de *la Trape* avoit adressée à M. l'Abbé *Nicaise* touchant la mort de M. *Arnauld* en 1694. V. les *nouvelles de la République des Lettres. Sept.* 1704. p. 352.

5. *Réflexions sur divers sujets de morale, & quelques Lettres de pieté.* Cologne 1711. *in*-12. Ces Réflexions & ces Lettres sont à la suite de sa vie.

6. M. *de Montausier* ayant prié M. *de Sacy* d'écrire la vie de S.

Louis, celui-ci engagea M. *de Tille-* mont à l'aider dans ce travail, & à lui en dreffer les Mémoires. M. *de Tillemont* employa plus de deux ans à y travailler. Quoiqu'il lut avec une rapidité étonnante il fut au moins un an à ne faire que lire, & à déchiffrer une infinité de Mémoires & de manufcrits. M. *de Sacy* étant mort fans avoir achevé cette vie, M. de *la Chaife* l'entreprit après lui fur les mêmes Mémoires de M. *de Tillemont*, qui les lui communiqua avec la même facilité qu'il les avoit abandonnez à M. *de Sacy*.

S. DE TILLE-MONT.

7. M. *de Tillemont* eft Auteur des notes qui accompagnent les traductions que M. *du Bois* a données de quelques Ouvrages de *S. Auguftin*.

8. *Mémoires touchant Guillaume de Saint-Amour, Docteur en Théologie, & les démêlez des Jacobins & des Cordeliers avec la Faculté de Théologie de Paris, depuis l'an* 1252. *juf-qu'en* 1271. *avec des notes, in-*4°. Cet Ouvrage, qui n'a jamais été imprimé, eft cité par le P. *le Long*,

S. DEqui dit qu'il eft entre les mains de TILLE-M. *Tronchet*, Secretaire de M. *de* MONT. *Tillemont.*

M. *Michel Tronchet* avoit vêcu avec lui les huit dernieres années de fa vie, & compofa fon éloge auffi-tôt après fa mort ; mais certaines raifons l'empêcherent de le donner alors au public. Il parut enfin fous ce titre : *Idée de la vie & de l'efprit de M. le Nain de Tillemont. Nancy* 1706. *in-*12. M. *Tronchet* retoucha depuis cet Ouvrage, & le publia de nouveau fous le titre de *Vie de M. le Nain de Tillemont. Cologne* 1711. *in-*12.

V. auffi les Eloges de M. *Per-rault*, tom. 2. & *du Pin Bibliot. des Auteurs Ecclefiaftiques.*

JAC.

JACQUES PICCOLOMINI.

Jacques *Piccolomini* naquit le 8. J. Pic-
Mars 1422. Le nom de sa famil- colomi-
le étoit *Ammannati* : Celui de *Picco-* ni.
lomini lui avoit été donné par le
Pape *Pie II.* qui le portoit, avant
qu'il l'élevât au Cardinalat, comme
une marque particuliere de son affection à son égard.

Il s'est toûjours fait passer pour
natif de *Luques* , & a toûjours voulu qu'on crût qu'il en étoit effectivement , puisqu'il l'a marqué sur
l'Epitaphe qu'il se fit avant sa mort.
Il est sûr cependant qu'il n'étoit pas
né dans cette Ville , mais dans un
village de sa dépendance. Le P.
Sebastien Paoli , de la Congrégation
de la Mere de Dieu , a prouvé assez
bien dans une Dissertation qu'il a
publiée sur la Patrie de ce Cardinal,
que le lieu de sa naissance étoit
Villa-Basilica dans l'état de *Luques.*

Piccolomini apprit les premiers
élemens de la Langue Latine à *Pe-
scia* Ville de *Toscane* , & passa en-

J. Pic-
colomi-
ni.

suite à *Florence*, où il eut pour Maîtres, *Charles* & *Leonard Aretin* &
Guarin l'ancien.

Quand il se fut suffisamment instruit sous ces habiles Professeurs,
il enseigna lui-même quelque temps
les autres ; comme il paroît par un
discours qui se trouve parmi ses
Lettres, & qu'il prononça à *Florence*, dans le temps qu'il y étoit
Professeur.

Il se rendit ensuite à *Rome* vers la
fin de l'année 1450. pour y chercher les moyens de s'avancer.

Le Cardinal de *Fermo* (*Dominique Capranica*) le prit à son service
en qualité de Secretaire, & ce fut
là le commencement de sa fortune.

Calixte III. ayant succedé à *Nicolas V.* voulut l'avoir auprès de lui,
& le fit son Secretaire ; emploi
qu'il remplit conjointement avec
Leonard Dati, qui fut ensuite Evêque de *Massa*.

Pie II. qui vint après l'estimoit
trop pour ne lui point conserver ce
poste ; il l'y nomma le jour même
de son exaltation, & ne cessa point
depuis de le combler de biens. Il le

nomma au mois de May 1460. à
l'Evêché de *Pavie*. *Ughelli*, qui recule sa nomination jusqu'au mois de
Juillet, & *Spelta*, qui dans son
Histoire des Evêques de *Pavie* la
met au mois d'Août, se trompent
sûrement. *Eggs* dans sa *Purpura docta* a fait mal à propos deux Evêchez
d'un seul, lorsqu'il a dit qu'il fut
*Ecclesiæ primum Ticinensi, mox Pa-
piensi Præfectus.*

   La bonne volonté du Pape à son
égard n'en demeura pas-là ; car
vingt mois après, comme il le dit
lui-même, c'est-à-dire le 18. Decembre 1461. il le fit Cardinal du
titre de *S. Chrisogone*, & depuis ce
temps-là on l'appella le Cardinal de
Pavie.

   En 1477. il fut fait Evêque de
Frescati, d'où il fut transferé peu de
temps après à l'Evêché de *Luques*.
Il ne laissa pas pour cela de conserver jusqu'à la mort celui de *Pavie*,
qu'il avoit eu le premier.

   Etant allé prendre l'air dans une
Maison de campagne sur le lac de
Bolsene, il y eut une indigestion
pour avoir mangé trop de figues ;

J. Pic-
COLOMI-
NI,

ce qui fut la cause de sa mort ; car ayant pris après cela, par le conseil d'un Médecin ignorant, de l'Ellebore, qui étoit mal préparé, il tomba dans un assoupissement, dont il mourut le 10. Septembre 1479. âgé de 57. ans.

Son corps fut rapporté à *Rome*, & enterré dans l'Eglise des Hermites de *S. Augustin*, quoiqu'il eut souhaitté dans son testament, qu'il le fut dans l'Eglise de *S. Pierre* à côté du Pape *Pie II.* & qu'il crut que cela dût être ainsi, comme il paroît par son Epitaphe, qu'il se fit lui-même, & que je rapporterai ici, pour ce sujet.

Luca ortu, Sena lege fuit mihi patria : Nomen,
Dum vixi, Jacobus, mens bona pro genere.
Papa Pius sedem Papiensem detulit, idem
Cardineo ornavit munere, gente, domo.
Quem colui vivens, non linquo mortuus : hic sum,
Et prope Sancta patris filius ossa cubo.

Vivite qui legitis, cœleſtia quærite,   **J. Pic-**
noſtra hæc.   **COLOME-**
In cineres tandem gloria tota redit.   **N I.**

Mais ce teſtament n'eut point
lieu ; car le Pape *Sixte IV.* le caſſa
comme peu convenable à un hom-
me qui avoit toûjours paru vivre
d'une maniere réguliere. Cependant il avoit theſauriſé & avoit
huit mille piſtoles entre les mains
des Banquiers. Ainſi ſans avoir
égard à ſes dernieres volontez, il
s'empara de cet argent, dont il fit
donner ſeulement quelque choſe à
l'Hôpital du S. *Eprit.*

Piccolomini a compoſé quelques
Ouvrages, dont la plûpart ſe ſont
perdus ; ce qui reſte de lui eſt ren-
fermé dans le Livre ſuivant.

*Epiſtolæ & Commentarii. Medio-
lani* 1506. *in-fol.* c'eſt la premiere
édition. It. *Mediolani* 1521. *in-fol.*
It. *Francofurti* 1614. *in-fol.* Piccolomini avoit commencé dès ſon vivant à ramaſſer ſes Lettres, *Jacques
Volaterran* ſon Secretaire continua ;
enfin *Bernardin di San-Pietro, Vincent Aliprando, & Alexandre Minu-*

J. Pic-*ziano* , Professeur en Eloquence
COLOMI-acheverent , & les donnerent au
N I. public. Ces Lettres sont au nombre
de 782. & ont été écrites depuis
l'an 1462. jusqu'au 8. Août 1479.
& non pas 1489. comme on lit
dans *Vossius.* Elles roulent pour la
plûpart sur des choses interessantes,
& sont écrites avec beaucoup d'élegance , suivant le même Auteur.

Ses Commentaires divisez en
sept Livres sont une Histoire de
son temps , qui commence au 18.
Juin de l'an 1464. lorsque le Pape
Pie II. partit de *Rome* pour aller à
Ancone se disposer à l'expédition
qu'il avoit projettée contre les
Turcs , & finit au 6. Decembre
1469. jour de la mort du Cardinal
de *S. Ange* , & sont ainsi une suite
des Commentaires du Pape *Pie II.*
qui finissent à l'an 1463. *Marquard
Freher* en a inseré des morceaux
dans quelques-uns de ses Recueils
Historiques.

Dans ses *Scriptores Rerum Bohemi-
carum. Hanoviæ* 1602. *in-fol.* on
trouve à la p. 206. *Historica narra-
tio de Hussitis, & Georgio Pogiebra-*

tio Bohemiæ Rege, qui eſt tirée du J. Pic-
ſixéme Livre des Commentaires de COLOMI-
Piccolomini. NI.

Dans ſes *Germanicarum rerum
ſcriptores aliquot inſignes. Francofurti
1600. in-fol. tom. 2.* On voit à la p.
139. le recit *De Leodienſium diſſidio
cum Epiſcopo ſuo Ludovico Borbonio
& de Leodii excidio anno 1468.* qui
eſt pris du quatriéme Livre des
Commentaires de *Piccolomini;* & à la
p. 140. la Relation *De Friderici III.
Imperatoris in Italiam profectione*,
qui eſt tirée du ſeptiéme.

Le diſcours qu'il fit à *Florence
(in ſtudio Florentino*, comme il eſt
dit dans le titre,) & dont j'ai parlé
ci-deſſus, ſe trouve auſſi dans ce
Recueil de ſes Œuvres avec ſon
teſtament.

V. les Eloges de *Paul Jove*, article 20. *Jacques Volaterran* dans la
Préface des Lettres de *Piccolomini.
Voſſius de Hiſtoricis Latinis* p. 603.
où il eſt plus exact que dans pluſieurs autres de ſes articles. Les additions de *Sandius. Eggs Purpura
Docta*, Le *Journal de Veniſe* tom. 17.
p. 335.

PIERRE DELFINI.

PIerre Delfini naquit à *Venise* l'an 1444. de *Victor Delfini*, & de *Luce Superantia*, tous deux de familles nobles.

Il apprit les premiers élemens de la Langue Latine de *Pierre Parleoni* de *Rimini*, qui étant aussi habile dans la Gréque, auroit pû la lui apprendre, mais il la négligea entierement.

Il s'appliqua d'abord avec beaucoup de goût & d'ardeur à l'étude des Belles-Lettres, & à la lecture des Auteurs profanes ; mais dès qu'il eut donné dans la dévotion, il ne songea plus qu'à celle de l'Ecriture & des Auteurs Ecclesiastiques, & conçut un tel dégoût pour tout ce qui avoit rapport au Paganisme, qu'il trouva un jour à redire que *Jean-Baptiste Egnatio* eut répeté plusieurs fois *Me-Hercle* dans un discours qu'il faisoit aux funerailles du Prince de *Petigliano*.

Dès l'âge de 14. ans il forma le des-

deffein de fortir du monde, & il P. Del-
l'executa quatre ans après en en- FINI.
trant dans l'Ordre des *Camaldules*
en 1462. Il y fit profeffion dans le
Monaftere de *S. Michel* de *Murano*
près de *Venife* entre les mains de
l'Abbé *Gerard Maffée*.

Son mérite lui procura de bonne
heure une entrée aux emplois & aux
charges. Cet Abbé, & *Pierre Donat*
fon fuccesseur ne quittoient jamais
leur Monaftere, pour les affaires de
l'Ordre, qu'ils ne remiffent leur
autorité entre fes mains, & qu'ils
ne le chargeaffent du foin de gou-
verner en leur place; & même *Donat* étant mort au mois de Janvier
1479. *Delfini* fut auffi-tôt après élû
pour lui fucceder, & le General
Jerôme le fit fon Vicaire general.

Il ne conferva pas long-temps ces
deux charges; car *Jerôme* étant mort
auffi au mois de Septembre de l'année fuivante 1480. il fut élû General à fa place le 10. Decembre fuivant, quoiqu'il n'eut alors que
36. ans.

Il fe propofa pour modéle, dans
les fonctions de cette charge, *Am-*

P. DEL-
FINI.

broife fon prédéceffeur, & ne témoigna pas moins d'ardeur que lui
pour les obfervances Monaftiques,
& pour le bien de fon Ordre ; mais
tout cela n'eft point de mon fujet.
Il me fuffira de remarquer que fi ces
deux grands hommes fe font reffem-
blez de ce côté-là, *Ambroife* l'a emporté de beaucoup fur *Delfini* par
rapport à la fcience, & à la capacité, & par rapport au goût pour
les Lettres, que celui-ci femble
avoir regardées, comme incompa-
tibles avec l'exacte régularité de la
vie Monaftique.

En 1488. le Senat de *Venife*
ayant déliberé fur le fujet qu'il devoit propofer au Pape pour être
nommé au Cardinalat, *Delfini* fut
mis fur les rangs, & eut quelque
voix ; mais un autre l'emporta,
peut-être parce qu'il refufa de faire
la moindre démarche pour obtenir
cet honneur, comme on le voit par
fes Lettres.

Les foins & les embaras infépa-
rables de la charge de General l'en
dégoûtérent au bout de quelque
temps, & il voulut s'en démettre ;

mais il en fut empêché par le Cardinal de *Sienne*, ſon ami intime,
qui étoit protecteur de ſon Ordre.
Il fut cependant dans la ſuite con-
traint de le faire à l'occaſion que je
vais rapporter.

Vers l'an 1503. les Hermites,
qui font une des Congrégations de
l'Ordre des *Camaldules*, commencerent à ſe plaindre de ce que les
Monaſteres les plus conſidérables
dépériſſoient inſenſiblement par la
faute des Abbés, qui étant perpé-
tuels, ne ſongeoient qu'à les piller,
& demanderent que leur Congrégation fut unie à celle de *S. Michel* de
Murano, que la Maiſon de *Camal-*
doli fut chef de toutes les autres, &
que les charges ne fuſſent plus que
triennales.

Delfini, qui avoit voulu ſe démettre, lorſqu'on ne le lui demandoit point, ne put ſouffrir qu'on lui
impoſât des loix à cet égard, &
déclara qu'il ne pouvoit ni ne vouloit quitter ſa place. Ainſi ſa reſiſ-
tance ſuſpendit quelque temps cette affaire, qui recommença à s'agi-
ter en 1513. On convint alors de

F f ij

P. DEL-
FINI.

l'union qui fut approuvée par le Pape *Leon X.* Mais *Delfini* chicana encore pendant deux années, & ce ne fut qu'en 1515. qu'il donna fa démiffion, après avoir gouverné l'Ordre en qualité de General pendant 35. ans.

On étoit convenu qu'après que les Abbés qui embrafferoient l'union, auroient donné leur démiffion, on les rétabliroit dans leurs charges pour le refte de leur vie, fans tirer à confequence pour ceux qui feroient élûs après eux. Mais *Delfini* après avoir fait cette démarche, ne voulut plus reprendre fon pofte, quelques inftances qu'on lui fit fur ce fujet.

Il furvêcut dix ans à fa renonciation, & quoiqu'accablé d'infirmitez, il continua toûjours à remplir avec exactitude les devoirs de fon état.

Il mourut le 16. Janvier 1525. âgé de 81. ans.

Catalogue de fes Ouvrages.

1. *Epiftolæ. Venetiis* 1524. *in-fol.* Ce Recueil, qui eft divifé en douze Livres, ne contient que les Lettres

qu'il a écrites pendant fon Genera- **P. DEL-**
lat. Il a eu lui-même le foin de les FINI.
revoir, pour faire plaifir à *Jacques*
de Bréfcia, Camaldule, Prieur d'O-
derzo dans le Trevifan, fon ami,
qui les fit imprimer à fes dépens.
Ces Lettres font extrêmement rares, & elles furent pouffées à la
vente de la Bibliotheque de M. *du*
Fay jufqu'à 301. livres, & à celle
de M. *Colbert* jufqu'à 389. Cette
rareté fait leur plus grand mérite.
» Elles ne font confidérables, ni
» pour la diction, qui eft entiere-
» ment Monachale, ni par l'impor-
» tance des faits, fi on en excepte
» trois ou quatre, telles que celles
» du 12. Juillet 1500. à *Pierre Ba-*
» *rocci*, Evêque de *Padouë*, tou-
» chant un orage qui fit bien du
» fracas dans la chambre d'*Alexan-*
» *dre VI.* Une autre où il rapporte
» l'Hiftoire du fupplice de *Jerôme*
» *Savonarole* d'une maniere un peu
» differente de celle de *Jean-Fran-*
» *çois Pic de la Mirande.* Les Let-
» tres de cette efpece y font fort
» clair-femées. Les trois quarts s'a-
» dreffent à de bons Religieux de

» l'Ordre de *Camaldoli*, & ne con-
» tiennent qu'une morale froide,
» ou des circonstances peu intéres-
» santes. (*Menagiana*, tom. 4. p. 58.)
C'est peut-être pour ces raisons que
les PP. *Martenne* & *Durand* n'ont
pas jugé à propos de les faire réimprimer avec les suivantes.

2. *Epistola 242. quæ in editis desi-
derantur; ex Mss. Camaldulensibus
eruit Mabillonius.* Elles se trouvent
dans le troisième tome du Recueil
des PP. *Martenne* & *Durand*, Benedictins, intitulé : *Veterum scrip-
torum & Monumentorum Collectio.
Paris.* 1724. *in-fol.* Ces Lettres ne
font pas plus intéressantes que les
premieres, il n'y a dans la plûpart
que des moralitez assez generales,
ou des détails d'affaires Monasti-
ques de peu de conséquence.

3. *Oratio ad Leonem X. Pontificem M.* A la suite des Lettres pré-
cedentes. Ce discours ne donne pas
une grande idée de l'éloquence de
Delfini.

V. *Eusebii Prioli Veneti, Abbatis
Carcerum, Ordinis Camaldulensis, pro
Petro Delphino ejusdem Ordinis Gene-*

rali ac ſacra Eremi Priori , Oratio Fu- P. Del-
nebris. Cette Oraiſon funebre qui FINI.
ſe trouve dans le Recueil des PP.
Martenne & *Durand* après les pieces
déja citées , renferme pluſieurs particularitez curieuſes ſur *Delfini.* La
Préface des Editeurs , p. 16.

THOMAS WILLIS.

THomas *Willis* naquit à *Great-* T. Wil-
Bedvvin dans le Comté de *Wilt* lis.
en Angleterre le 6. Fevrier 1622.

Il apprit les élemens de la Langue Latine ſous *Edouard Sylveſter* ,
& alla enſuite en 1636. à *Oxford* ,
où *Thomas Iles* , Chanoine de l'E-
gliſe de *Chriſt* , le reçut chez lui. Il
y prit des degrez , & fut reçu Maître-ès-Arts en 1642.

La garniſon de cette Ville tenoit
alors le parti du Roy , & il fut un
des écoliers de cette Univerſité, qui
ſe firent une gloire de prendre les
armes pour la défenſe de leur Prince ; cela ne l'empêcha pas cependant
de s'appliquer à ſon étude favorite,
qui étoit la Médecine. Il y fit en

T. Wil-
lis.

peu de temps de grands progrès, & s'y fit recevoir Bachelier en 1646.

Il résolut alors de fixer sa demeure à *Oxford*, où il eut bien-tôt beaucoup de pratique. Après le rétablissement du Roi *Charles II.* c'est-à-dire en 1660. il fut fait Professeur de Philosophie naturelle pour remplir la Chaire fondée par *Guillaume Sedley* à la place de *Jean Croß*, qui fut alors chassé. Peu de temps après il se fit recevoir Docteur en Médecine, & lorsque la Societé Royale commença à se former, il fut un de ses membres.

Il quitta *Oxford* en 1666. pour aller s'établir à *Londres*, où il devint bien-tôt un des plus fameux & des plus recherchez Médecins de cette Ville. Il n'y fut pas long-temps sans être aggregé au College des Médecins, dont la plûpart avoient beaucoup d'estime pour lui. Estime qu'il méritoit, non seulement par sa douceur & sa droiture ; mais encore par l'étenduë de ses connoissances dans la Philosophie, l'Anatomie & la Chymie, par son habileté dans

la pratique, & par la netteté, &
l'élegance de ſon ſtile.

Cette eſtime ſe changea cependant dans la ſuite en jalouſie, par
rapport à quelques-uns de ſes Con-
freres ; ce qui lui procura ſur la fin
de ſa vie des chagrins, qui abrege-
rent ſes jours. Il mourut à *Londres*
le 21. Novembre 1675. dans ſa 54.
année, & fut enterré dans l'Egliſe
de *S. Pierre* à *Weſtminſter*, auprès
de *Marie Fell* ſa premiere femme,
fille de *Samuel Fell*, Doyen de l'E-
gliſe de *Chriſt* à *Oxford*, qui étoit
morte le dernier Octobre 1670.

Catalogue de ſes Ouvrages.

I. *Diatribæ duæ Medico-Philoſo-
phicæ :* 1ª. *de Fermentatione, ſeu de
motu inteſtino particularum in quovis
corpore :* 2. *de Febribus, ſive de motu
earumdem in ſanguine animalium.
Hagæ Comit.* 1659. *in* 8º. It. *Londini*
1660. *in* 8º. It. *Editio ab ipſo autore
recognita, & multiplici Auctuario locupletata. Londini* 1662. *in*-8º. It.
Hagæ Com. 1662. *in*-12. It. *Amſtelodami* 1663. 1665. *&* 1669. *in*-12.
It. *Lugduni Bat.* 1680. *in*-8º. La
ſeconde Diſſertation a été attaquée

T. Wil-
lis.

par *Edmond de Meara*, Médecin de *Bristol*, membre du College des Médecins de *Londres* dans le Livre suivant : *Examen diatribæ Thomæ Willii de Febribus : cui accesserunt Historiæ aliquot Medicæ rariores.* Londini 1664. *in*-8°. & *Amstelodami* 1667. *in*-12. *Willis* n'eut pas la peine de répondre à cet Auteur, un autre fameux Médecin, *Richard Lovver*, en prit le soin pour lui, en publiant *Diatribæ Thomæ Willii de Febribus Vindicatio, contra Edm. de Meara.* Londini 1665. *in*-8°. & *Amstelodami* 1666. *in*-12.

2. *Differtatio Epistolica de urinis*, inserée à la suite de l'Ouvrage précedent. On en a donné une traduction Françoise sous ce titre : *Differtation sur les urines, tirée des Ouvrages de Willis.* Paris 1682. *in*-12.

3. *Cerebri Anatome ; cui accessit nervorum descriptio & usus.* Londini 1664. *in*-8°. It. *Amstelodami* 1664. & 1667. *in*-12. It. *Londini* 1670. *in*-8°. It. dans la Bibliotheque Anatomique de *Manget.* Il y a plusieurs nouvelles découvertes dans cet Ouvrage, dans la composition duquel *Willis* a été beaucoup

aidé par *Richard Lovver*, avec le- T. WIL-
quel il travailloit en Anatomie. LIS.

4. *De ratione Motus Muſculorum*,
inſeré à la ſuite de l'Ouvrage précedent.

5. *Pathologiæ Cerebri & nervoſi ge-*
neris ſpecimen. In quo agitur de mor-
bis convulſivis & de ſcorbuto. Oxonii
1667. *in-*4°. It. *Londini* 1668. *in-*12.
It. *Amſtelodami* 1669. *in-*12.

6. *Affectionum quæ dicuntur Hyſte-*
ricæ & Hypochondriacæ Pathologiæ
ſpaſmodica, vindicata contra reſpon-
ſionem Epiſtolarum Nathan. Highmo-
re M. D. Cui acceſſere exercitationes
Medico-Phyſicæ duæ. 1ª *De ſanguinis*
accenſione. 2ª *De motu muſculari.*
Londini 1670. *in-*8°. It. *Lugd. Bat.*
1671. *in-*12.

7. *De Anima Brutorum, quæ homi-*
nis vitalis ac ſenſitiva eſt exercita-
tiones duæ. Prior Phyſiologica ejuſdem
naturam, partes, potentias, & affec-
tiones tradit. Altera Pathologica mor-
bos qui ipſam, & ſedem ejus prima-
riam, nempe cerebrum & nervoſum
genus afficiunt, explicat, eorumque
Therapeias inſtituit. Londini 1672.
*in-*4°. & *in-*8°. It. *Amſtelod.* 1674.
*in-*12.

T. WIL-
E I S.

8. *Pharmaceutice rationalis, sive Diatriba de medicamentorum operationibus in humano corpore.* Oxonii 1674. *in-4°.* It. *Hagæ Com.* 1675. *in-12.* *Pars secunda.* Oxonii 1675. *in 4°.* It. *Hagæ Comit.* 1676. *in-12.* C'est *Jean Fell*, qui a publié cette seconde partie après la mort de l'Auteur, dont il donne un court éloge, mais peu exact. Il a paru à *Londres* en 1679. *in-fol.* une traduction Angloise des deux parties, dont on ignore l'Auteur, mais comme elle étoit assez mal faite, un autre l'a retouchée & la jointe à la traduction Angloise de plusieurs des Ouvrages précedens, qu'il fit imprimé à *Londres* en 1681. *in-fol.* On a publié dans la même Ville en 1685. *in-8°.* une autre traduction Angloise des mêmes Ouvrages sous le titre de *Pratique de la Médecine*, où par consequent on a omis ceux qui ne regardent que la Theorie.

Tous les Ouvrages dont je viens de parler ont été réimprimez en deux volumes *in-4°.* à *Geneve* l'an 1676. & à *Amsterdam* en 1682. *in-4°.* Cette derniere édition s'est faite

par les ſoins de *Gerard Blaſius* , Doc- T. Wil-
teur en Médecine , & Profeſſeur de L I S.
cette Ville.

9. *Moyen ſûr & facile pour préſer-
ver de la peſte & de toute maladie con-
tagieuſe , & pour guerir ceux qui en
ſont attaquez.* (en Anglois) Cet
Ouvrage qu'il compoſa en 1666.
n'a été imprimé que long-temps
après ſa mort , c'eſt-à-dire à la fin
de l'année 1690.

V. *Antoine Wood Athenæ Oxonienſes.*

PIERRE CORNEILLE.

P*ierre Corneille* naquit à *Roüen* P. Cor-
l'an 1606. de *Pierre Corneille* , neille.
Maître des Eaux & Forêts, en la
Vicomté de *Roüen* , & de *Marthe
le Peſant.*

Il fit ſes études dans le College
des Jeſuites de ſa Ville natale, &
tourna enſuite ſes vûës du côté du
Barreau ; mais il avoit un genie
trop different de celui des affaires
pour qu'il y réüſſit ; il n'eut pas
plutôt plaidé une fois , qu'il recon-

P. Cor-
NEILLE.

nut qu'il n'avoit point de difpofitions pour la profeffion d'Avocat,
& qu'il y renonça entierement. Il
ne laiffa pas cependant de prendre
la charge d'Avocat General à la
Table de Marbre du Palais, qui
ne l'engageoit qu'à fort peu de
chofe.

Il ne fongeoit à rien moins qu'à
la Poëfie, & ignoroit lui-même le
talent extraordinaire qu'il avoit
pour cet Art, lorfqu'une occafion
qui fe prefenta le lui découvrit. Un
jeune homme de fes amis, amoureux d'une Demoifeille de *Roüen*,
le mena chez elle, pour la lui faire
voir; il y fut fort bien reçu, & s'y
rendit bien-tôt plus agréable que
celui qui l'avoit introduit. Cette
avanture lui plut, & il lui vint dans
l'efprit de faire fur ce fujet une
piece de Theâtre, en ajoûtant quelque chofe à la verité.

C'étoit une entreprife bien har-
die pour un homme qui n'avoit
jamais fait de vers; cependant il y
réüffit affez bien, & fut tout éton-
né de fe trouver Auteur d'une Comedie, qui étoit d'un goût nou-

veau. On ne connoiffoit alors qu'un P. COR-
Tragique très-languiffant, ou qu'un NEILLE.
Comique tout-à-fait bas. Mais il
prit une autre route ; fa piece étoit
d'un enjouëment affez naturel &
affez poli, & reprefentoit affez
bien la converfation des honnêtes
gens, auffi fut-elle reprefentée
avec un fuccès prodigieux ; elle fut
même caufe qu'il fe forma une nouvelle troupe de Comédiens, parce
qu'on vit que le Theâtre alloit
prendre une nouvelle face, & être
plus occupé qu'il n'avoit été jufqu'alors.

Cette Comedie, qui parut en
1625. eft intitulée : *Melite*, nom
qu'on donna depuis à *Roüen* à la
Dame, qui avoit fait naître l'avanture qui en faifoit le fujet. Comme on l'avoit trouvée trop fimple,
& trop peu remplie d'évenemens,
Corneille piqué de cette critique, fit
Clitandre, & y fema les incidens &
les avantures avec une très-vicieufe
profufion, moins pour s'accommo-
der au goût du public, que pour le
cenfurer.

Il revint après cela à fon naturel.

P. Cor-
neille.

La Galerie du Palais, la *Veuve*, la *Suivante* & la *Place Royale*, qui suivirent, sont plus raisonnables.

Ce n'étoient-là que des coups d'essai, & quoique toutes ces pièces fussent fort au-dessus de ce que le Théâtre avoit alors de plus beau, elles sont infiniment au-dessous de celles qu'il fit depuis.

Les Auteurs Dramatiques n'avoient suivi jusques-là, dans la composition de leurs pieces, que leur propre genie, sans s'astreindre à aucunes regles. Ils s'imaginoient que les anciens en avoient usé de même, & négligeoient pour ce sujet de les lire : Mais on commença alors à étudier le Théâtre des ces anciens, & à soupçonner qu'il pouvoit avoir des regles, qu'ils avoient suivies.

Celle des vingt-quatre heures fut une des premieres dont on s'avisa, mais on n'en fit pas d'abord grand cas ; comme il paroît par la maniere dont *Corneille* en parle lui-même dans la Préface de *Clitandre*, imprimée en 1632. » Que si j'ai ren-
» fermé cette piece, dit-il, dans la
regle

» regle d'un jour , ce n'eft pas que P. COR-
» je me repente de n'y avoir point NEILLE.
» mis *Melite*, ou que je me fois ré-
» folu à m'y attacher dorefnavant.
» Aujourd'hui quelques-uns ado-
» rent cette regle , beaucoup la
» méprifent; pour moi j'ai voulu
» feulement montrer que fi je m'en
» éloigne , ce n'eft pas faute de la
» connoître.

Mais le vrai triompha après quelque réfiftance , & foumit tous les
efprits. Les regles du Poëme Dramatique inconnuës d'abord , ou
méprifées , quelque temps après
combattuës , enfuite reçuës à demi
& fous des conditions, demeure-
rent enfin maîtreffes du Theâtre.
Mais l'époque de leur établiffement
entier n'eft proprement qu'au temps
de *Cinna*.

Une des plus grandes obligations
que l'on ait à *Corneille* , eft d'avoir
purifié le Theâtre, & d'en avoir
banni les groffieretez & les ordures,
qui fembloient en faire le principal
agrément. Il fut d'abord entraîné
par l'ufage établi , mais il y réfifta
auffi tôt après , & depuis *Clitandre* ,

Tome XV. G g

P. Cor-
neille.
qui eſt ſa ſeconde piece, on ne trouve plus rien de licentieux dans ſes Ouvrages.

Aprés avoir fait un eſſai de ſes forces dans ſes ſix premieres pieces, où il s'éleva au-deſſus de ſon ſiécle, il prit tout d'un coup l'eſſor dans *Medée*, & monta juſqu'au Tragique le plus ſublime. Il fut à la verité ſecouru par *Seneque*, mais il ne laiſſa pas d'y faire voir ce qu'il pouvoit par lui même.

Il retomba enſuite dans la Comedie, & l'on peut dire que la chûte fût grande. *L'Illuſion Comique*, qu'il donna alors, eſt une piece irréguliere & bizarre, & dont les agrémens ne peuvent excuſer les defauts.

Mais il ſe releva enſuite, plus grand & plus fort qu'il n'avoit jamais été, en compoſant *le Cid*, dont le ſuccés paſſa tout ce qu'on avoit vû juſques-là.

Depuis que l'élevation de ſon genie ſe fut déclaré par cette piece, il produiſit preſque tous les ans de nouveaux chefs-d'œuvres. *Les Horaces, Cinna, Polieucte, Pompée* ſe

ſuivirent d'aſſez près , & eurent P. COR-
tous les ſuffrages du public. Ce fut NEILLE.
proprement alors que le Theâtre
François ſe vit au plus haut point
de ſa gloire , & que la Poëſie Dramatique acquit cette perfection
qu'elle avoit toujours ignorée.

Il ſemble que la réüſſite des Tragedies de *Corneille* auroit dû l'engager à ſe borner à ces ſortes de
pieces ; cependant il revint au Comique , & compoſa *le Menteur* ,
Comedie preſque entierement priſe
de l'Eſpagnol , ſuivant la coûtume
de ce temps-là. Elle eut à la verité
beaucoup de ſuccès ; mais il faut
avoüer que la Comedie n'étoit point
encore arrivée à ſa perfection , &
que la gloire de l'y amener étoit
réſervée à *Moliere.*

Ce qui dominoit alors dans les
pieces Comiques , étoit l'intrigue
& les incidens , erreurs de nom ,
déguiſemens , lettres interceptées ,
avantures nocturnes ; & c'étoit
pour cela qu'on prenoit preſque
tous les ſujets chez les Eſpagnols ,
qui triomphent ſur ces matieres.
Mais la plus grande beauté de la

P. COR-
NEILLE.
Comedie étoit inconnuë ; on ne fongeoit point aux mœurs & aux caracteres ; on alloit chercher bien loin le ridicule dans des évenemens imaginez avec beaucoup de peine, & on ne s'avifoit point de l'aller prendre dans le cœur humain, où eft fa principale habitation. *Moliere* eft le premier qui l'y ait été chercher, celui qui l'à le mieux mis en œuvre, & à qui par confequent la Comedie doit autant que la Tragedie à *Corneille*.

Le fuccès du *Menteur* l'engagea à en donner une fuite, mais qui ne réüffit pas. Il retourna donc à la Tragedie, & compofa *Rhodogune*, qui fut fuivie de plufieurs autres.

La mauvaife réüffite de *Pertharite* le dégoûta enfin du Theâtre, & pendant plufieurs années on ne vit de lui que fa traduction de l'*Imitation de Jefus-Chrift* en vers François. Cette traduction eut un fuccès étonnant, qu'il n'attendoit peut-être pas lui-même dans ce nouveau genre d'écrire.

Sollicité enfin par M. *Fouquet*, qui négotia avec lui en Surintendant

des Finances, dit M. *de Fontenelle*, P. COR-
& peut-être encore plus pouffé par NEILLE.
fon penchant naturel il fe rengagea
au Theâtre. La premiere piece qu'il
compofa depuis fut l'*Oedipe* qui
réüffit fort bien. Elle fut fuivie de
quelques autres où l'on trouve de
fort beaux endroits, mais où l'on
fent aifément que l'efprit de ce grand
homme déclinoit peu à peu.

Aprés *Surena*, qui fut joué en
1675. *Corneille* renonça de nouveau,
mais pour toûjours au Theâtre, &
ne penfa plus qu'à mourir chretien-
nement. Il ne fut pas même en état
d'y penfer beaucoup la derniere
année de fa vie, étant alors accablé
d'infirmitez & de maux.

Il mourut le 1. Octobre 1684.
âgé de 78. ans, fe trouvant Doyen
de l'Academie Françoife, où il
avoit été reçu le 22. Janvier 1647.
à la place de *François Maynard*. M.
Pelliffon nous apprend dans fon
Hiftoire de l'Academie Françoife, qu'il
eut de la peine à y avoir entrée, &
qu'il fut obligé d'effuyer deux réfus,
une fois aprés la mort de *Nicolas
Bourbon* pour la place duquel on lui

P. COR-
NEILLE.

préfera *François-Henri Salomon*, &
une autre aprés celle de *Nicolas Fa-
ret*, à qui l'on donna pour successeur *Pierre du Ryer*. Quoique cet
Auteur ajoûte que l'Academie Françoise n'en usa ainsi, que parce qu'elle
avoit résolu de préferer toûjours
dans la concurrence entre deux personnes, celle qui feroit sa residence
à *Paris*, que *Corneille* faisoit alors
la sienne à *Roüen*, & ne pouvoit pas
par consequent se trouver aux assemblées, & faire les fonctions d'A-
cademicien; & qu'il fut élû ensuite,
lorsqu'il eut fait dire à la Compagnie, qu'il avoit disposé ses affaires
de telle sorte, qu'il pourroit passer
une partie de l'année à *Paris*; cependant quelques personnes s'imagi-
nant que cette particularité n'étoit
point honorable à *Corneille*, l'ont fait
retrancher dans toutes les éditions
de l'Ouvrage de *M. Pellisson*, qui
ont suivies la premiere. Mais M.
l'Abbé *d'Olivet* persuadé que c'étoit
une imagination frivole, l'a rétablie
dans la sienne. Pour des hommes,
tels que le grand *Corneille*, dit-il,
comme rien ne peut augmenter leur

gloire, rien auffi ne peut la dimi-
nuer.

Corneille a eu trois fils, dont les
deux premiers prirent le parti des
Armes. L'aîné a été Capitaine de
Cavalerie, & le cadet, qui étoit
Lieutenant de Cavalerie, fut tué
dans une fortie au Siége de *Grave*.
Le troifiéme fut Abbé, & le Roy le
gratifia vers l'an 1680. de l'Abbaye
d'*Aiguevive* prés de *Tours*.

Il étoit de bonne taille & affez
plein, il avoit le vifage agréable,
un grand nez, la bouche belle, les
yeux pleins de feu, la phyfionomie
vive, & des traits fort marqués.
Du refte fon air étoit fort fimple &
n'avoit rien que de commun, fon
exterieur extrêmement negligé n'an-
nonçoit point les talens finguliers
de fon efprit, & *Vigneul-Marville*,
ou plutôt *Bonaventure d'Argonne*
nous dit dans fes *Mélanges*, que la
premiere fois qu'il le vit, il le prit
pour un Marchand de *Roüen*; bien
éloigné de reconnoître en lui cet
homme qui faifoit fi bien parler les
Grecs & les Romains, & qui don-

P. Cor-
neille.

noit un ſi grand relief aux ſentimens
& aux penſées des Heros.

Sa prononciation n'étoit pas nette ; il liſoit ſes vers avec force, mais
ſans aucune grace. C'eſt à quoi fait
alluſion ce trait du *Menagiana*, tom.
2. *p.* 162. » Il reprochoit un jour à
» M. *de Boiſrobert* qu'il avoit mal
» parlé d'une de ſes pieces étant ſur
» le Theâtre. Comment pourrois-
» je avoir mal parlé de vos vers ſur
» le Theâtre, lui dit M. *de Boiſro-*
» *bert*, les ayant trouvez admira-
» bles, dans le temps que vous les
» barbouilliez en ma preſence ?

Il ſçavoit les Belles-Lettres,
l'Hiſtoire, la Politique ; mais il les
prenoit principalement du côté
qu'elles ont rapport au Theâtre.
Il n'avoit pour toutes les autres
connoiſſances ni loiſir, ni curioſité,
ni beaucoup d'eſtime. Il parloit
peu, même ſur la Poëſie qu'il entendoit parfaitement. Sa converſa-
tion étoit peſante, & ſans agrément, & devenoit à charge dès
qu'elle duroit un peu. Ce qui fit
dire à une grande Princeſſe, qui
avoit

avoit defiré de le voir & de l'entretenir, qu'il ne falloit point l'é-
couter ailleurs qu'à l'Hôtel de
Bourgogne.

› Il n'a jamais parlé bien correc-
› tement la Langue Françoife, dit
› *Vigneul-Marville*, peut-être ne
› fe mettoit-il pas en peine de cette
› exactitude, mais peut-être auffi
› n'avoit-il pas affez de force pour
› s'y foumettre. Quand il avoit
› compofé un Ouvrage, il le lifoit
› à Madame de *Fontenelle* fa fœur,
› qui en pouvoit bien juger, ayant
› l'efprit fort jufte.

Il y a de l'exageration dans ce
que *la Bruyere* a dit dans fes *Caracteres*, que *Corneille ne jugeoit de la
bonté de fes pieces, que par l'argent
qui lui en revenoit.* On ne peut nier
cependant qu'il ne fût un juge peu
fûr, par rapport au merite des Poëtes; & c'eft lui que M. *Defpreaux* a
eu en vûë, lorfqu'il a dit dans fon
Art Poëtique, *Chant* 4e.

*Tel s'eft fait par fes vers diftinguer
dans la Ville,*
*Qui jamais de Lucain n'a diftingué
Virgile.*

Tome XV.   Hh

P. Cor-
NEILLE.

Paroles, qui trouvent leur explication dans ce que M. *Huet* dit de
lui à la p. 366. de ses *Origines de
Caen*, où il s'exprime ainsi au sujet
de *Malherbe* : » S'il a manqué de
» goût dans le discernement de la
» belle Poësie, ce défaut lui a été
» commun avec plusieurs excellens
» Poëtes que j'ay connus. Le grand
» *Corneille*, Prince des Poëtes Dra-
» matiques François, m'a avoüé,
» non sans quelque peine & quel-
» que honte, qu'il preferoit *Lucain*
» à *Virgile*. Mais cela est plus excu-
» sable dans un Poëte de Theâtre,
» qui cherchant à plaire au peuple,
» & s'étant fait un long usage de
» tourner ses pensées de ce côté-là,
» y avoit aussi formé son goût ; &
» n'étoit plus touché que de ce qui
» touche le plus le vulgaire, de ces
» sentimens heroïques, de ces figu-
» res brillantes, & de ces expres-
» sions relevées. Ce qui verifie ce
» que j'ai avancé ailleurs, & ce que
» j'ai trouvé depuis confirmé par
» le suffrage de *Montagne*, que les
» grands connoisseurs en Poësie sont
» plus rares que les grands Poëtes.

Pour revenir au caractere de *Cor-*
neille , j'ajoûterai qu'il étoit naturellement melancolique. Il lui falloit pour eſperer & pour ſe réjoüir
des ſujets bien plus conſiderables
que pour ſe chagriner , ou pour
craindre. Il avoit l'humeur bruſque
& quelquefois rude en apparence.
Mais dans le fond , il étoit d'un
commerce aſſez aiſé , bon pere ,
bon mari , bon parent , tendre &
plein d'amitié. Son temperament le
portoit volontiers à l'amour , mais
jamais au libertinage , & rarement
aux grands attachemens.

Il avoit l'ame fiere & indepen-
dante , nulle ſoupleſſe , nul mane-
ge ; & cette diſpoſition l'a rendu
très-propre à peindre la vertu Romaine , & très-peu propre à faire
ſa fortune. Il n'aimoit point la
Cour , auſſi n'avoit-il pas les qualitez neceſſaires pour s'y produire
avec ſuccès. Son incapacité pour les
affaires étoit égale à l'averſion qu'il
avoit pour elles ; les plus legeres lui
cauſoient de l'effroy & du chagrin.
Quoique ſon talent lui eut beaucoup rapporté , il n'en étoit guéres

P. COR-
NEILLE.

plus riche. Ce n'est pas qu'il eût été
fâché de l'être, mais il eût fallu pour
le devenir une habileté qu'il n'avoit
pas, & des soins qu'il ne pouvoit
prendre. Son indifference & son
desinteressement sur ce sujet alloient
jusqu'à une negligence blâmable.
M. *Fouquet* lui avoit procuré une
pension, lorsqu'il étoit Surintendant des Finances ; mais cette pension ayant été retranchée aprés la
disgrace de ce Ministre, avec toutes
celles qui avoient été accordées
pendant son Ministere, il ne se donna aucun mouvement pour la faire
rétablir. Elle ne le fut que quelques
années après, que M. l'Abbé *Gal-
lois* & M. *Perrault* representerent à
M. *Colbert*, qui étoit trés-zelé pour
la gloire de l'Etat, qu'il étoit honteux pour la France qu'un homme
tel que *Corneille* fut sans récompen-
se ; & depuis ce temps-là elle lui
fut toûjours payée fort exactement.
Ainsi ce qu'on lit dans la vie de M.
Boileau Despreaux & dans les notes
de M. *Brossette* sur les Œuvres de ce
Poëte, que la pension de *Corneille*
ayant été supprimée aprés la mort

de M. *Colbert*, M. *Defpreaux* parla P. Cor-
au Roy de cette fuppreffion avec neille,
tant de chaleur, qu'elle fut auffi-tôt
rétablie, eft un conte qui eft fans
fondement.

Ce qu'on ajoûte dans les mêmes
Livres que le Roy envoya à *Corneille* deux cens louis, peu de jours
avant fa mort, eft la feule chofe
que l'on y trouve de vraye fur cet
article; on y prétend que ce fameux
Poëte fut redevable de cette libera-
lité à M. *Defpreaux*, qui reprefenta
au Roy la difette d'argent où il fe
trouvoit; cela pourroit bien être;
mais on ne peut en aucune maniere
dire la même chofe du rétabliffe-
ment de fa penfion.

Ajoûtons encore aux differens
traits qu'on vient de rapporter fur
fon caractere, qu'à beaucoup de
probité naturelle, il a joint dans
tous les temps de fa vie beaucoup
de Religion, & plus de pieté que le
commerce du monde n'en permet
ordinairement.

Catalogue de fes Ouvrages.

Je commence par la fuite de fes
pieces de Theâtre qui » reprefente.

P. COR-
NEILLE.

» suivant M. *de Fontenelle* , ce qui
» doit naturellement arriver à un
» grand homme , qui pousse le tra-
» vail jusqu'à la fin de sa vie. Ses
» commencemens sont foibles &
» imparfaits , mais déja dignes
» d'admiration par rapport à son
» siécle. Ensuite il va aussi haut
» que son art peut atteindre. A la fin
» il s'affoiblit , s'éteint peu à peu, &
» n'est plus semblable à lui-même
» que par intervalles.

1 . *Melite* , *Comedie.* J'ai déja parlé de l'occasion qui fit naître cette
piece. *Corneille,* qui par un exemple
trés-rare de la justice que l'on se
doit à soi-même , s'est fait le cen-
seur de ses propres Ouvrages , témoigne que cette Comedie n'est
point dans les regles du Theâtre,
parce qu'il ne sçavoit pas alors qu'il
y en eut , & qu'il n'avoit pour
guide qu'un peu de sens commun ,
avec les exemples de M. *Hardy* ,
dont la veine étoit plus feconde
que polie, & de quelques modernes, qui commençoient à se produire , & n'étoient pas plus regu-
liers que lui. Ce sens commun lui fit

obſerver l'unité d'action , & lui P. Cor-
donna *aſſez d'averſion de cet horrible* neille.
*dérèglement , qui mettoit Paris , Rome
& Conſtantinople ſur le même Theâtre , pour réduire le ſien dans une ſeule
Ville.*

2. *Clitandre , Tragi-Comedie* , repreſentée en 1631. J'ai déja parlé
de cette piece. Il eſt à remarquer
qu'elle eſt fort differente dans la
premiere édition , & dans celles qui
parurent dans la ſuite , *Corneille* y
ayant fait de grands changemens.

3. *La Veuve , Comedie* , jouée en
1633.

4. *La Galerie du Palais , Comedie* ,
jouée en 1634. de même que les
deux ſuivantes.

5. *La Suivante , Comedie* , 1634.

6. *La Place Royale , Comedie* ,
1634.

7. *Medée , Tragedie* , 1635. C'eſt
dans cette piece , qui eſt tirée *d'Eu-
ripide* & de *Seneque* que *Corneille* a
commencé à faire connoître ce dont
il étoit capable par rapport au Tragique.

8. *L'Illuſion Comique , Comedie* ,
1635.

Hh iiij

P. Cor-
neille.

9. *Le Cid*, *Tragi-Comedie*, 1637.
Cette piece fut reçuë avec tous les
applaudiffemens imaginables tant à
la Cour, qu'à la Ville. On ne fe
pouvoit laffer de la voir, on n'entendoit alors autre chofe dans les
compagnies, chacun en fçavoit
quelque partie par cœur, on la faifoit apprendre aux enfans; & en
plufieurs endroits de la France, il
paffa en proverbe, de dire : *Cela eft*
beau comme le Cid. On la traduifit en
prefque toutes les Langues de l'Europe, & *Corneille* l'avoit lui-même
dans fon cabinet en Allemand, en
Anglois, en Flamand, en Italien;
& ce qui eft plus étonnant, en
Efpagnol. Les Efpagnols avoient
bien voulu mettre en leur Langue
une piece qui leur appartenoit,
puifqu'elle venoit originairement
de *Guillen de Caftro*, un de leurs
Poëtes, chez qui *Corneille* l'avoit
prife.

Les fuccès étonnans, qu'eut alors
cette piece, exciterent la jaloufie
de tous les Poëtes de fon temps. Le
Cardinal de *Richelieu* n'en fut pas
lui-même exempt ; & quoiqu'il

continuât toûjours, en qualité de
Miniſtre liberal, de faire du bien à
Corneille, comme à un homme
qu'il eſtimoit, & qu'il avoit mis au
nombre de ceux qui compoſoient
les vers de ces pieces, qu'on
nommoit alors les *Pieces des cinq*
Auteurs, il entreprit en qualité
d'Auteur & de bel eſprit, mécon-
tent de voir toutes les pieces de
Theâtre des autres, & ſurtout
celles où il avoit quelque part,
entierement effacées par celle-ci,
de lui faire des affaires comme à
l'Auteur du *Cid*.

Le premier qui parut ſur rangs,
pour plaire à ce Cardinal, ou pour
ſe ſatisfaire lui-même, ou peut-être
pour tous les deux enſemble, fut
M. *Scudery*, qui publia la même
année 1637. ſes *Obſervations ſur le*
Cid. Le Cardinal ravi d'avoir trouvé un homme, qui voulut ſe rendre partie contre *Corneille*, le porta
à ſoumettre ſes obſervations au jugement de l'Academie Françoiſe,
& il obligea cette Compagnie malgré toute ſa répugnance & toutes
ſes raiſons à examiner juridique-

P. Cor-
NEILLE.

P. Cor-
neille.

ment la Tragi-Comedie de *Cor-*
neille, & les obſervations de *Scu-*
dery, & d'en faire la cenſure dans
les formes ordinaires, après avoir
tiré pour cela, ſuivant les ſtatuts de
l'Academie, le conſentement de
Corneille ; conſentement cependant
qu'il donna avec aſſez de fierté &
par la ſeule crainte de déplaire au
Cardinal.

Après cinq mois de diſcuſſion &
d'examen, l'Academie donna ſon
jugement, en publiant ſes *Sentimens*
ſur la Tragi-Comedie du Cid. Ouvrage digne de la réputation de cette
Compagnie naiſſante, qui ſatisfit le
Cardinal de *Richelieu* en reprenant
exactement tous les défauts de la
piece, & le public, en les reprenant avec moderation, & même
ſouvent avec des louanges ; & qui
ne fit aucun tort à la piece même,
qui continua à être repreſentée
avec les mêmes applaudiſſemens ;
ce qui a fait dire à *Deſpreaux*,
Satyre 9e.

Envain contre le Cid un Miniſtre ſe
  ligue ,

Tout Paris pour Chimene a les yeux de P. COR-
  Rodrigue.   NEILLE.
L'Academie en corps a beau le cen-
  ſurer :
Le public révolté s'obſtine à l'ad-
  mirer.

La conduite du Cardinal de *Richelieu* à l'égard de *Corneille*, par
rapport à cette affaire, donna à
notre Poëte occaſion de faire ces
quatre vers, après la mort de ce
Miniſtre qu'il regardoit d'un côté
comme ſon bienfaiteur, & de l'autre comme ſon ennemi.

*Qu'on parle mal ou bien du fameux
  Cardinal,
Ma proſe ni mes vers n'en diront ja-
  mais rien :
Il m'a fait trop de bien pour en dire du
  mal,
Il m'a fait trop de mal, pour en dire du
  bien.*

10. *Horace, Tragedie,* répreſen-
tée en 1639. M. *Pelliſſon* rapporte
que ſur le bruit qui courut qu'on
feroit encore des obſervations & un

P. COR- nouveau jugement fur cette piece,
NEILLE. comme on avoit fait fur *le Cid*,
Corneille n'en fut pas fort ému.
Horace, dit-il, *fut condamné par les*
Duumvirs, mais il fut abfous par le
peuple; faifant allufion au Cardinal
de *Richelieu*, & à une autre perfonne de la premiere qualité, qui
avoient demandé avec empreffe-
ment la cenfure du *Cid*.

11. *Cinna*, *Tragedie*, reprefentée en 1639. C'eft une des meil-
leures pieces de *Corneille*, qui la
dédia à *Montoron*, riche Partifan,
dont il reçut pour cela une fomme
confiderable. Ce qui a fait, que
depuis ce temps-là on a appellé les
Epîtres dédicatoires de cette efpece, des *Epîtres à la Montoron*.

12. *Polieucte*, *Tragedie*, reprefentée en 1640. Cette piece fe reprefente encore tous les ans avéc le
fuccès qu'elle eut d'abord, quoique quelques-uns ayent cenfuré la
liberté que *Corneille* y a prife de
faire monter des Saints fur le Theâtre. M. *de Fontenelle* femble lui donner la préference fur les plus belles
pieces de *Corneille*.

13. *Le Menteur*, *Comedie*, jouée P. Cor-
en 1642. NEILLE.

*14. *Pompée*, *Tragedie*, repreſentée en 1642.

15. *La ſuite du Menteur*, Comedie, 1643.

16. *Theodore*, *Tragedie*, 1645.
Cette piece ne réüſſit point, parce
qu'on ne put ſouffrir la ſeule idée
du peril de la proſtitution, auquel
la Sainte qui en fait le ſujet, étoit
expoſée.

17. *Rodogune*, *Tragedie*, 1646.
Corneille prétendoit que pour trouver la plus belle de ſes pieces, il
falloit choiſir entre *Rodogune* &
Cinna; & à l'entendre parler du
mérite de ces deux Tragedies, on
démêloit ſans peine, qu'il étoit
pour *Rodogune*. Peut-être la pré-
feroit-il à *Cinna*, parce qu'elle lui
avoit extrêmement coûté, ayant
été plus d'un an à en diſpoſer le
ſujet. Peut-être auſſi vouloit-il, en
mettant ſon affection de ce côté-là,
balancer celle du public, qui paroît être de l'autre.

18. *Heraclius*, *Tragedie*, 1647.
19. *Andromede*, *Tragedie*, 1649.

P. Cor- 20. *D. Sanche d'Arragon, Come-*
NEILLE. *die Heroïque*, 1650. Cette piece
réüffit d'abord, mais elle tomba
enfuite d'une maniere à ne pouvoir
s'en relever.

21. *Nicomede, Tragedie*, 1651.

22. *Pertharite, Tragedie*, reprefentée en 1653. J'ai déja dit que le
mauvais fuccès de cette piece dégoûta *Corneille* du Théâtre, & qu'il
fut plufieurs années aprés fans rien
compofer dans le genre Dramatique.

23. *Oedipe, Tragedie*, reprefentée le 24. Janvier 1659.

24. *La Toifon d'or, Tragedie*,
1661. Cette piece fut faite à l'occafion du Mariage du Roi; les machines qui l'embeliffent font de l'in-
vention du Marquis de *Sourdeac*.

25. *Sertonius, Tragedie*. Elle fut
reprefentée au mois de Mars 1662.
fur le Théâtre du Marais.

26. *Sophonisbe, Tragedie*, reprefentée fur le Théâtre de l'Hôtel de
Bourgogne le 13. Janvier 1663.
Cette piece, la précedente & *l'Oedipe* ont été attaquées par l'Abbé
d'Aubignac, comme je l'ai déja dit

dans ſon article, tome 4. p. 132.
où l'on voit le ſujet qui le brouilla
avec *Corneille.*

27. *Othon , Tragedie.* Elle parut
pour la premiere fois à *Fontaine-
bleau* au mois de Juillet 1664. & à
Paris le 5. ou 6. Novembre de la
même année à l'Hôtel de Bourgogne.

28. *Ageſilas , Tragedie*, repreſentée en 1666. Elle tomba dès la premiere repreſentation ; ce qui fit faire
à M. *Deſpreaux* , qui y étoit , cet
impromptu :

> *J'ai vû l'Ageſilas,*
>   *Helas !*

En effet on n'y reconnoît guéres
le grand *Corneille* , dont l'eſprit
Poëtique commençoit à baiſſer.
Auſſi M. *de Fontenelle* dit-il ,
» qu'il faut croire que cette piece
» eſt de lui, puiſque ſon nom y eſt ,
» & qu'il y a une Scene d'*Ageſilas* ,
» & de *Lyſander*, qui ne pourroit
» pas facilement être d'un autre.

29. *Attila , Tragedie*, repreſentée en 1667. M. *Deſpreaux* a fait
ſur elle cet autre impromptu :

P. COR-
NEILLE.

Après l'Agesilas,
Helas !
Mais après l'Attilâ,
Hola.

Cependant M. *de Fontenelle*, juge sûr & équitable des pieces de son oncle, assure qu'il regne dans celle-ci une ferocité noble, que *Corneille* seul pouvoit attraper, & que la Scene où *Attila* délibere s'il se doit allier à l'Empire qui tombe, ou à la France qui s'éleve, est une des belles choses qu'il ait faites.

30. *Tite & Berenice, Tragedie.* Elle parut au mois de Novembre 1670. sur le Theâtre du Palais Royal. *Corneille* l'entreprit en concurrence avec M. *Racine*; mais tout le monde convient que ce dernier eut l'honneur de la victoire.

31. *Psiché, Tragedie-Ballet,* qui se trouve parmi les Œuvres de *Moliere*, est en partie de *Corneille*, qui se voyant, dit M. *de Fontenelle*, à l'ombre du nom d'autrui, s'y est abandonné à un excès de tendresse, dont il n'auroit pas voulu deshonorer son nom.

3².

32. *Pulcherie*, *Comedie Heroïque*, P. Cor-
repreſentée au commencement deneille,
l'année 1672. ſur le Theâtre du
Marais. Elle eſt ſans comparaiſon
meilleure, auſſi bien que *Surena*,
qui l'a ſuivie, que pluſieurs de
celles qui les avoient immédiate-
ment precedées. Le caractere de
Pulcherie eſt de ceux que *Corneille*
ſeul ſçavoit faire, & il s'eſt dépeint
lui-même avec bien de la force
dans *Marcian*, qui eſt un vieillard
amoureux. Le cinquiéme Acte
de cette piece eſt tout-à-fait
beau.

33. *Surena*, *Tragedie*, repreſentée en 1675. C'eſt par-là qu'il a
fini de travailler pour le Theâtre.

Toutes ces pieces ont été imprimées ſeparement dans leur temps
in-4°. & *in*-12. L'Auteur publia
enſuite conjointement celles qui
avoient déja paru en 1663. en 2.
vol. *in-fol.* qui furent imprimez à
Roüen; on en fit depuis une édition
in-4°. enfin elles parurent toutes
enſembles en pluſieurs volumes *in*-
8°. & *in*-12. Les dernieres éditions
en dix vol. *in*-12. ſont horribles pour

Tome XV. Li

P. Cor- l'impreffion , & les premieres leur
neille. font préferables en toutes manieres.

Il faut maintenant parler de fes
autres Ouvrages.

34. *Melanges Poëtiques. Paris*
1632. in-8°.

35. *Lettre Apologetique du fieur*
Corneille , contenant fa réponfe aux
obfervations faites par le fieur de Scu-
dery fur le Cid. Roüen 1617. in-8°.

36. *L'Imitation de Jefus-Chrift ,*
traduite & Paraphrafée en vers Fran-
çois. Cette Paraphrafe a été imprimée un grand nombre de fois *in-4°.*
in-12. & *in-16.* quelquefois avec
des figures à chaque Chapitre. Les
deux premiers Livres parurent en
1651. & la fuite quelques années
après. *Corneille* l'entreprit , après
s'être dégoûté du Theâtre , & il y
fut porté par quelques Jefuites de
fes amis, par des fentimens de pieté
qu'il eut toute fa vie , & peut-être
auffi par l'activité de fon genie,
qui ne pouvoit demeurer oifif. Cet
Ouvrage eut un fuccès prodigieux ,
& le dédommagea en toutes manieres d'avoir quitté le Theâtre ;
M. *de Fontenelle* affure cependant

qu'il ne trouve point dans la tra- P. Cor-
duction de *Corneille* le plus grand neille.
charme de l'*Imitation de Jeſus-Chriſt*,
c'eſt-à-dire ſa ſimplicité & ſa naiveté, qui ſe perdent dans la pompe
des vers de *Corneille* ; & il croit même qu'abſolument la forme de vers
lui eſt contraire.

On lit dans le *Carpenteriana* des
particularitez ſur cet Ouvrage qu'il
ne faut pas omettre ici. » M. *Cor-*
» *neille* l'aîné, y dit-on, eſt Auteur
» de la piece intitulée : *L'Occaſion*
» *perduë & recouvrée.* Cette piece
» étant parvenuë juſqu'à M. le
» Chancelier *Seguier*, il envoya
» chercher M. *Corneille*, & lui dit,
» que cette piece ayant porté ſcan-
» dale dans le public, & lui ayant
» acquis la réputation d'un homme
» débauché, il falloit qu'il lui fît
» connoître que cela n'étoit pas,
» en venant à confeſſe avec lui. Il
» l'avertit du jour. M. *Corneille* ne
» pouvant refuſer cette ſatisfaction
» au Chancelier, il fut à confeſſe
» avec lui au P. *Paulin*, Petit-Pere
» de *Nazareth*, en faveur duquel
» M. *Seguier* s'eſt rendu fondateur

Ii ij

P. Cor-
nielle.

» du Convent de *Nazareth*. M.
» *Corneille* s'étant confeffé d'avoir
» fait des vers lubriques, le Pere lui
» ordonna par forme de pénitence
» de traduire en vers le premier
» Livre de l'*Imitation de J. C.* ce
» qu'il fit. Ce premier Livre fut
» trouvé fi beau, que M. *Corneille*
» m'a dit, qu'il avoit été réimpri-
» mé jufqu'à trente-deux fois. La
» Reine après l'avoir lû, pria M.
» *Corneille* de lui traduire le fecond,
» & nous devons à une groffe ma-
» ladie, dont il fut attaqué, la tra-
» duction du troifiéme Livre, qu'il
» fit après s'en être heureufement
» tiré.

Tout ce détail n'eft qu'une fuite
de fauffetez. Car il eft fûr que
l'*Occafion perduë & recouvrée* n'eft
point de *Corneille*; elle eft d'un M.
de Cantenac, Poëte de Cour, dont
les Œuvres, qui font un petit *in-*
12. furent imprimez en 1661. &
encore en 1665. chez *Theodore Gi-*
rard, Libraire au Palais. Elles font
divifées en trois parties. La premiere contient les *Poëfies nouvelles*
& *Galantes*; la feconde les *Poëfies*

morales & chretiennes ; la troiſiéme P. Cor-
les *Lettres choiſies Galantes du ſieur de* neille.
Cantenac. C'eſt au bout des Poëſies
nouvelles & Galantes que ſe trouvoit cette ſcandaleuſe piece. Dès
qu'elle parut, M. *de Lamoignon*
premier Preſident en ayant été
averti, envoya querir *Theodore Gi-*
rard, & lui ordonna d'ôter cette
piece de tous les exemplaires qui lui
reſtoient, & par bonheur il lui en
reſtoit la plus grande partie. Il fut
obéï & la piece fut ſupprimée ; il
s'en échappa cependant quelques
exemplaires, qui ne parurent qu'a-
près la mort de ce Magiſtrat. Quant
à la ſeconde édition, elle y fut
omiſe entierement. Ce qui peut
avoir trompé quelques perſonnes au ſujet de cette piece, c'eſt
qu'on lit à la fin ces mots : *Fin des*
Poëſ. nouv. & Gal. du Sr. de C. &
qu'ils ont cru que ce *C.* ſignifioit
Corneille ; mais le nom de *Cantenac*
mis tout au long dans le Privilege
enregiſtré ſur le livre des Libraires
ſuffiroit pour montrer qu'ils ſe
trompent, quand on n'auroit pas le
témoignage du Libraire, qui a aſ-

P. COR-
NEILLE.
suré positivement plusieurs fois que l'Ouvrage étoit du sieur *Cantenac.* Si l'on a donc mal à propos attribué à *Corneille* la piece en question, il s'ensuit que les faits debitez en consequence de cette attribution sont également faux. (V. *Mem. de Trevoux*, Decembre 1724. p. 2273.)

37. *Louanges de la sainte Vierge, composées en rimes Latines par S. Bonaventure & mises en vers François.* Roüen 1665. *in-12.*

38. *L'Office de la sainte Vierge, traduit en François, tant en vers qu'en prose, avec les sept Pseaumes Penitentiaux, les Vespres & Complies du Dimanche, & toutes les Hymnes du Breviaire Romain. Paris 1670. in-12.*

39. Trois discours en Prose imprimés au-devant de son Theâtre; 1°. de l'utilité & des parties du *Poëme Dramatique* ; 2°. de la *Tragedie*; 3°. des *trois Unitez.* Avec l'examen de ses pieces à la tête de chacune.

40. Poësies diverses Latines & Françoises, en feuilles volantes; dans les *Triomphes de Louis le juste*; dans les *Epinicia Musarum* à la louange du Cardinal de *Richelieu*;

dans les Recueils de *Sercy* ; dans les **P. Cor-**
Poëfies du P. de *la Rue*; dans celles **neille.**
de *Santeuil*, &c.

V. fon Eloge par M. *de Fonte-*
nelle dans l'*Hiftoire de l'Academie*
Françoife par M. l'Abbé *d'Olivet.*
Nouvelles de la Republique des Let-
tres, *Janvier* 1685. *p.* 85. *Les Hom-*
mes Illuftres de M. Perrault, tom. I.
Mélanges de Vigneul-Marville, tom.
I. *p.* 167. *Baillet Jugemens des Sça-*
vans fur les Poëtes, N°. 1580.

GUILLAUME DUGDALE.

GUillaume Dugdale naquit le 22. **G. Dug-**
Septembre 1605. à *Shuftock*, **dale.**
dans le Comté de *Warwick* en
Angleterre , de *Jean Dugdale* ,
Gentilhomme du Païs.

Il apprit les premiers élemens de
la Langue Latine de *Thomas Sibley* ,
Curé de *Nether-Whitacre*, dans le
voifinage de *Shuftock*, chez lequel il
demeura jufqu'à l'âge de dix ans.
On l'envoya enfuite à *Coventry* où
il étudia pendant cinq années fous
Jacques Cranford.

G. Dug-
dale.

Au bout de ce temps, son pere le retira chez lui, & lui fit lire des Livres de Droit & d'Histoire, le dirigeant lui-même dans cette sorte d'étude, dans laquelle il fit en peu de temps de grands progrès.

Ensuite se sentant infirme, il voulut avoir la consolation de le voir établi, & le maria le **27.** Mars **1623.** quoiqu'il n'eut alors que **17.** ans. Etant mort en **1625.** *Guillaume Dugdale* acheta le Fief de *Blythe*, dans la Paroisse de *Shustock*, où il fixa sa demeure.

Dans cette retraite il se livra tout entier à l'étude, & composa plusieurs Ouvrages. L'Histoire du Païs faisoit principalement l'objet de ses recherches, & il se lia avec toutes les personnes qui avoient le même goût que lui, & qui pouvoient lui fournir des lumieres sur ce sujet.

Etant allé à *Londres* en **1638.** il y vit *Henri Spelman*, qui étoit alors âgé de près de **80.** ans. Ce grand homme s'étant entretenu avec lui, & ayant eu par-là occasion de connoître son habileté, lui offrit de lui faire avoir un emploi parmi les

He-

Herauts d'Armes du Roi d'Angle- G. Dug;
terre, par le moyen du Comte Dale.
d'*Arundel*, qui nommoit en qualité de grand Marêchal à ces fortes
de poftes.

Dugdale ayant accepté ces offres,
Spelman s'employa avec quelques
autres perfonnes fi efficacement
pour cela, que le 4. Octobre de la
même année le Comte d'*Arundel* le
nomma *Pourfuivant d'Armes* extraordinaire. Il devint ordinaire
peu de temps après par la promotion
d'*Edouard Walker* à la charge de
Heraut, & les Lettres Patentes qui
lui en furent données font dattées
du 18. Mars 1639. c'eft-à-dire du
28. Mars 1640. fuivant le nouveau
ftile. Cela lui procura un logement
dans le Palais des Herauts d'Armes,
& une penfion de vingt livres fterling. Il demeura depuis à *Londres*,
occupé à vifiter les archives & les
anciens monumens, pour en tirer
de quoi compofer les Ouvrages
qu'il avoit entrepris.

Les troubles l'obligerent dans la
fuite à en fortir. Car le Roi *Charles
I.* s'étant retiré du voifinage de cette

Tome XV. K k

G. Dug-
Dale.

Ville, & lui ayant envoyé un ordre signé de sa main & datté du 1. (11) Juin 1642. de le venir trouver, conformement au devoir de sa charge, il y obéït aussi-tôt & se rendit à *York*, où il demeura jusques vers le milieu du mois de Juillet, qu'il reçut de ce Prince un nouvel ordre d'accompagner le Comte de *Northampton*, Lieutenant General du Comté de *Warwick*, qu'il y envoyoit pour en mettre toutes les Villes en sureté, & pour dissiper les Troupes du Parlement, & il fut employé à sommer les Villes rebelles à se soumettre au Roy.

Après la bataille d'*Edghill*, donnée le 2. Novembre 1642. où le parti Royal fut victorieux, *Charles I.* s'étant retiré à *Oxford*, *Dugdale* l'y suivit, & s'y fit recevoir Maître-ès-Arts le 11. du même mois. Ayant ensuite formé le dessein de faire la description de cette bataille, il se transporta sur les lieux, pour en examiner la situation, & pour s'informer de tout ; précaution fort sage, & dont l'inobservation nous a procuré une infinité de descrip-

tions d'actions femblables , rem- G. DUG-
plies de fauffetez & de contradic- DALE.
tions.

De retour à *Oxford* , il y demeura
jufqu'au 4. Juillet 1646. que cette
Ville fe rendit aux Parlementaires.
Il étoit parvenu plus de deux ans
auparavant , c'eft-à-dire le 26.
Avril 1644. à la charge de Heraut
d'Armes , qu'il remplit pendant
trente trois ans , jufqu'à l'an 1677.
qu'il fut nommé à celle de premier
Heraut.

Aprés la reddition d'*Oxford* , il
fe retira à *Londres* d'où il fit en
1648. un voyage en France , qui
lui fut utile , pour ramaffer plufieurs
pieces fur differens Monafteres de
ce Royaume , principalement de la
Normandie.

Il paffa la meilleure partie du
refte de fa vie à fa terre de *Blythe* ,
où il mourut le 10. Fevrier , jour
de *Sainte Scholaftique* , l'an 1686.
âgé de 80. ans , & fut enterré à
Shuftock auprés de fa femme *Mar-
guerite Huntbache* , qui étoit morte
le 28. Decembre 1681.

Il laiffa par fon teftament tous fes

manuscrits & les curiositez qu'il
avoit amassées à *Elie Ashmole*, qui
avoit épousé plusieurs années auparavant une de ses filles.

C'étoit un homme fort laborieux, qui a toûjours cultivé les
Lettres au milieu des troubles qui
agiterent l'Angleterre de son temps,
& qui n'a oublié ni recherches, ni
soins pour la perfection des Ouvrages qu'il s'étoit proposez.

Catalogue de ses Ouvrages.

1. *Monasticon Anglicanum ; sive
Pandectæ Cœnobiorum Benedictino-
rum ; Cluniacensium, Cisterciensium,
Carthusianorum, à primordiis ad eorum usque dissolutionem, ex Mss. ad
Monasteria olim pertinentibus, Archivis Turrium Londinensis, Ebor,
&c. Londini* 1655. *in-fol.*

*Monastici Anglicanii volumen al-
terum, de Canonicis Regularibus Au-
gustinianis ; scilicet Hospitaliariis,
Templariis, Gilbertinis, Præmonstra-
tensibus, & Maturinis sive Trinita-
riis. Cum Appendice ad volumen primum de Cœnobiis aliquot Gallicanis,
Hibernicis: Scoticis, nec non quibusdam Anglicanis antea omissis, à pri-*

mordiis, *&c. Londini* 1661. *in-fol.* G. Dug-
Ces deux volumes, qui font ornez DALE.
des vûës des Abbayes, des Eglifes,
&c. dont il y eft parlé, ont paru
fous le nom de *Roger Dodsvvorth*
& de *Guillaume Dugdale.* Mais on
prétend qu'on en eft principalement
redevable à *Dodfvvorth*, qui a ra-
maffé les pieces qu'ils contiennent,
& que *Dugdale* n'a fait que les
mettre en ordre, les publier, & y
joindre des Tables ; c'eft toûjours
un grand travail, qui doit lui avoir
coûté bien de la peine. *Dodfvvorth*
étant mort au mois d'Août 1654.
n'eut pas le plaifir de voir le fruit de
fes recherches, puifque le premier
volume n'étoit imprimé alors qu'en
partie, & ne parut même que l'année fuivante. Les deux Editeurs
avoient été obligés de fe charger
des frais de l'impreffion, n'ayant
trouvé aucun Libraire qui voulut
en courir les rifques ; & ce fut ce
qui retarda de plufieurs années
l'impreffion du fecond volume ;
car *Dugdale* fe voyant, par la mort
de fon affocié, réduit à faire les
frais tout feul, crût devoir attendre

G. Dug-qu'il eut amassé des fonds suffisans
DALE. par le debit du premier. Les recherches qu'il fit depuis pour d'autres Ouvrages lui donnerent occasion de découvrir des pieces qui
auroient dû entrer dans ces deux
volumes ; & d'en former un troisiéme, qui ne parut que sous son
nom , quoiqu'il y eut peut-être
quelques pieces qui venoient de
Dodsworth, & qu'*Antoine Wood*
& *Thomas Herbert* lui en eussent
fourni un grand nombre , qu'il ne
connoissoit pas. Il l'intitula :

Monastici Anglicani volumen ter-
tium & ultimum : Additamenta quæ-
dam in volumen primum ac volumen
secundum jam pridem edita : Nec non
fundationes , sive dotationes diversa-
rum Ecclesiarum Cathedralium ac
Collegiatarum continens ; ex Archivis
Regiis , ipsis Autographis , ac diversis
codicibus manuscriptis excerpta. Lon-
dini 1673. *in-fol.* La publication
de cet Ouvrage déplut aux Angli-
cans rigides , qui accuserent l'Auteur de vouloir rétablir le *Papisme*,
& de ne l'avoir composé que dans
la vûë de faire connoître les terres

& les biens qui avoient appartenu
au Clergé, afin qu'on fçut où les reprendre, quand la Religion Catholique feroit rétablie en Angleterre.
Mais on eft revenu de cette imagination, & l'Ouvrage étant devenu
rare, on en fit une nouvelle édition
à *Londres* en 1682. en 3. vol. *in-fol.*
Cela n'empêche pas qu'il ne le foit
encore, du moins en France, où il
fe pouffe toûjours dans les inven-
taires jufqu'à vingt piftoles.

G. DU-
DALE

2. *Les antiquitez du Comté de
Warvvick illuftrées par les Actes publics, les Manufcrits, les Chartes, &c.
& enrichies de cartes, de vuës, & de
portraits.* (en Anglois) *Londres
1656. in-fol.* C'eft le premier Ouvrage que *Dugdale* fe foit propofé.

3. *L'Hiftoire de l'Eglife Cathedra-
le de S. Paul de Londres, depuis fa
fondation jufqu'à prefent, tirée des
Actes, des Chartes, des Mff. &c. &
enrichie de figures.* (en Anglois)
Londres 1658. *in-fol.* It. *Seconde
édition augmentée par lui-même. Londres* 1716. *in-fol.* Cette nouvelle
édition, qui eft fort augmentée,
& où l'on trouve fa vie écrite par

K k iiij

G. Dug-
dale.

lui-même, a été faite par les soins
d'*Edouard Maynard* Recteur de
Boddington dans le Comté de *Northampton.*

4. *Histoire des chaussées & des sai-
gnées des marais, tant dans l'Angleterre que dans les païs étrangers, tirée
des Actes & autres pieces autentiques.*
(en Anglois) *Londres 1662. in-fol.
avec figures.*

5. *Origines Juridiciales, ou Mémoires historiques touchant les Loix
d'Angleterre, les Cours de Justice,
les manieres de procéder qui y sont en
usage, les peines en matiere criminelle,
&c. avec une Liste Chronologique des
Chanceliers, des Gardes du grand
Sceau, des grands Tresoriers, &c.*
(en Anglois) *Londres 1666. &
1672. in fol.* Antoine *Wood* remar-
que qu'il y a beaucoup de fautes
dans la Liste Chronologique.

6. *Le Baronage d'Angleterre, ou
détail historique de la vie & des actions les plus mémorables de la No-
blesse Angloise du temps des Saxons,
jusqu'à la conquête des Normans, &
de celle qui a vêcu depuis ce temps
jusqu'à present, tiré des Actes publics,*

des anciens Hiſtoriens, &c. (en An- G. Duc-
glois) *Londres in-fol. 3. vol.* Le pre- DALE.
mier en 1675. & les deux autres
l'année ſuivante.

7. *Hiſtoire abregée des derniers
troubles d'Angleterre , où l'on fait voir
en peu de mots leur origine , leurs progrès , & leur fin tragique.* (en Anglois) *Londres 1681. in-fol.* L'Auteur a joint à cet Ouvrage une longue Hiſtoire du Traité d'*Uxbridge*,
qui paroît trop étrangere au reſte.

8. *L'ancien uſage de porter des
Armoiries, avec une Liſte de la No-
bleſſe d'Angleterre.* (en Anglois)
Oxford 1681. *&* 1682. *in-8°.*

9. *Catalogue exact de toutes les
citations de la Nobleſſe d'Angleterre
aux Parlemens depuis la* 49. *année
d'Henri III. juſqu'à preſent.* (en Anglois) *Londres* 1686. *in-fol.*

10. Il a auſſi pris la peine de donner au public deux Ouvrages de
Henri Spelman. 1. *Concilia Decreta,
leges & Conſtitutiones in re Eccleſia-
rum orbis Britannici, tomus 2. Londini* 1664. *in-fol.* 2. *Gloſſarium Ar-
chaiologicum, continens Latino Bar-
bara, peregrina, obſoleta & nova*

significationis vocabula. Londini 1687. *in-fol.*

V. *Ant. Wood Fasti Oxonienses,* tom. 2. p. 7.

FRANCOIS GENET.

FRançois *Genet* naquit à *Avignon* le 18. Octobre 1640. d'*Antoine Genet*, Docteur en Droit Civil & Canonique, aggregé à l'Université de cette Ville, & de *Catherine de Chaissi. Gilles Genet* son ayeul étoit un Avocat habile & d'une probité connuë, qui étoit aussi aggregé à l'Université d'*Avignon*, & qui avoit rempli la charge d'Auditeur & de Lieutenant general du Vice-Legat de cette Ville.

François Genet, après avoir fait ses premieres études, s'appliqua d'abord à la Philosophie de *Scot*; mais il s'attacha ensuite aux principes de la Philosophie & de la Theologie de *S. Thomas*, & y fit de si grands progrès que *Dominique de Marinis*, Archevêque d'*Avignon*, le choisit pour enseigner la Philoso-

phie, & enfuite la Theologie dans   F. Ge-
les Ecoles publiques de l'Univerfité n e t.
de cette Ville.

Après y avoir pris le bonnet de
Docteur en Theologie, comme il
ne s'attachoit pas feulement aux
queftions de fpeculation, & qu'il
enfeignoit auffi les veritez de pratique, il voulut apprendre à fond le
Droit Canonique, & puifer dans
les fources les principes de la morale chretienne.

En l'année 1670. il fit foutenir
des Thefes celebres fur la fimonie,
& prit enfuite le bonnet de Docteur en Droit Civil & Canonique
à *Avignon.*

Il avoit pris la premiere teinture
de l'état Ecclefiaftique dans le Seminaire du *Pui en Velay*, fous la
direction de M. de *Lantage* ; &
avoit été enfuite inftruit dans le Seminaire des Prêtres de la Communauté de *S. Sulpice* de *Lyon*, fous
M. d'*Urtevent.* Quelques années
après il fut ordonné Prêtre.

En 1672. M. *le Camus*, Evêque
de *Grenoble*, & depuis Cardinal,
ayant entrepris une grande Miffion

F. GE-à ses dépens, chargea l'Abbé de *la*
NET. *Vergne*, qui en devoit être directeur, de lui trouver des ouvriers.

Celui-ci choisit entr'autres M.
Genet, dont le principal emploi fut
de décider les cas de conscience qui
se presentoient. C'est ce qui donna
occasion à M. l'Evêque de *Grenoble*
de l'engager à composer un corps
de Morale. Il y travailla & en ayant
achevé deux volumes, il vint à *Paris*,
pour les faire imprimer. Les autres
suivirent après, comme je le dirai
plus bas.

Il enseigna cette Morale dans le
Seminaire d'*Aix* pendant quatre ou
cinq ans, après lesquels le Cardinal *Grimaldi*, Archevêque de cette
Ville le prit auprès de lui, & le
logea dans son Palais. Il y demeura
jusqu'à ce que le Pape *Innocent XI.*
le fit Chanoine Theologal d'*Avi-*
gnon, lorsqu'il y pensoit le moins.

Il ne fut pas long-temps dans ce
poste, dont une maladie opiniâtre
l'empêcha de remplir les fonctions,
comme il le souhaittoit ardemment.
L'Evêché de *Vaison* étant venu à
vaquer, le Pape jetta les yeux sur

lui, pour le remplir, & ſur ce que F. GB:
le Cardinal *Cibo*, pour lors Legat, NET.
remontra à ce Pontife, qu'il étoit
atteint d'une maladie eſtimée incu-
rable, on attendit encore quelques
mois à le déclarer élû. Il le fut au
mois de Juillet 1685. & fut ſacré à
Rome le 25. Mars de l'année ſuivante, par le Cardinal *Creſcentio*,
dans l'Egliſe de *S. Auguſtin*.

Il partit dès le lendemain pour
ſon Diocèſe, où il fit peu de temps
après des Ordonnances, contre les
danſes, les jeux de hazard, les habits courts des Eccleſiaſtiques, &c.
qui eurent à ſouffrir des grandes
oppoſitions, mais qui furent ſoute-
nuës par l'autorité du Pape.

Il s'appliqua ſurtout à chercher
& à former de bons Prêtres & de
bons Curez. Il faiſoit aſſiduement
ſa viſite dans toutes les Paroiſſes de
ſon Diocèſe, au moins tous les
trois ans. Dans ces viſites il prê-
choit lui-même ſouvent pluſieurs
fois le jour, confeſſoit, & s'acqui-
toit des autres fonctions Sacerdo-
tales avec un zele infatigable ; &
alloit outre cela pluſieurs fois dans

F. GE-l'année visiter certaines Paroisses,
NET. lorsqu'il y avoit quelques abus à réformer. Il faisoit aussi quelquefois
des Missions.

Il travailla fortement à la con-
version des Prétendus Réformez,
& le fruit de ses travaux auroit été
plus abondant sans l'affaire où il se
trouva engagé à l'occasion des Filles
de l'Enfance, qu'il avoit reçuës
dans son Diocese.

Il fut arrêté à ce sujet le 29. Septembre 1688. & conduit à l'Isle de
Ré, où il passa quinze mois.

Cette tempête appaisée, il reprit
ses fonctions avec une nouvelle ardeur, & ne les interrompit que
pour faire un voyage à *Rome* à l'occasion de l'année Sainte.

Retournant un jour, pendant le
cours de ses visites, d'*Avignon* à *Vaison*, il se noya le 17. Octobre 1702.
dans un petit torrent, près de *Sa-
rians*, dans le Comté d'*Avignon*,
tout ce qu'on put faire pour le sau-
ver ayant été inutile. Il entroit le
lendemain dans sa 63. année.

On a de lui l'Ouvrage suivant.

Theologie Morale, ou Resolution

des cas de confcience felon l'Ecriture F. GE-
Sainte, les Canons & les Saints Peres; NET.
compofée par ordre de M. l'Evêque de
Grenoble. Paris in-12. 8. vol. M.
Genet publia les deux premiers volumes aprés fa Miffion de 1672. les
deux fuivans parurent en 1676. &
les quatre autres quelque temps
aprés. L'Auteur a donné dans le
huitiéme une idée generale du Droit
Civil & Canonique, un abregé
des Inftituts de *Juftinien*, & les régles de Droit Civil. Il y a plufieurs
éditions de cet excellent Ouvrage,
qui a eu l'approbation de plufieurs
fçavans Prelats, tant en France
qu'en Italie.

Il a été cependant critiqué par
un Prêtre nommé *Jacques Remond*,
qui l'attaqua par deux tomes de
Remarques. Mais le Cardinal *Grimaldi* ayant envoyé au Cardinal
Barberin, Doyen du Sacré College,
le Livre & les Remarques, afin
d'avoir le jugement du *S. Office*,
reçut trois mois aprés une Lettre de
ce Cardinal, qui lui marqua que
fur l'examen exact, qui en avoit
été fait, *la Morale* avoit été jugée

F. GE- exempte d'erreur , & que les *Re-*
NET. *marques* avoient été condamnées &
mifes à l'*Index.*

Quand l'Auteur alla à *Rome* , le
Cardinal *Barbarigo* , Evêque de
Montefiafcone , qui faifoit enfeigner fa Morale dans fon Seminaire,
l'exhorta à la traduire en Latin. Il
y travailla après fon retour avec
application , & cette verfion dediée
au Pape *Clement XI.* fut imprimée
à *Paris* peu de temps aprés fa mort,
& même depuis en Italie.

M. *Genet* avoit un frere , qui
étoit Prieur de *Sainte Gemme* , &
dont on a un Ouvrage intitulé :
Cas de pratique touchant les Sacre-
mens, & autres matieres importantes
de Morale , & quelques autres femblables. On apprend des *Nouvelles*
Litteraires du 30. May 1716. qu'il
mourut cette année , qu'il fit heritiers d'une partie de fes biens
les Dominicains d'*Avignon* , à qui
il donna deux mille écus d'argent
comptant , & fa Bibliotheque ,
compofée de dix mille volumes , &
qu'il les chargea de donner dans
leur Cloître une fépulture honorable

ble à l'Evêque de *Vaifon* , fon frere , F. GE-
dont le corps étoit demeuré jufques N E T.
là en dépôt dans l'Eglife d'un village voifin du lieu où il s'étoit noyé.

V. *Du Pin Bibl. des Auteurs Ecclefiaftiques.*

HENRI WHARTON.

HEnri *Wharton* naquit vers l'an HENRI
1664. à *Worftead* , dans le W H A R-
Comté de *Norfolk* , en Angleterre , T O N.
où fon pere fut quelque temps
Curé.

Il fit fes études à *Cambridge* , & il
y fut reçu Maître-és-Arts. L'Archevêque *Sancroft* , à qui on le prefenta peu de temps aprés , comme
un jeune homme de merite , lui
confera les Ordres facrez dans la
22. année de fon âge , & le prit un
an aprés à fon fervice , en le mettant
au nombre de fes Chapelains.

Il lui donna dans la fuite la Rectorerie de *Chartham* dans le Comté
de *Kent* , & la Cure de *Minfter* dans
l'Ifle de *Thanet*. Les occupations
attachées à tous ces emplois ne

HENRI l'empêcherent point de s'appliquer
WHAR- avec une ardeur infatigable à l'étu-
TON. de. Mais cette application abrega
ſes jours, car elle lui cauſa des infirmitez & des maux qui l'enleve-
rent à la fleur de ſon âge.

Il mourut le 5. Mars 1694. ſuivant la maniere de compter qui eſt
en uſage en Angleterre, & le 15.
Mars 1695. ſuivant la nôtre, âgé
ſeulement de 31. ans. Il fut enterré
dans l'Egliſe de *S. Pierre* à *Weſtmin-*
ſter, où on lui dreſſa dans la ſuite
cette Inſcription.

H. S. E.
Henricus Wharton A. M.
Eccleſiæ Anglicanæ Presbyter;
Rector Ecclesiæ de Chartham;
Nec non Vicarius Ecclesiæ de Minſter,
In Inſula Thanato, in Diœceſi Can-
tuarienſi
Reverendiſſimo & Sanctiſſimo Præſuli
Wilhelmo Archiepiſcopo Cantuarienſi
A ſacris Domeſticis,
Qui multa ad augendam & illuſtran-
dam
Rem Literariam,
Multa pro Eccleſia Chriſti

Confcripfit,   HENRI

Plura moliebatur.   WHAR-

Obiit 3. *nonas martii An. D.* 1694. T O N.

Ætatis fuæ 31.

Catalogue de fes Ouvrages.

1. *Traité du celibat du Clergé , dans lequel on examine fon origine & fes progrès.* (en Anglois) *Londres* 1688. *in-*4°. *pp.* 168. L'Auteur fe montre dans cet Ouvrage zelé Proteftant , & ardent défenfeur du mariage des Ecclefiaftiques. M. *de Bauval* en a donné un extrait fort curieux dans fon *Hiftoire des Ouvrages des Sçavans* du mois de Decembre 1688. art. 6.

2. *Speculum Ecclefiafticum , ou le Miroir Ecclefiaftique confideré dans fes faux raifonnemens & dans fes fauffes citations.* (en Anglois) *Londres* 1688. *in-*4°. C'eft un Ouvrage de controverfe.

3. *L'Enthoufiafme de l'Eglife Romaine démontré par quelques remarques fur la vie d'Ignace de Loyola.* (en Anglois) *Londres* 1688. *in-*4°. *pp.* 159. On peut voir un ample extrait de ce Livre dans la *Bibliotheque univerfelle* de M. *le Clerc*, tom. 11. p.

Ll ij

HENRI 93. où l'Auteur de l'extrait s'est
WHAR-trompé en l'attribuant à M. *Wake.*
TON.   4. *Echantillon de quelques erreurs*
& de quelques defauts qui se trouvent
dans l'Histoire de la réformation de
l'Eglise d'Angleterre écrite par Gilbert
Burnet, Evêque de Salisbury. (en
Anglois) Londres 1693. in-8°. pp.
199. *Wharton* a publié cette critique sous le nom d'*Antoine Harmer.*
Voici ce qui y a donné occasion.
Guillaume Sancroft, Archevêque de
Cantorbery, dont il étoit Chapelain,
lui avoit promis la premiere pré-
bende qui seroit à sa disposition;
mais il fut chassé de son siége pour
sa fidelité au Roy *Jacques II.* avant
qu'il eut pû lui tenir sa promesse.
Lorsque *Jean Tillotson* fut mis à sa
place en 1691. M. *Burnet*, son
ami intime, s'employa pour en obtenir une semblable promesse, en faveur de *Wharton* qui l'en avoit prié;
mais n'ayant pû l'obtenir, ce dernier
en attribua la faute à M. *Burnet*, &
pour s'en vanger composa ce Livre
contre son Histoire de la Réformation; mais il s'en repentit dans la
suite, lorsqu'il apprit que M. *Bur-*

net s'étoit employé tout de bon HENRY
pour lui. C'eft du moins ce qu'affu- WHAR-
re celui-ci dans la Réponfe qu'il fit TON.
à fa Critique fous ce titre : *Lettre de*
l'Evêque de Salisbury à l'Evêque de
Coventry & de Litchfiel (*Guillaume*
Lloyd) *Sur un Livre publié depuis peu*
& intitulé : Echantillon de quelques
erreurs , &c. (en Anglois) *Londres*
1693. *in-4°*. Les fautes que *Whar-*
ton releve dans fon écrit font peu
confidérables , il pouvoit y en trouver de plus grandes ; auffi préten-
doit-il avoir beaucoup d'autres Remarques à produire contre l'Hiftoire de *Burnet*, mais il ne les a point
publiées.

5. *Défenfe de la pluralité des Benefi-*
ces. (en Anglois) *Londres* 1694. *in-*
8°. L'Auteur plaidoit pour lui-même , quand il fe rendoit le défenfeur
de la pluralité des Benefices. Son
Livre fut auffi-tôt attaqué par un
Ouvrage qui parut fous ce titre :
Le cas de la pluralité des Benefices &
de la non-réfidence déterminé dans une
Lettre à l'Auteur de la défenfe de la
pluralité. (en Anglois) *Londres*
1694. *in-8°*. Ce font là tous les Ou-

HENRI
WHAR-
TON.

vrages Anglois de *Wharton*, il faut
maintenant passer aux Latins.

6. *Appendix ad Historiam Littera-*
riam Guilielmi Cave, in qua de scrip-
toribus Ecclesiasticis ab an. 1300. ad
1517. pari Methodo agitur. Londini.
1689. in-fol. à la suite de l'Ouvrage
de *Cave* avec lequel elle a été imprimée encore depuis.

7. *Jacobi Usserii Armachani Ar-*
chiepiscopi Historia dogmatica contro-
versia inter Orthodoxos & Pontificios
de scripturis & sacris Vernaculis nunc
primum edita. Accesserunt ejusdem Dis-
sertationes duæ de Pseudo-Dionysii
scriptis & Epistolæ ad Laodicenos an-
tehac ineditæ. Descripsit, digessit, &
notis atque Auctuario locupletavit Hen-
ricus Wharton. Londini 1690. in-4°.

8. *Anglia sacra, sive Collectio His-*
toriarum, partim antiquitus, partim
recenter scriptarum, de Archiepiscopis
Angliæ à prima fidei Christianæ suscep-
tione ad annum 1540. nunc primum in
lucem editarum. Pars I. de Archiepis-
copis & Episcopis Ecclesiarum Cathe-
dralium, quas Monachi possederunt.
Pars II. plures antiquas de vitis & re-
bus gestis Præsulum Anglicorum Histo-

rias ſine certo ordine congeſtas complexa HENRY
Londini 1691. *in-fol.* 2. *vol.* Ces WHAR-
deux parties devoient être ſuivies TON,
d'une troiſiéme, où l'Auteur ſe propoſoit de parler des autres Evêques
d'Angleterre ; mais ſa mort prema-
turée en a privé le public, & on
n'en a qu'une petite parcelle conte-
nuë dans le Livre, dont je parlerai
tout à l'heure. Les Egliſes dont on
trouve l'Hiſtoire dans le premier
volume, ſont celles de *Cantorbery*,
de *Wincheſter*, de *Rocheſter*, de
Norvvich, de *Coventry* & *Lichfield*,
de *Worcheſter*, de *Bath* & *Wells*,
d'*Ely*, & de *Durham*. Comme les
Auteurs dont *Warthon* rapporte les
Hiſtoires, ne les ont point toûjours
conduites juſqu'au temps de la Reformation, il y ſupplée lui-même,
en citant ſoigneuſement à la marge
les ſources dans leſquelles il a puiſé,
& c'eſt, ſans contredit, ce qu'il y
a de meilleur, parce qu'il a eu ſoin
d'écarter tout ce qui ne méritoit
pas de paroître au jour, & qu'il
s'énonce infiniment mieux que tous
les Auteurs dont il rapporte les Ouvrages. M. *Burnet* dans la Lettre,

WHAR-
TON.

HENRI dont j'ai parlé ci-dessus, traite assez mal cet Ouvrage de *Wharton*, & s'offre à faire voir un examen de dix pages seulement, fait par un homme qui les compara avec le manuscrit, dont *Wharton* prétend les avoir copiées, où il y a des passages des plus importans omis à dessein, plus de 50. fautes capitales & une infinité d'autres de moindre conséquence ; mais il paroit qu'il y a de la passion dans ce discours, qu'il auroit eu peut-être bien de la peine à prouver, comme bien d'autres choses, qu'il a avancées dans ses Ouvrages.

9. *Historia de Episcopis & Decanis Londinensibus ; nec non de Episcopis & Decanis Assavensibus à prima sedis utriusque fundatione ad annum* 1540. *Accessit Appendix duplex Instrumentorum quorumdam insignium, ad utramque historiam spectantium. Londini* 1695. *in-*4°. *pp.* 400. *Wharton* se proposoit, comme je l'ai dit, de publier l'Histoire de toutes les Cathedrales d'Angleterre; mais voyant par les maladies qui lui annonçoient la fin de sa vie, qu'il n'auroit pas le

temps

temps d'executer un si grand Ouvrage, il travailla à achever l'Histoire des Evêchez de *Londres* & de *S.*
Asaph ; encore ne put-il pas le voir
imprimé, desorte qu'il falut qu'un
de ses amis en fît la Préface.

9. *Histoire du Procès fait à Guillau-*
me Laud , *Archevêque de Cantorbery,*
écrite par lui-même dans sa prison,
avec un Journal de sa vie & un supplé-
ment de pieces qui y ont rapport. (en
Anglois) *Londres* 1695 *in-fol.* Outre
ces Ouvrages *Wharton* a publié encore les deux brochures suivantes,
dont il n'a été que l'Editeur.

10. *Explication abregée de la S.*
Cene , *écrite par Nicolas Ridley* , *Evê-*
que de Londres pendant sa prison ; avec
quelques Dissertations , *sur le même*
sujet, par le même Prélat. (en Anglois)

11. *Traité où l'on prouve que l'E-*
criture est la regle de Foy , écrit vers
l'an 1450. par *Reginald Peacock,*
Evêque de *Chichester.*

V. Ant. *Wood Athenæ Oxonien-*
ses , *tom.* 2. *col.* 874.

Fin du quinziéme *Volume.*

TABLE NECROLOGIQUE
des Auteurs contenus dans ce Volume.

SCOT. (Michel) m. en 1291.

PERSONA. (Gobelin) m. après
l'an 1418.

PICCOLOMINI. (Jacques) m. le
10. Septembre 1479.

PERSONA. (Chriſtophe) m. en
1486.

CAOURSIN. (Guillaume) m. en
1501.

HUTTEN. (Ulric de) m. le 29.
ou 30. Août 1523.

DELFINI. (Pierre) m. le 16.
Janvier 1525.

MORATA. (Olympia Fulvia) m.
le 26. Octobre 1555.

SANDERUS. (Nicolas) m. en
1583.

SIDNEY. (Philippe) m. le 16.
Octobre 1588.

BRAHE'. (TYCHO) m. le 24.
Octobre 1601.

MONANTHEUIL. (Henri de)
m. en 1606.

GENTILIS. (Alberic) m. le 19.
Juin 1608.

TABLE

Mm ij

TABLE.

Fin de la Table Necrologique.

TABLE

Des Auteurs contenus dans ce Volume,
selon l'ordre des matieres qu'ils ont
traitées dans leurs Ouvrages.

A

Anatomie.

Astronomie.

B

Belles-Lettres.

Bibliothecaires.

Mm iij

TABLE

DES MATIERES.

Mm iiij

TABLE

DES MATIERES.

TABLE

TABLE DES MATIERES.

Fin de la Table des Matieres.

APPROBATION.

J'AY lû par ordre de Monseigneur le Garde des Sceaux le quinziéme Volume de ces Memoires, & j'ai crû qu'on en pouvoit permettre l'impreſſion. A Paris le 1. May 1731.

HARDION.

PRIVILEGE DU ROI.

LOUIS, par la grace de Dieu, Roy de France & de Navarre: A nos amez & feaux Conſeillers, les Gens tenans nos Cours de Parlement, Maîtres des Requêtes ordinaires de notre Hôtel, Grand Conſeil, Prevôt de Paris, Baillifs, Senechaux, leurs Lieutenans Civils, & autres nos Juſticiers qu'il appartiendra SALUT : Notre bien amé ANTOINE-CLAUDE BRIASSON, Libraire à Paris, nous ayant fait remontrer qu'il lui auroit été mis en main un Manuſcrit, qui a pour titre : Memoires pour ſervir à l'Hiſtoire des Hommes Illuſtres dans la République des Lettres, avec un Catalogue raiſonné de leurs Ouvrages, qu'il ſouhaiteroit faire imprimer & donner au Public, s'il nous plaiſoit lui accorder nos Lettres de Privilege ſur ce neceſſaires, offrant pour cet effet de le faire imprimer en bon papier & en beaux caracteres, ſuivant la feüille imprimée & attachée pour modele ſous le contre-ſcel des preſentes ; A CES CAUSES, voulant traiter favorablement ledit Expoſant, Nous lui avons permis & permettons par ces Preſentes, de faire imprimer leſdits Memoires & Catalogue ci-deſſus ſpecifiés, en un ou pluſieurs volumes, conjointement, ou ſéparément, & autant de fois que bon lui ſemblera, ſur papier & caracteres conformes à ladite feüille imprimée & attachée pour modele ſous notredit contre-ſcel, & de le vendre, faire vendre & débiter par tout notre Royaume, pendant le tems de huit années conſecutives, à compter du jour de la date deſd. Preſentes. Faiſons défenſes à toutes ſortes de perſonnes de quelque qualité &

condition qu'elles foient, d'en introduire d'impreffion étrangere dans aucun lieu de notreobeïffance;
comme auffi à tous Libraires-Imprimeurs & autres, d'imprimer, faire imprimer, vendre, faire vendre, débiter, ni contrefaire lefdits Memoires &
Catalogue ci-deffus expofés, en tout ni en partie, ni
d'en faire aucuns Extraits, fous quelque prétexte
que ce foit, d'augmentation, correction, changement de Titre, ou autrement, fans la permiffion ex-
preffe & par écrit dud. Expofant ou de ceux qui au-
ront droit de lui, à peine de confifcation des Exemplaires contrefaits, de trois mille livres d'amen-
de contre chacun des contrevenans, dont un tiers
à Nous, un tiers à l'Hôtel-Dieu de Paris, l'autre
tiers audit Expofant, & de tous dépens, domma-
ges & interêts. A la charge que ces Préfentes fe-
ront enregiftrées tout au long fur le Regiftre de la
Communauté des Libraires & Imprimeurs de Paris,
& ce dans trois mois de la date d'icelles ; que
l'impreffion de ce Livre fera faite dans notre
Royaume & non ailleurs, & que l'Impetrant fe
conformera en tout aux Reglemens de la Libr. &
notamment à celui du 10. Av. 1725. & qu'avant
de l'expofer en vente, le manufcrit ou imprimé
qui aura fervi de copie à l'impreffion dudit Livre
fera remis dans le même état où l'Approbation
y aura été donnée, és mains de notre très cher &
feal Chevalier Garde des Sceaux de France le fieur
Fleuriau d'Armenonville, Commandeur de nos
Ordres; & qu'il en fera remis 2 exemplaires dans
notre Bibliotheque publique, un dans celle de notre Château du Louvre, & un dans celle de nôtre
très-cher & feal Chevalier Garde des Sceaux de
France le Sr Fleuriau d'Armenonville, Commandeur de nos Ordres ; le tout à peine de nullité des
Préfentes, du contenu defquelles vous mandons
& enjoignons de faire joüir l'Expofant ou fes
ayans caufe pleinement & paifiblement fans fouffrir qu'il leur foit fait aucun trouble ou empêche-
ment. Voulons que la copie des Prefentes qui
fera imprimée tout au long au commencement
ou à la fin dud. Livre foit tenue pour dûëment
fignifiée, & qu'aux copies collationnées par l'un

de nos amez & féaux Conseillers & Secretaires, foi soit ajoutée comme à l'original COMMANDONS au premier notre Huissier ou Sergent, de faire pour l'execution d'icelles, tous Actes requis & necessaires, sans demander autre permission, & nonobstant clameur de Haro, Charte Normande, & Lettres à ce contraires : CAR tel est notre plaisir. DONNE' à Paris le 28 Novembre l'an de Grace mil sept cens vingt-six, & de notre Regne le douzième, Par le Roy en son Conseil,

DE S. HILAIRE.

Registré sur le Registre VI. de la Chambre Royale des Libraires & Imprimeurs de Paris, N. 530. F. 421. conformément aux anciens Reglemens confirmez par celui du 28 Fevrier 1723. A Paris le 30 Decembre 1726.

Signé, VINCENT, Adjoint.

De l'Imprimerie de GISSEY, ruë de la vieille Bouclerie.